LA HIJA DE LA NOVICIA

ELENA ÁLVAREZ

LA HIJA
DE LA NOVICIA

PLAZA JANÉS

Papel certificado por el Forest Stewardship Council®

Primera edición: noviembre de 2024

© 2024, Elena Álvarez Rodríguez
Autora representada por Ana Vidal de la Agencia Literaria Infinia
© 2024, Penguin Random House Grupo Editorial, S. A. U.
Travessera de Gràcia, 47-49. 08021 Barcelona

Penguin Random House Grupo Editorial apoya la protección de la propiedad intelectual. La propiedad intelectual estimula la creatividad, defiende la diversidad en el ámbito de las ideas y el conocimiento, promueve la libre expresión y favorece una cultura viva. Gracias por comprar una edición autorizada de este libro y por respetar las leyes de propiedad intelectual al no reproducir ni distribuir ninguna parte de esta obra por ningún medio sin permiso. Al hacerlo está respaldando a los autores y permitiendo que PRHGE continúe publicando libros para todos los lectores. De conformidad con lo dispuesto en el artículo 67.3 del Real Decreto Ley 24/2021, de 2 de noviembre, PRHGE se reserva expresamente los derechos de reproducción y de uso de esta obra y de todos sus elementos mediante medios de lectura mecánica y otros medios adecuados a tal fin. Diríjase a CEDRO (Centro Español de Derechos Reprográficos, http://www.cedro.org) si necesita reproducir algún fragmento de esta obra.

Printed in Spain – Impreso en España

ISBN: 978-84-01-03548-7
Depósito legal: B-16007-2024

Compuesto en Mirakel Studio, S. L. U.

Impreso en Black Print CPI Ibérica
Sant Andreu de la Barca (Barcelona)

L035487

A la mayor parte de las madres de este mundo les es dado gozar de la proximidad de sus criaturas, mientras yo, Dhuoda, me veo tan lejos de ti.

Dhuoda, *Manual para la formación de mi hijo*

Por ello construyó en Aquisgrán una basílica de excelsa belleza y la adornó de oro, plata y candelabros, y también de balaustradas y puertas de bronce macizo.

Eginardo, *Vida de Carlomagno*

Los ríos de lágrimas ahora son infinitos, porque el mundo lamenta la muerte de Carlomagno. ¡Ay de mí en mi miseria!

Anónimo, *Endecha por la muerte de Carlomagno*

PRIMERA PARTE
EL CONVENTO

Aquitania, 814
Año primero del reinado del emperador Ludovico

1

Tras el parto, cuando se quedaron a solas, la dama habló por vez primera.

—¿No has estado nunca en Aquisgrán?

Elvira, sobresaltada, dejó caer el trapo en el cubo.

Desde que la dama Gytha había llegado al convento, con sus pesados baúles y su vientre abultado, ninguna de las hermanas la había oído pronunciar palabra. En el refectorio se decía que era una señora de la Corte que había conspirado contra el nuevo emperador y que este le había cortado la lengua antes de desterrarla para siempre a un convento alejado en las montañas. También se decía que el hijo que crecía en su vientre era producto de tratos con el demonio y que, a cambio de que este le conservara la belleza aún en la madurez, la dama le había pagado con sus palabras, de modo que nunca más entre los vivos podría volver a oírse su voz.

Poco a poco, esos rumores se habían acallado. La propia Elvira, y muchas otras novicias, la habían escuchado rezar entre dientes cuando le subían el almuerzo a la celda. Sin embargo, nunca se dirigía a ellas, ni respondía las preguntas de la abadesa más que con una inclinación de cabeza cuando esta acudía a visitarla. Ni siquiera daba muestra alguna de comprender la lengua de los francos.

El trapo de Elvira se hundía en el agua sucia.

Tal vez el alumbramiento hubiese terminado por despojar a aquella mujer de toda lucidez. Tal vez lo que se decía de ella era cierto y el Señor la estaba castigando por una vida ligera de la que no parecía arrepentirse.

La mirada desencajada de la dama, que con una mano sujetaba a la niña colgada de uno de sus pechos y con la otra la escudilla de caldo, no terminaba de posarse en Elvira. Inquieta, sus ojos claros saltaban de los frascos con tinturas de hierbas que la ventrera había preparado para ella al grueso tapiz que protegía del frío las paredes de la celda.

No había allí nadie más: solo la recién nacida, la dama Gytha y la propia Elvira.

Elvira hundió la mano en el agua para recuperar su trapo.

—¿En Aquisgrán? Nunca, señora. —Los ojos de la dama, de un azul perturbador, encontraron por fin a Elvira—. ¿Cómo es?

—¿Aquisgrán? ¿Cómo es Aquisgrán, dices? Es tan maravillosa... Ni en veinte años que tuviéramos para hablar sobre Aquisgrán podríamos hallar palabras suficientes en el mundo para describirla. Aquisgrán es... ¿Cómo vas a entenderlo si nunca has estado ahí? Es un lugar sagrado. ¡Por eso mi Carlos mandó construir allí la capilla! Ah, es tan magnífica la capilla... Dios está allí, en esa capilla, ¿comprendes? Ay, pero ¿cómo podría yo hablarte de ella si nunca la has visto? Es brillante. Todo allí es brillante: ¡de oro! Tan hermosa... —La lengua de la dama masticaba deprisa las palabras.

Elvira escurrió en el cubo el trapo sucio de sangre.

—Está muy lejos, ¿verdad, señora?

—¿Lejos? ¡Lejos! ¡Cómo no va a estar lejos! ¡Todo está lejos de este maldito lugar! —La boca de la dama se quebró en un mohín asqueado—. ¿Has visto tú que aquí bajen alguna vez las estrellas a rezar? ¿Lo has visto? En Aquisgrán lo hacen: ¡allí sí que está Dios! —Se llevó a la boca una cucharada temblorosa. Elvira empujó el cubo con las rodillas, dispuesta a enfrentarse a una nueva losa—. Tú tendrías que haber nacido en Aquisgrán, mi muñequita linda.

—¿Señora? —Pero la dama ya no le hablaba a Elvira, sino a la niña: al bebé recién nacido al que mecía con las sacudidas de su pecho cada vez que tomaba algo del aire pesado de la sala.

—Si mi pobre Carlos viviera todavía, tendrías allí una cunita y un sonajero, como las princesas del palacio. ¡Un sonajero de perlas y brillantes! Sí, mi Matilda preciosa, mi pequeña princesa…

Elvira dejó caer el trapo en el cubo con un gran salpicón para ahogar los sollozos de la mujer.

—Señora, si deseáis… —se interrumpió.

La mujer temblaba violentamente.

—¡Infames! —gritó de repente.

—¿Señora?

La niña rompió a llorar.

—Ayuda… ¡Ayúdame!

—¡Señora!

Elvira corrió al lecho. La dama se retorcía entre muecas y gemidos como no lo había hecho siquiera mientras paría.

Sin saber qué hacer, Elvira cogió a la niña, que chillaba. Aquel cuerpecito delicado, tan pequeño, no terminaba de encajar en sus brazos desnudos, fríos por el agua jabonosa.

La dama se incorporó. De un manotazo, vertió lo que quedaba del caldo que había estado tomando.

—¡Veneno! —sollozó entre estertores—. ¡Me han envenenado! —Elvira dio un paso atrás, alejando al bebé inconsolable de aquella mujer poseída por el diablo, que se llevaba las manos al cuello como si una soga invisible le aprisionara la garganta—. ¡Ha sido él! Ese sucio bellaco de Ludovico ¡me ha envenenado! ¡Él, seguro que ha sido él, miserable! ¡Que se lo lleven mil demonios! ¡Así, así es como piensa gobernar sobre todos los francos!

—Señora, no temáis, ahora mismo llamo a la abadesa, aguantad solo un…

—¡No! No, espera, novicia, ¡no te vayas! —Las sábanas ensangrentadas se le enganchaban en las piernas. Las arrastró con ella hasta el suelo—. Dime, ¿cómo te llamas?

—Elvira, señora. —Una mano de largas uñas trató de aferrarse a los hábitos de Elvira. Esta reculó hasta que su espalda chocó contra la pared de la celda.

—La abadesa vendrá ya mismo: vendrá en cuanto la llame —insistió—. Estaré de vuelta enseguida. No os preocupéis, señora, voy a pedir ayuda y…

Con un aullido de dolor, la mujer se dobló sobre sí misma. A rastras, se alejó del lecho. Las largas trenzas barrían el charco de sangre nueva que le manaba de entre las piernas y emborronaba las losas que Elvira acababa de fregar.

La mano extendida aferró con fuerza los bajos del hábito de la novicia, que se apretó a la niña con más fuerza contra el pecho.

—¡Señora!

La mujer rugía cada vez que tomaba aire.

—¡Elvira! Elvira, júrame que la cuidarás. Esta niña, mi Matilda… ¡Júramelo! Me han matado, me han matado, pero ¡la niña vive! ¡Han sido ellos!

—¿Ellos, señora?

—¡Esos viles bellacos! La Corte dorada de Aquisgrán, ¡púdranse todos! Escúchame, Elvira. ¡Óyeme! No dejes que la encuentren. ¡Elvira, júramelo!

La dura pared no dejaba que Elvira siguiese retrocediendo, ni tampoco podía defenderse con la niña desconsolada todavía en brazos.

—Señora, yo soy solo una novicia, poco puedo hacer —trató de razonar—. Dejadme que llame a...

La mujer escalaba por las faldas de Elvira, la usaba como muleta para levantarse. Aquella irguió la espalda todo lo que pudo, sin poder huir. El rostro encendido de la dama, brillante de sudor, se aproximaba cada vez más al suyo.

—¡No! Escucha —jadeó—, escúchame bien... Yo ya estoy muerta, pero esta niña debe vivir, ¿me has oído?

—Señora —musitó Elvira sin poder apartar la mirada de aquellos ojos enrojecidos, tan abiertos que el negro había engullido todo lo demás.

—Te lo suplico, por favor, Elvira, cuida a mi Matilda, cuídala, por favor... —La sangre que le teñía los dientes parecía entorpecer sus palabras, cada vez más lentas, más graves, más duras—. Te lo pide una pobre mujer. ¡Mírame! No tengo nada, no puedo darte nada, ni riquezas ni poder. ¡Nada me han dejado! No te pido que me vengues ni que recuerdes mi nombre, solo que la protejas. Vendrán, ¡seguro que vendrán a por ella! ¿Lo entiendes? Vendrán desde Aquisgrán y yo no estaré, y ella solo te tendrá a ti. Llévatela, ¡llévatela lejos si quieres salvar tu alma! Júramelo. Júramelo, Elvira, júramelo...

Como una tormenta que se resuelve tan rápido como ha venido, el demonio abandonó a aquella mujer, que, ya sin fuerzas para seguir sosteniéndose, se desplomó con un gemido. Sus huesos resonaron al chocar contra el gélido suelo de piedra.

Elvira, con el corazón acelerado y la espalda aún pegada a la pared, aguardó. La mirada vacía en los ojos de la dama Gytha, abiertos ya para siempre, le arrancó un escalofrío.

La niña, huérfana, lloraba.

2

Las nuevas de la muerte del emperador Carlos habían llegado apenas dos días antes que la dama Gytha. Los primeros tres caballos alcanzaron las puertas del convento una noche oscura de invierno, asustando con sus gritos de impaciencia a la hermana que los recibió. Exigieron ver de inmediato a la madre abadesa.

Esta convocó en el refectorio a todas las hermanas, y también a los sirvientes que se ocupaban de los animales y a las lavanderas y las criadas que encendían con afán los fuegos.

—Nuestro amado emperador y señor Carlos, tras siete días confinado en su lecho, ha fallecido en su augusto palacio en Aquisgrán. Dios todopoderoso reclamó su piadosa alma tras cuarenta y siete años de glorioso reinado. Ahora deja a su hijo Ludovico la tarea de honrar la memoria de su padre y guiarnos a todos sus súbditos hasta el día en el que nos llegue nuestra hora.

Las hermanas aún rezaban por la salvación de su alma y por la buena salud y prosperidad del nuevo emperador cuando, bajo una levísima cortina de nieve, arribó al convento la segunda comitiva.

Acompañaban a la dama Gytha criadas y lacayos, que se ocuparon de forrar una celda de tapices y pieles y, con los carros ya vacíos de los baúles de la dama, se apresuraron a bajar de nuevo a los valles antes de que las nevadas cortaran los caminos.

Por orden de la madre abadesa, las novicias asistían y vestían a la dama, que sin embargo no consentía que la peinaran ni bajaba con las hermanas al refectorio. Todas sabían que venía de la Corte, y que alguna desgracia la había dejado tan sola en el mundo que se había venido a parir a una celda pequeña, en aquel convento nuevo entre montañas.

¿Hablaba la dama del emperador Ludovico cuando expulsaba serpientes y maldiciones por la boca, cuando se rindió a la locura? ¿Y de su padre, que había doblegado a los sajones y luchado contra los sarracenos? La dama apenas había esperado para seguirlo al purgatorio a que las primeras flores brotaran a las orillas de los caminos.

Las hermanas que se arremolinaban ante la puerta de la celda se santiguaban, efusivas, con graves asentimientos y lamentos en voz queda por la suerte de la niña.

—Es una señal del cielo. ¡Una señal os digo! —exclamaban.

Ninguna se acercó a tomar a la pequeña de los brazos de Elvira.

—La pobre criatura se ha matado, Dios se apiade de su alma.

—¡Válgame el Señor! Y la capilla llena de peregrinos, las reliquias a nuestro cargo, ¡y la dama ahora muerta! Nuestro Dios nos pone a prueba, hermanas.

—Era de prever que ocurriría algo así, una mujer de su calaña... ¿Y por qué no hablaba, es que no tenía lengua?

—¡Claro que tenía, hermana! ¿Cómo podéis decir tal cosa? ¿Es que no la oíais rezar? Bien que decía los latines, pero nada de dar los buenos días, como si contagiáramos achaques en este convento…

—Habrase visto cosa semejante. ¡Entre estas santas paredes entre las que resguardamos las gotas de la Santa Leche de Nuestra Señora!

—Pero ¿cómo ha ocurrido tan rápido? Las dos, la madre y la niña, respiraban cuando la ventrera se marchó. ¿No lo visteis vos también, hermana? ¿Verdad que ambas vivían?

—La niña bien que lloraba, sí.

—Pobre pecadora. ¡Y deja una niña sola en el mundo! Recemos por su alma, hermanas, y para que la santa madre María no permita que el demonio se lleve de nuestro lado a este bebé. Es inocente, ¡inocente de las faltas de su madre!

—Hermanas, tengamos calma. —La figura rígida de la madre abadesa surgió bajo el marco de la puerta.

Las hermanas, acompañadas del graznido solícito de sus hábitos de estameña, se hicieron a un lado. Todas a una, con la avenencia ganada tras años de elevar juntas sus voces al cielo, se alinearon decorosas a ambos lados del corredor. Nada se interponía entre Elvira y la mirada severa de la abadesa.

La novicia aguardó, en silencio, muy quieta, con la niña dormida en sus brazos. Aún tenía las mangas del hábito manchadas de sangre.

—Vamos, muchacha. Cuenta sin miedo lo que ha ocurrido —exigió la abadesa—. Te harás mal si te guardas en el pecho una desgracia como esta.

Elvira tragó saliva, aunque no consiguió humedecer su garganta seca.

—Madre —comenzó. Las hermanas dejaron escapar un suspiro contenido, que la abadesa cortó con una leve inclinación de cabeza—. Todo estaba bien. La dama Gytha tomaba su caldo y amamantaba a la niña —dijo. La reverberación del corredor gélido se tragó el leve temblor de su voz—. Entonces, de repente, se sintió mal. Parecía no poder tomar aire. No sabía qué hacer, madre. Cogí al bebé y quise correr a llamaros, pero apenas tuve tiempo.

La abadesa entrecerró los ojos.

—Ya veo —murmuró. Apretó ligeramente los labios—. La hermana Segelina preparó personalmente ese caldo de gallina y todas las hermanas hemos comido del mismo puchero. —Hizo una breve pausa—. ¡Debemos estar siempre alerta! —exclamó entonces alzando la voz—. ¿No acabamos de presenciar cómo el diablo, en su perfidia, ha aprovechado la debilidad del cuerpo de una parturienta para apoderarse de su alma? Es esta una noche oscura para nuestro convento.

—¿El diablo, madre? —musitó una de las hermanas. Un leve murmullo se levantó entre las demás.

—La dama Gytha ha tomado su propia vida —declaró la abadesa. La manga de su hábito crujió, solemne, cuando se persignó.

Elvira no lo rebatió, ni se unió a las hermanas que se apresuraron a imitarla. Temía despertar a la niña si se movía.

Los ojos agudos de la abadesa parecieron reparar por primera vez en la criatura que, inocente y desamparada y ajena al concilio que la muerte de su madre había convocado, dormía tranquila en brazos de Elvira.

Esta reprimió el impulso de dar un paso atrás ante el ceño fruncido de la abadesa. La poca luz que se vertía en el corredor le rehuía también el rostro; apenas se le posaba en los altos pómulos, en la frente severa, en la toca inmaculada bien ceñida a las sienes.

¿Qué más podría sucederle a aquella criatura, recién venida al mundo, que ya había conocido la mayor de las desgracias?

—Este sagrado convento —dijo finalmente la abadesa— no es lugar para una niña sin madre.

Nadie quedaba ya que pudiera oponerse por parte de la niña.

Las hermanas exhalaron en armonía, aliviadas. Ordenada y comedidamente, pero todavía sacudiendo la cabeza ante la audacia que había tenido aquella mujer de morirse en un día tan señalado para el convento, siguieron a la abadesa por el corredor.

Elvira las vio marchar y se permitió por fin un tiritón que la sacudió entera.

¿Qué podía hacer ella por aquella pobre niña?

Aquella noche, en la capilla, las almas que habían peregrinado hasta el convento para rezar ante las reliquias dormían enmarañadas las unas sobre las otras. El aire usado de sus pulmones era lo único que calentaba los muros fríos de piedra. Elvira nunca había visto la capilla del convento, que apenas se había levantado unos años atrás, tan llena de almas. Muchos se habían echado a los caminos, viajando incluso durante largas jornadas bajo la lluvia por senderos empinados que los arbustos querían robar al monte, solo para postrarse ante las gotas de la Santa Leche de Nuestra Señora, reliquias que se veneraban esos días en el convento.

Quizá alguna madre de familia o una joven viuda accediera a criar a esa niña que, aun antes de haber conocido la luz del día, ya sabía lo que era estar sola en el mundo. Si la abadesa no hallaba a nadie que quisiera hacerse cargo de ella, el bebé sería enviado a un hospicio, donde hermanas dedicadas a ello le darían comida y ropa.

Ocupada en la tarea de encontrar a una mujer que estuviese criando y pudiese darle a la niña un poco de su leche, Elvira tropezó con una losa suelta o una abarca* olvidada, o tal vez con el borde mismo de su hábito. La mano amable de la hermana Berswinda le sostuvo el antebrazo y evitó que ambas, la niña y ella, cayeran al suelo. Con el corazón palpitando con fuerza, se giró. La hermana se la quedó mirando, extrañada.

—¡Novicia! Poned más cuidado: ¡no es noche para andar corriendo por ahí, sin concierto alguno! —La hermana Berswinda elevó las cejas cuando el fardo que Elvira llevaba en brazos rompió a llorar—. Pero ¡muchacha! ¿Qué hacéis con esta criatura? Estará hambrienta, como es natural. Ay, pobrecilla... ¡Tan pequeña y ya esclava del hambre!

Elvira asintió, despacio. Tal vez la hermana Berswinda se ofreciera a coger al bebé. Elvira se lo entregaría sin dudarlo: era una cosa pequeña, minúscula, que sin embargo le pesaba más y más cada instante que la mantenía abrazada contra sí.

Los brazos de Elvira no estaban hechos para arrullar niños.

La hermana, sin embargo, no hizo amago alguno de tomar a la pequeña. Se limitó a contemplarla con un deje de lástima en la curva de los labios resecos, que acostumbraba a humedecerse con la lengua antes de hablar.

Elvira la comprendía, por supuesto. También ella compadecía a aquella pobre criatura, que no tenía capacidad de entender por qué se había quedado sola en el mundo.

---

* Calzado algo tosco confeccionado en cuero sin curtir, que se sujetaba con correas o cuerdas sobre el empeine y el tobillo.

—Tenéis razón, hermana: la niña lleva rato llorando —dijo. Le ardían las mejillas, le pesaban los brazos—. Decidme, ¿no sabréis si hay esta noche aquí alguna mujer que pueda darle un poco de leche?

La hermana Berswinda se relamió los labios una, dos y hasta tres veces.

—Leche, claro… Creo haber visto alguna criatura de teta; si Dios lo quiere no nos será muy difícil encontrar a la madre. Vamos, novicia, traed acá ese bebé. ¡Pero qué lloros! ¿No sabes que estamos en un lugar sagrado, niñita mimada? Vamos, vamos, no despiertes a toda esta gente. Te buscaremos algo de leche, ¡no seas tan impaciente!

La hermana Berswinda ya se aprestaba a acoger a aquella frágil pero escandalosa niña para gran alivio de los brazos entumecidos de Elvira. Entonces esta descubrió, entre los racimos de cuerpos amontonados los unos juntos a los otros, uno que se erguía levemente y enganchaba un bebé también lloroso a su pecho.

—¡Alabado sea el cielo! —murmuró la novicia, que se apresuró a abordar a la mujer oronda, rodeada de otros cuatro o cinco chiquillos dormidos, que la vio acercarse con los ojos todavía entornados por el sueño.

La mujer no se opuso a darle el pecho a la niña. Elvira aguardó, acusando también ella las punzadas de algo en el estómago que bien podía ser tanto hambre como pavor, los brazos repentinamente ligeros mientras la pequeña comía con ganas.

En cuanto la mujer le entregó de nuevo al bebé, ya saciado, se dirigió a las cocinas.

Era tarde. Las sirvientas, que tras su propia cena charlaban tranquilas al calor del fuego, se levantaron en cuanto vieron entrar a Elvira.

Esta no se atrevió a beber las escurriduras de caldo que le ofrecieron, pese a que, horas antes, también ella lo había comido.

—Gracias, algo de pan será suficiente —dijo, aunque no creía que unos pocos mendrugos mascados con desgana consiguieran aliviar el temblor que se le había aposentado en las manos.

Despacio, como en un sueño, regresó a la celda donde yacía muerta la dama Gytha.

La dama había sido devuelta al lecho. Elvira se quedó mirando una de las arrugas que se habían formado en el lienzo, todavía ensangrentado, sobre el que descansaba su cuerpo inerte.

Murmurando una plegaria, Elvira acomodó al bebé junto a su madre, fría ya.

Se arrodilló. Exhausta, dejó que se le cerraran los ojos.

3

Cuando despertó en mitad de la noche, la luz de la vela, antes tenue, se había apagado. En la oscuridad, Elvira quiso alcanzar a la niña. Las rodillas, entumecidas tras haber sostenido su peso durante largo tiempo, se le enredaron en las faldas del hábito.

Creyó oír otra presencia, además de los llantos de la niña.

Se incorporó a tientas, pero las negras sombras no le permitían reconocer siquiera la silueta exánime de la dama Gytha.

¿Alguien más respiraba en aquella pequeña celda?

Se tapó la boca con las manos para ahogar su propio resuello agitado.

¿Quién, quién estaba merodeando por las celdas en plena noche, a oscuras? ¿Algún ladrón, escondido entre los peregrinos que dormían en la capilla? ¿Un maleante que quería robar las joyas de la mujer muerta cuando todavía no se le había secado el sudor de los cabellos?

La respiración del extraño se agitó. A Elvira le pareció que se le acercaba.

Retrocedió, presurosa, todavía de rodillas. Los ojos no terminaban de acostumbrársele a la oscuridad, pero quiso adivinar una silueta encorvada sobre el cuerpo sin vida de la dama.

Un sollozo amenazaba con escapársele del pecho. El llanto de la niña se detuvo, sofocado.

Por un brevísimo instante, Elvira respiró aliviada. Era al bebé a quien buscaban.

«Júramelo, Elvira, júramelo...».

La súplica agonizante de la dama Gytha le resonaba en los oídos.

—¡Matilda! —exclamó en voz alta. Encontró en alguna parte fuerzas para ponerse en pie, pero unas manos fornidas se le cerraron sobre los codos y la obligaron a arrodillarse de nuevo.

La niña, todavía viva, volvía a llorar.

Elvira forcejeó. Era demasiado débil como para desasirse. Su atacante se cernía sobre ella, impasible. Era una gran losa pesada, un manto tupido y sofocante, una presencia ensordecedora en el silencio de la noche.

—¡Soltadme! ¡Ayuda!

Elvira podía oler el aliento sorprendentemente dulce de aquel hombre. Sentía el calor de su cuerpo encima del de ella. Ambos respiraban con dificultad.

—¡Socorro, hermanas! ¡Un intruso!

Elvira chillaba. Pero ¿quién podría oírla a través de los gruesos muros de la celda, por encima del llanto de la niña?

Estaba sola.

No vendría nadie a salvarla.

Notó una punzada de dolor en el cuello. Tardó un momento en comprender que eran los dientes de aquel hombre, que se le clavaban en la carne.

—¡Auxilio, hermanas! ¡Ayuda! —aulló, revolviéndose con más fuerza para tratar de apartarlo de sí.

Consiguió propinarle una patada en el pecho, pero la fuerza de aquel hombre era descomunal. Apenas logró que relajara la pinza impasible que le mantenía los codos pegados al torso.

—¡Déjame, animal! ¡Esta es la casa de Dios! ¿Cómo os atrevéis? ¡Suéltame! ¡Ayuda!

Y entonces, de repente, él la liberó.

Elvira apenas tuvo tiempo para tratar de recular, porque el extraño le propinó una bofetada que la tiró al suelo antes de saltar por encima de ella en dirección a la puerta.

No se atrevió a llevarse una mano temblorosa a la mejilla hasta mucho después de que sus pasos se hubieran perdido en el corredor.

Necesitaba luz. A tientas, encontró la vela apagada. La agarró con firmeza, pero la cera aún caliente se le resbaló entre los dedos.

Se forzó a respirar bien hondo antes de agacharse a recogerla del suelo. Cuando la tuvo por fin en la mano, se incorporó como pudo y fue palpando las paredes hasta encontrar la puerta de la celda. Corrió fuera; debía prender la mecha con la primera tea que encontrara.

Cuando regresó, una llama temblorosa iluminó la carita colorada de la niña. La pobrecita lloraba, desconsolada; se le habían escapado las manos de la manta y las agitaba desesperada, queriendo llamar su atención.

Elvira le chistó. Le dolía la mandíbula y también los brazos, y le pesaba el corazón de tan rápido como le latía.

—Calla, niña tonta. ¿Quién va a querer consolarte? ¿Es que no ves que no tienes madre?

Abrazó con rabia aquel cuerpecillo delicado, lleno de dolor aun tan pequeño como era. Poco a poco, apretada contra el pecho agitado y vacío de leche de Elvira, la niña se calmó.

Antes de morir, la dama Gytha había mencionado Aquisgrán. ¿Tendría razón y aquel hombre extraño había venido desde tan lejos para envenenarla?

¿Alguien en Aquisgrán quería matar también a su hija, una niña recién nacida que apenas había manchado su primer pañal?

Elvira se descubrió una mota de sangre seca en la falda del hábito. La rascó, enérgica, con la uña del dedo índice, pero la sangre estaba bien adherida a las fibras; se le resistía.

Quizá enviar a la niña a un hospicio era condenar a las pobres hermanas que la recogieran a la misma suerte que había corrido la madre de aquella criatura desgraciada. Quizá intentar convencer a cualquier otra mujer que estuviera criando para que se la llevase era enviarla a ella y a toda su familia al mismísimo purgatorio.

Quizá todo era producto de la conciencia sucia de aquella pobre mujer y, como había dicho la abadesa, la dama había sucumbido a sus propios delirios y había tomado su propia vida.

Quizá el hombre que había atacado a Elvira volviese a terminar lo que había empezado, al abrigo de la oscuridad y el revuelo que reinaba en el convento aquella noche.

Quizá...

Elvira se sorprendió cuando dos lágrimas le bajaron por las mejillas. El fuego de la tea debía de haberle herido los ojos.

Se enjugó la cara con la manga. Le escocía la mejilla que el extraño había golpeado.

Nadie más que ella sabía que todo el convento corría peligro. Nadie más salvaría a la niña; nadie podía hacerlo. ¿Quién querría implicarse en un asunto semejante, manchado de los pecados de la dama Gytha, tan alejado de la rutina de rezos y plegarias de las hermanas?

Contuvo la respiración y alumbró todos los rincones de la celda antes de acercarse a la figura inmóvil que descansaba en el lecho. Nadie se ocultaba entre las sombras. Nadie la atacó repentinamente.

Se santiguó tres veces.

—¿Cómo ibais a quitaros la vida, justo después de parir a vuestra hija? —susurró junto a la dama muerta. Le acarició el delicado repulgo bordado en oro que le remataba los puños del brial—. Ese hombre os ha matado y quiere matar también a la niña, ¿verdad, señora?

Casi sin advertirlo, Elvira le hablaba en la lengua de las nanas de su madre, allá al otro lado de las montañas, en vez de en la que todas las hermanas usaban en el convento. Pero ¿qué importaba, si la dama Gytha estaba muerta? También ella había venido desde lejos; tal vez su casa quedaba tan lejos como el palacio de Aquisgrán. Pero incluso si aún subsistía un pedazo del alma de aquella pobre mujer, prendido en el cuerpo que tantos años había habitado, no podría ya detener a Elvira.

Desabrochó la cadena que la difunta llevaba al cuello, de la cual colgaban las llaves de los baúles.

Rauda, abrió uno de ellos. Allí guardaba la dama Gytha los enseres que había traído consigo, de Aquisgrán o de allá donde hubiera concebido a su hija: las cintas doradas, los broches brillantes, los pesados anillos y las agujas para el pelo. Bien atenta por si escuchaba pasos fuera de la celda, Elvira hurgó entre los gráciles velos y los mantos suntuosos. De poca utilidad podrían serle las fajas de cota de malla o los pendientes de esmeraldas, que eran elegantes y recargados; los dejó donde estaban.

Tomó, en cambio, el brial más sencillo que allí había, de lana teñida de un color terroso. Acarició con la yema del dedo el tejido suave; solo las cintas de los costados, bordadas con hilo de plata, valdrían lo suficiente para alimentar a todo el convento durante meses. Quizá, si lo cubriera con un manto, no llamaría demasiado la atención.

Ajustó la manta alrededor de Matilda; las noches aún eran frías, el bosque tal vez estuviera helado. Con Matilda en brazos, atravesó el refectorio sumido en las sombras y solo se detuvo ante los últimos rescoldos de fuego que aún ardían en las cocinas. La joven sirvienta que cuidaba el fuego por las noches dormía aovillada junto a las ascuas.

Elvira dejó a Matilda junto a ella, bien tapada. Ninguna de las dos despertó cuando depositó también en el suelo el hatillo robado. Si Matilda lloraba de repente, la muchacha abriría los ojos y le preguntaría qué ocurría. Elvira tendría entonces que contarle la verdad; podrían alertar a todo el convento, harían que buscaran y prendieran al intruso que la había atacado.

Encendió una tea. La muchacha no se inmutó. Las llamas crecían; hambrientas, lamían la resina. Matilda tosió en sueños.

—Ahora mismo vuelvo —le susurró Elvira.

Las noches de primavera eran crudas en lo alto de la montaña. En cuanto la novicia abandonó el abrigo de los muros de piedra, los vientos gélidos le golpearon el rostro y le hincharon las faldas. Sin embargo, no asfixiaron su fuego.

Si se marchaba sin más con la niña, no tardarían en alcanzarlas. La madre abadesa no tendría reparo alguno en dar a la hija huérfana de una pecadora para que alguna aldeana la criara; sin embargo, a Elvira, tras haber robado un bebé, no le permitiría regresar al convento a profesar sus votos. El convento era y seguiría siendo un lugar limpio y sagrado.

Pero ni ella ni Matilda estaban a salvo allí; nadie les aseguraba que el hombre extraño que las había atacado no estuviera al acecho, oculto entre el resto de los peregrinos, esperando la ocasión propicia para matar al bebé.

¿No le había prometido a la dama Gytha que protegería a su niña?

Antes de entrar en los graneros, Elvira rezó tres padrenuestros. Era tiempo más que suficiente para que, si Dios hubiera tenido a bien impedir que siguiera adelante, le hubiera apagado la llama de la tea.

Pero esta ardía, brillante y valiente en la noche oscura.

Elvira aún rezaba cuando enterró la tea en un montón de paja seca.

Por un brevísimo instante, el mundo se detuvo. Solo quedaban la oración musitada por los labios de la novicia y una oscuridad que el brillo vaporoso de la tea apenas rompía. Esta, tras haber sobrevivido a la tormenta, parecía luchar ahora por permanecer encendida ante la enormidad del forraje que la rodeaba.

Las sombras respiraban.

La llama, también, tomó aire.

La paja prendió.

Elvira terminó su oración, con el reflejo del fuego en las mejillas ardientes.

Solo necesitaba distraer la atención de las hermanas, entretener a los peregrinos hasta que ella y la niña estuvieran lejos de allí. Tenía que despistar de alguna manera al extraño que las había atacado.

Solo entonces se percató de que los graneros distaban unos pocos pasos de la capilla. Una pequeña chispa, diminuta como el bigote de una rata, podría viajar envuelta en una ráfaga de viento y, en cuanto prendiera en una viga o en el postigo de una puerta, crecería y se expandiría con rapidez. Bastaría para engullir todo lo que encontrara a su paso.

Elvira, con la vista clavada en el fuego descontrolado que consumía ya las traviesas del techo, se preguntó cómo sería ser devorada por las llamas que una misma ha encendido. ¿Constituiría suficiente penitencia para su alma pecadora? ¿O sería más bien la vía más corta para condenar su alma totalmente al infierno?

Se limpió la frente sudorosa con la manga del hábito.

Quizá Dios, que la había protegido hasta ese momento, salvaría también su vida del fuego si este llegaba a quemarle la falda.

No era demasiado tarde aún para tratar de contener las llamas, pero habría perdido un tiempo valiosísimo de haberse detenido a intentarlo.

Sus borceguíes,* viejos y con la suela muy gastada, no eran demasiado apropiados para caminar por el suelo escarchado, pero eran todo lo que tenía y habrían de servir.

Matilda despertó cuando la tomó de nuevo entre sus brazos, quizá sorprendida por el olor ahumado que empezaba a impregnar los hábitos de Elvira.

—Calla, calla, que ya estoy aquí —le susurró a la niña.

La sirvienta dormía todavía cuando la novicia se echó el hatillo al hombro. Alargó la mano para sacudirla; si la alertaba, tal vez estuviera a tiempo de salvarle la vida.

Se detuvo antes de rozar las ropas bastas de la muchacha. Debía apresurarse y aprovechar para marcharse mientras

---

* Calzado similar a unas botas ajustadas que cubría la pierna hasta la rodilla.

el convento aún durmiera, antes de que se diera la voz de alarma.

Corrió todo lo que le permitieron las piernas. Los llantos desgarrados de la niña se perdieron en la noche, entremezclados con la vieja nana que Elvira le tarareaba y los gritos desamparados que manaban ya del convento.

4

El frío laceraba los pulmones de Elvira, que pronto había tenido que abandonar su carrera para continuar su camino más despacio.

Imprimía gran esfuerzo en poner un pie tras otro, en seguir avanzando, en dejar atrás el convento y adentrarse cada vez más y más en la oscuridad del bosque, sin saber siquiera si caminaba en línea recta o si había errado ya su trayectoria.

Sabía que si se detenía no sería capaz de volver a empezar. La poca luz de la luna que se dejaba caer por entre las ramas desnudas de los árboles guiaba sus pasos.

Los ángeles de la guarda del bebé que llevaba en brazos le susurraban palabras de precaución al oído cuando estaba a punto de meter el pie mal calzado en una zanja o de tropezar con una roca.

Matilda, exhausta o aterida, o quizá afligida de ambos males, había callado hacía tiempo. El silencio las rodeaba, ensordecedor una vez que se perdieron, a lo lejos, los gritos desesperados que venían del convento.

Elvira ya no cantaba, ni rezaba, ni le hablaba a la niña. El crujido de sus pasos y su respiración agitada marcaban las horas. El viento que le azotaba el rostro y le congelaba las lágrimas en las mejillas le despejaba el entendimiento.

No tenía comida, ni leche para la niña, ni ropa de abrigo, ni sitio adonde ir. ¿Qué la había impelido a escuchar las palabras delirantes de una moribunda descarriada? El extraño que la había atacado podría haber sido un maleante hambriento que, aprovechando la confusión por la afluencia de peregrinos, buscaba algo que llevarse a la boca o unas pocas piezas de plata.

¿Qué le importaba a ella, en realidad, aquella niña sin madre?

¿Por qué seguía caminando, alejándose de la seguridad del convento, con un bebé y unas ropas robados?

Pronto, cuando el cansancio la venciera y se dejara caer entre la maleza, se terminaría su aventura. ¿Qué había logrado Elvira, después de todo, sino prolongar infructuosamente la vida de aquella criatura desdichada un día, unas horas más? ¿Quién era ella para interponerse en el plan que cariñosamente Dios, en su infinita sabiduría, había trazado para ellas?

Elvira no había pisado la tierra de ese bosque desde aquel día en que, años atrás, subió la montaña hasta el convento. No conocía sus caminos ni las trampas que la maraña de árboles tendía a los intrusos; ellos tampoco la conocían a ella. Y era mejor así, después de todo. Se había marchado del convento, había dejado atrás a las hermanas y a la madre abadesa; ya no era la novicia que, hacía apenas unas horas, barría el suelo de las cocinas.

En toda su vida, nunca antes, ni siquiera tras la muerte de Bermudo, su difunto marido, se había encontrado tan sola. Caminaba, siempre hacia abajo, hacia delante; tomaba un poco más de aire para sus pulmones, se alejaba un paso más del convento.

Estaba tan cansada...

Con un suspiro y una oración atravesados en la garganta, se recostó contra un tronco para no caer desfallecida. Cerró los ojos por un momento, permitiéndose un instante de alivio para sus párpados cansados, hinchados, conmocionados.

Se apartó del árbol con un respingo. No podía quedarse dormida.

Comprobó que Matilda aún respiraba. La luz que ya clareaba hacía que la cara colorada le brillara, como encendida.

Con los dedos torpes por el frío, Elvira le ajustó la manta que la envolvía; no tenía telas limpias con las que ceñirla, de modo que aquella triste manta tendría que servir. Ahora recaía en ella la tarea de ocuparse de que la niña estuviera bien fajada; si se dejaba que los niños crecieran con los brazos al aire, las pobres criaturas se veían impelidas a menearse y el demonio podía aprovechar para penetrar en su alma inocente. Antes de que una se diera cuenta, los tenía arrastrándose por el suelo a cuatro patas, como los animales.

—No seas quisquillosa; yo también tengo frío —murmuró Elvira—. Tenemos que seguir un poco más, así que pórtate bien, ¿vale? Pocos bebés pueden jactarse de haber vivido tantas aventuras como tú, pero has de cuidarte mucho para no caer en la soberbia y el orgullo. Demos gracias al cielo por esta nueva mañana que nos ha concedido.

Caminó otros cincuenta pasos antes de detenerse nuevamente, entre toses y tiritones. Depositó con cuidado a la niña junto a un revoltijo de raíces desenterradas, costillas desnudas del bosque que bien poco cobijo le daban. Se sacudió hasta tres veces los brazos torpones, que se le resistían, desmañados, a obedecerla.

Deshizo, con dedos temblorosos, el nudo tosco del hatillo.

—Ya sé que no es el mejor disfraz —musitó. Incluso a la luz tímida de la mañana encapotada, era demasiado evidente que una mujer corriente no tendría a su alcance un brial con tales adornos, tan nuevo y tan hermoso.

Se lo puso, sin demasiado cuidado, por encima del hábito. Tal vez si rasgara la tela y le añadiera dos o tres remiendos pasaría más desapercibido. Agradeció el calor instantáneo que le abrazó el pecho y sonrió para sí, dispuesta a soportar el peso añadido sobre sus hombros. Había llevado cargas mayores.

—Vamos allá, señorita Matilda. En marcha de nuevo. —Se acurrucó a la niña contra el pecho y se echó de nuevo a andar, decidida.

Al poco vislumbró una columna de humo, tan larga y estrecha que casi parecía un tronco más en la lejanía.

Detuvo sus pasos. ¿La engañaban sus ojos?

Giró sobre sí misma. Su propósito desde el principio había sido alejarse del único camino que conectaba el convento con el pueblo más cercano, pero aun así se sorprendió de que su agónica marcha no hubiera abierto una senda en la hojarasca del suelo. ¿Había preferido, tal vez, que de sus pies doloridos brotara un rastro de sangre que llamase a gritos a cualquiera que se dispusiese a encontrarla?

Matilda gimió sin abrir los ojos.

Los pájaros cantaban en aquella mañana hermosa, en la que bien podía admirarse la obra de Dios.

Elvira se ajustó el cinturón del vestido con la mano que no sujetaba a la niña.

El sol de mediodía jugaba a las escondidas con las nubes cuando Elvira emergió por fin de entre los árboles. No sabía si parecía más ángel o bruja del bosque, con el cabello descubierto y mojado de rocío y un bebé diminuto e irritable en brazos, pero sin duda había motivos para que el miedo congelara los brazos de los niños que cortaban leña en un tocón. El mayor, de diez o doce años a lo sumo, se persignó tres veces antes de acercarse a recibirla.

—¿Señora? —dijo él por fin.

—El Señor esté contigo, muchacho. Por favor, esta niña…

La voz de Elvira se perdió, tan débil y agotada como ella, entre las nubes de vaho de su aliento entrecortado. Los niños se miraron, quietos en el frío de la mañana nueva.

—¿Quién está ahí? —Una mujer salió de la cabaña, envolviéndose los hombros con una pelliza que Elvira envidió de inmediato—. ¡Válgame Dios! ¿De dónde salís, señora? Venid, venid junto al fuego. Pero ¿qué lleváis ahí? Rápido, venid. ¡Pobre criatura! ¡Gausbertus, Gautlindis! ¿Qué hacéis ahí parados como dos leños? Venga, rápido, vino para la señora.

En el interior de la cabaña, oscura pero cálida, olía igual que en un establo. Los niños condujeron a Elvira hasta la única silla que había, que fue prontamente instalada junto al fuego. La madre revoloteó alrededor de Elvira hasta que esta tuvo un vaso de vino en las manos ateridas.

La escarcha adherida a los borceguíes de Elvira se derretía al calor del fuego, regando de barro y vergüenza el suelo de la cabaña. Matilda comía del pecho de la mujer, ajena a la historia que Elvira hilaba y que las convertía en tía y sobrina, peregrinas que habían acudido al convento en las montañas, desde muy lejos, para venerar las gotas de la Santa Leche de Nuestra Señora que, como tantas otras reliquias, procesionaban de monasterio en monasterio a lo largo y ancho de la cristiandad.

—¿Desde lejos, decís? ¿Y con un bebé recién nacido?

Elvira clavó la mirada en el hogar, con la vaga esperanza de que la mujer atribuyera el repentino ardor de sus mejillas al calor del fuego.

—¿Parió su madre en el camino?

Elvira agachó la cabeza.

—No hace ni un día que Dios se la llevó —dijo sin faltar a la verdad. Se sorbió la nariz. Le corrían ríos de sudor por la espalda, pese a que aún tenía los pies helados—. Y, por si fuera poco, ese terrible incendio… —se lamentó. Como no podía quitarse el pesado brial ni el hábito que aún vestía bajo este, se recostó en la silla, con todo el disimulo del que fue capaz, un poco más lejos del fuego.

—¿Un incendio, decís? ¿En el convento? ¡Virgen santísima! —La mujer se santiguó—. ¿Y habéis caminado toda la noche sola con esta niña, sin conocer el bosque?

Elvira dejó que un levísimo sollozo se le escapara de la garganta. Iba a responder a la exclamación horrorizada de la mujer con un suspiro lagrimoso cuando descubrió la mirada curiosa del hijo más pequeño de la casa clavada en el resquicio de la estameña de su hábito, que le asomaba por debajo del brial robado.

Había sido una imprudencia aceptar la ayuda de aquellas gentes. Estaban aún demasiado cerca del convento. Esta mujer recordaría con todo detalle que había alimentado a un bebé recién nacido, que la dama que lo traía había mencionado un incendio.

De un tirón, se ajustó los bajos del brial.

—Necesitaré pañales limpios —dijo en voz baja, el vaso bien sujeto entre los dedos agarrotados.

Antes o después, la niña necesitaría leche. Elvira tampoco podía marcharse hasta que no hubiera recuperado las fuerzas: debía pensar en Matilda, debía protegerla.

Apretó los dientes. No podía irse sin más.

Por más vino que bebía, seguía teniendo sed.

El marido de la casa, que talaba árboles con su hijo mayor, aún no había regresado a la hora del almuerzo. La mujer le insistió a Elvira, tomándola por una gran señora, que les concediera el honor de no moverse de la única silla, que naturalmente solía ocupar su marido. Los niños se arracimaron todos en un extremo del banco corrido.

—¡Qué bien come la niña! —exclamó la mujer devolviéndola a los brazos de Elvira para preparar las gachas—. Para que el bebé no coja calentura —prosiguió, acercando su boca de dientes podridos al oído de Elvira— lo que necesitáis es una cabrita.

Elvira la miró con los ojos entrecerrados. Tal vez la falta de trato con otras gentes, allí en mitad del bosque, había afectado al entendimiento de la mujer.

—No creo que una cabra…

—Para el bebé, señora, ¡para el bebé! —rio la mujer. Sacudió la cabeza, divertida—. ¡No, señora! No hablo de una cabra de verdad: lo que necesitáis es una cabrita —repitió, pronunciando la palabra muy despacio—. ¡Una teta! Una teta de artificio. ¡De mentira!

Elvira asintió, despacio.

—Está bien —dijo finalmente. A la mujer se le abrió una sonrisa en el rostro—. Sí, sí: es lo que necesito. Entonces, ¿dónde consigo una… cabrita?

La mujer ladeó la cabeza.

—Ay, ¿tal vez en la ciudad? Mañana hay mercado en Tolosa. Si salís bien temprano, quizá podáis llegar antes de que cierren las murallas. Tomad, comed ahora un poco. Debéis de estar hambrienta, después de todo por lo que habéis pasado.

Elvira engulló aprisa una escudilla de gachas insípidas. Quería proseguir cuanto antes su viaje, pero la fatiga y el cansancio pudieron con ella y, arrullada por el calor del fuego, recostó la barbilla en la mano y cerró los ojos.

Las imágenes de las paredes del convento teñidas de negro y hollín, de las trenzas de la dama Gytha empapadas con la sangre del alumbramiento y de los labios prietos de la abadesa justo antes de decretar que Matilda debía ser enterrada fuera de la iglesia junto a su madre, pecadora y muerta, la acompañaron hasta que despertó con un respingo, bien entrada la noche.

El viento hacía retemblar las maderas del tejado de la cabaña. Los niños dormían apaciblemente entre sus padres, en el gran jergón de paja cubierto de pieles. En un nido de mantas, el bebé recién nacido que Elvira había robado gimoteaba débilmente.

Contó diez veces hasta cincuenta, como le había enseñado su madre, antes de levantarse. Muy despacio, casi a tientas, se acercó silenciosa a la puerta de la cabaña. No estaba trabada.

Se detuvo con la mano ya apoyada en la madera rugosa.

Matilda, saciada y bien abrigada, dormía. Lo que la niña necesitaba en realidad era una casa como esta, donde no le faltaran ni leche ni compañeros de juegos. Lástima que aquello que uno precisa y aquello que el Señor le concede no siempre vayan de la mano.

Elvira abrió la puerta. Una ráfaga de viento helado le escupió en el rostro, aún delicado allí donde la habían golpeado la noche anterior.

Sus ojos cansados distinguieron, a la poca luz que la luna conseguía ensartar a través de las nubes, el tocón para trocear la leña. Algo más allá, tras los palos para orear la ropa limpia, había un pequeño huerto y lo que parecía un corral diminuto, quizá para criar gallinas. Agotado tras un día de trabajo cargando madera tras los pasos del leñador, un borrico dormitaba amarrado a un poste.

Elvira aún no había profesado sus votos, pero eso no le impedía ser perfectamente consciente de que casi todas las decisiones que había tomado desde que la dama Gytha se había despedido de este mundo iban en la dirección opuesta a lo que predicaban las Sagradas Escrituras.

No obstante, ¿qué otra cosa podía hacer? No podía quedarse aquí, tan cerca del convento, con tantos secretos bajo la falda del brial.

Anduvo con paso ligero hasta llegar junto al animal.

Comenzó una oración, pero se detuvo tras las tres primeras frases. Realmente, no podía pretender que Dios escuchara sus plegarias cuando ella llevaba horas y horas sin escucharlo a Él.

—La última voluntad de la dama Gytha fue que salvara a su hija —le susurró a la oreja del burro, que resopló con los ojos todavía cerrados cuando Elvira le acarició el morro—. ¿Qué otra cosa puedo hacer? La madre abadesa no lo aprobaría. Mis hermanos tampoco, eso lo sé bien. Pero, incluso si el convento siguiera en pie, ¿cómo podría volver allí? —Las hermanas ya habrían apagado el fuego; los muertos ya habrían recibido sepultura.

La luna escapaba de detrás de una nube justo cuando Elvira, con Matilda arrebujada en su regazo, se adentraba en el bosque a lomos del borrico.

5

De niña, como todas las mozas del pueblo, Elvira había supuesto que, cuando le llegara la hora, se casaría y abandonaría su casa para mudarse a la de su marido. Pronto, si así Dios lo quería, esta se llenaría de bebés llorones de mofletes sonrosados que querrían que los achuchara y los besara y les zurciera las calzas y les peinara los cabellos. Ella les enseñaría a caminar y a hablar y a asearse y a rezar sus oraciones. Elvira y su marido, que no sería demasiado viejo ni demasiado joven y siempre le besaría la mejilla antes de salir de casa, llevarían una vida sencilla. Se entenderían bien con sus vecinos, acudirían a la ermita los domingos y, en las fiestas del pueblo, se reencontrarían con el resto de la familia y todos beberían y comerían entre canciones y risas.

Tras la muerte de Bermudo, por supuesto, todos aquellos sueños infantiles —ilusiones tontas que no tenían en cuenta los tropiezos que cada uno da en la vida— se le habían escurrido a Elvira por entre los dedos.

Nunca imaginó que, años después, se vería a las puertas de una gran ciudad, sucia y ruidosa, con una niña hambrienta a la que no había parido.

De las casas, todas ellas estrechas y torcidas, no cesaba de entrar y salir gente: mujeres que gritaban, niños que pasaban corriendo sin disculparse junto a su falda, ancianas que vaciaban las bacinillas por las ventanas abiertas. Olores y ruidos se amontonaban sin concierto los unos encima de los otros. Los umbrales apenas descollaban por encima de la mezcla de tierra y excrementos, que bien podían ser de caballos o de sus dueños. A Elvira, acostumbrada al campo y a la quietud de la oración en el convento, el bullicio constante de la mañana de mercado, que ahogaba hasta los trinos de los pájaros, la aturdía.

Los turgentes y algo terrosos nabos que un muchacho iba exponiendo en el primer tenderete le recordaron que lo último que había comido habían sido aquellas gachas en la cabaña del bosque.

Los llantos inconsolables de Matilda ahogaban los rugidos del vientre de Elvira.

—¡Madre! Madre, ¿querríais unos nabos?

Elvira tardó unos instantes en percatarse de que una mujer la llamaba desde el otro lado de la mesa. Justo antes de cruzar las murallas de la ciudad, había vuelto a vestir su hábito y su toca de novicia, mucho más discretos que las ropas de la dama Gytha ahora que se encontraba algo más lejos del convento.

—Mirad qué nabos traigo, madre. Han sido bendecidos por las reliquias de san Maximino de Tréveris, que pasaron por nuestros campos en las calendas de febrero. Son muy buenos para los dolores de vientre y también para los pies hinchados. ¿Qué, os pongo un puñadito?

—Oh, no, gracias, no. Pero quizá podáis ayudarme... Veréis: esta niña necesita leche. Su madre ha muerto. Tal vez podáis...

La boca de la mujer se frunció en una mueca asqueada, como si Elvira llevara consigo los testículos del mismísimo demonio en lugar de a una pobre niña hambrienta.

—Venid, señora, ¡acercaos más! —Evitando ahora la mirada de Elvira, la mujer acompañaba sus gritos con gestos para invitar a acercarse a las viandantes que recorrían la plaza del mercado con cestas de mimbre en lugar de bebés llorones—. ¿Querríais comprar unos nabos?

Elvira retrocedió, con las mejillas tan encendidas como las de Matilda, que llevaba horas y horas llorando sin parar porque no le daban de comer.

No tuvo mejor suerte en el tenderete que vendía quesos, ni con los dos hermanos que se interesaron por comprarle el burro y le escupieron a los pies en cuanto Elvira mencionó la teta de artificio.

Mordiéndose el labio inferior hasta que se hizo sangre, aguardó a que el carnicero hubo despachado a una criada que le encargaba todo tipo de viandas para un banquete en honor del santo de su señora.

—¿Qué va a ser, madre?

El carnicero pareció al principio escucharla con atención, pero en cuanto Elvira mencionó la cabrita empezó a trastear con sus cuchillos y no levantó la vista siquiera para despedirla.

Con un temblor en las rodillas que poco tenía que ver con el cansancio, Elvira dejó que la marea de personas que ojeaban el género y regateaban a voz en grito se la tragara de nuevo. Quizá debiera, simplemente, preguntar si en la ciudad había algún convento y dejar a Matilda en el umbral. O una iglesia. Una iglesia también serviría. En una iglesia, además, podría arrodillarse y rezar, y tal vez el Señor le iluminase el entendimiento y le inspirase alguna idea para seguir adelante. Algún sacerdote se avendría a bautizar a Matilda antes de que Dios se la llevase.

—Sabéis dónde queda el cementerio, ¿verdad? —Una voz áspera trajo a Elvira de vuelta desde el breve sueño de incienso y vidrieras en el que se había permitido adormecerse—. No tenéis más que llamar a la puerta de la tercera casa, en la calle que baja desde el cementerio. Allí podréis conseguir una cabrita.

Solo cuando un dedo largo ya se hundía en el carrillo mocoso de Matilda se le ocurrió a Elvira apartar al bebé de la extraña que se les había acercado. Algo confundida, retrocedió dos pasos antes de que su espalda chocara con la de un hombre alto y con un solo ojo que le imprecó con un bufido que mirara por dónde iba.

—Poned cuidado —dijo la desconocida.

Sin que Elvira pudiera apartar la mirada, la mano de la mujer se cerró en torno a su brazo, justo en el punto en el que aún se le marcaban los cardenales que le había regalado su última noche en el convento.

Elvira contuvo la respiración.

Y, entonces, la mujer la soltó.

Su rostro afilado, picado de viruela, era el de una extraña. Estaba segura de que no la había visto antes. Aun así, Elvira la estudió con atención. Pero era la primera vez que pisaba esta ciudad. No había modo alguno de que la mujer supiera quién era ella o de dónde venía. Y, después de todo, Matilda era tan solo un bebé: irreconocible y anónima. ¡Ni siquiera la propia Elvira sabía quién era su padre!

La mirada dulce que la extraña le dedicaba a la niña hizo que Elvira se decidiera a confiar en ella. Tal vez solo fuera la caridad cristiana la que la movía a ofrecerle su ayuda de aquella manera.

—¿Es cierto, pues? —preguntó, la voz algo temblorosa—. ¿En esa casa podré comprar una cabrita?

La mujer rio.

—Podréis, si tenéis dinero. Oilinda no os la dejará barata, eso es cierto.

—¿Oilinda?

—Preguntad por ella. Buen día, madre.

Con una nueva caricia a la carita compungida de Matilda, la mujer se dio la vuelta y se marchó.

¿Cómo había podido Elvira dudar de que Dios quería que Matilda viviera? Él y sus ángeles de la guarda la habían protegido desde que nació, cuidándola como su madre muerta no podía. ¿Qué otra cosa podía hacer Elvira más que seguir la senda que tan claramente se le marcaba?

Las gentes de Tolosa estaban mucho más dispuestas a indicarle el camino ahora que preguntaba por el cementerio. Tuvieron a bien informarla, incluso, de que albergaba la tumba de un gran obispo. Si el tiempo no corriera en su contra, Elvira tal vez se habría acercado a pedirle que las protegiera en su viaje.

Al poco, ataba al borrico frente a la casa de Oilinda. Se enjugó con la manga la frente sudorosa antes de llamar a la puerta.

—¿Quién es? —La voz cascada de una mujer apenas pudo escurrirse por la rendija estrechísima que se abrió entre la puerta y su vano.

—Dios os bendiga, buena mujer. Por favor, busco a Oilinda. ¿Es aquí?

Elvira aguardó lo que le pareció un largo rato. Matilda había cambiado sus lloros por débiles gimoteos. Elvira la apretó más contra sí, como para protegerla del potente sol de la mañana y del hambre que no tardaría en llevársela.

A Elvira también le dolía el vientre, tan vacío como el de la niña.

—Aquí es. —La puerta se abrió por fin.

Cegada por la penumbra repentina, Elvira no estaba preparada para el penetrante olor a incienso y a hierbas que la asaltó en cuanto traspasó el umbral de la casa. Tuvo que apoyarse en la pared para no caer mareada al suelo.

Poco a poco, se le fueron acostumbrando los ojos a la oscuridad, lo suficiente como para distinguir, en la sala a la que se abría el pasillo, el gran caldero burbujeante sobre el hogar y los manojos de brotes espinosos colgados del techo. El rostro de Oilinda, si es que era ella, seguía envuelto en sombras.

—Vamos, ¡siéntate! —La mujer apartó unos pergaminos de la única banqueta que se veía en la sala y los depositó despreocupadamente en una mesa cubierta de harina—. ¿No ves que la criatura llora? Deja, déjame que vea.

Había en aquella voz cierto deje que poco tenía que ver con su energía o su brusquedad y que delataba a la mujer como extranjera. Elvira se dejó caer en la banqueta.

—¿Tiene nombre?

Elvira tardó un instante en entender que preguntaba por la niña.

—Sí, claro. Sí, Matilda.

—Ah. Matilda. Matilda —repitió la mujer, enunciando cada sonido casi por separado, muy lentamente, de forma que juntos formaban una palabra desconocida, ajena. Exótica, tal vez. ¿No era aquella también la manera, crujiente y como escarchada, en la que la difunta dama Gytha había llamado a su hija?—. ¿Qué te trae a mi humilde casa, Matilda, en brazos de una monja?

Elvira se irguió, alerta, con Matilda bien apretada junto al pecho.

—Señora Oilinda... —comenzó.

La mujer la interrumpió.

—Cienes y cienes de niños perdidos lloran por todas partes porque tienen hambre. ¡Hasta los hijos del mismísimo emperador! Y sus pobres madres, que una vez fueron princesas, abandonadas y desperdigadas por los conventos, no pueden sino lamentarse de su suerte... ¡Bien! —exclamó de pronto volviéndose hacia Elvira con los ojos muy brillantes—. Tengo lo que necesitas. ¿Puedes pagarlo?

—¿Tenéis una cabrita? —preguntó Elvira sin poder esconder la alegría en su voz.

—¡Pues claro! ¿Con quién crees que estás hablando, muchacha? No te hagas la tonta: ¿puedes o no puedes pagar?

Elvira tragó saliva. Asintió.

—¡Excelente!

Los huesos de Oilinda crujieron cuando se arrodilló para rebuscar en un arcón. Gateó hasta acercarse de nuevo a Elvira, con los cabellos sueltos arrastrando tras ella.

—¿Esto es? —Elvira estudió el extraño objeto que Oilinda puso en sus manos.

—¡Pues claro! ¿Qué esperabas, una teta de verdad? Es un cuerno de vaca. Escúchame con atención. ¿Ves aquí? Tiene un agujerito, muy chiquitín, para que salga la leche. Le metes una ubre de vaca por aquí, ¿ves? Por este lado. Y la rellenas con leche de cabra. Cuando nuestra Matilda termine, si es que quieres que la ubre te dure, es mejor que la mojes bien en agua.

—Pero ¿es un cuerno? ¿Un cuerno vacío?

—¿Es que no lo ves? Lo más importante, no vayas a olvidarte, es que la leche sea de cabra, bien fresca, ¿entiendes? A los niños que beben la leche de las vacas se les endurecen las tripas y dejan de cagar. —Oilinda se irguió. Se palmeó los muslos—. ¿Tienes para pagar o no?

Cuando Elvira salió de nuevo a la calle de la iglesia, tuvo que recostarse un momento en la pared ardiente de la casa. Vacía ella y vacío su estómago, necesitaba unos instantes para descansar. Incluso el hatillo, más ligero ahora que había vendido el cinturón de joyas de la dama Gytha para que Matilda no muriera de hambre, le parecía demasiado pesado para acarrearlo junto con la niña.

Esta dormía, por fin, en silencio.

La miró largo rato. Su pecho, tan delicado que Elvira estaba segura de que podría aplastarlo si lo empujaba con demasiada fuerza, se elevaba y se hundía con cada una de sus pequeñas bocanadas de aire. De vez en cuando, pataleaba con los piececitos desnudos. Tal vez soñaba con echar a correr.

Elvira posó sus labios rotos en la frente de la niña.

—Mira que eres tonta —le susurró—. Te dan de comer y ya callas. ¿No ves que todavía nos queda lo más difícil?

Segunda parte

LA COLINA

Navarra, 814
Año primero del reinado del emperador Ludovico

6

La última vez que Elvira había caminado bajo el blanco impuro de aquellos endrinos, con el aroma de la corona de flores de su boda aún prendido en el pelo, la acompañaban su hermano Gundisalvo y su cuñada.

No había sido un viaje cómodo. Las lluvias de primavera enfangaban los senderos, por los que apenas transitaban carros que se avinieran a llevarlos. Elvira no podía imaginar que la abadía de Musciacum estuviera a tantas jornadas de viaje de su casa. Gundisalvo, más irritado cada día que pasaba, se negó a abrazarla cuando se despidieron en las puertas de la abadía.

Entonces Elvira pensaba que no volvería a verlo.

Se quedó mirando cómo se marchaba, muy quieta, con un nudo en la garganta que se dijo que se debía a que, por fin, estaba a punto de comenzar su nueva vida. El carro de Gundisalvo se hacía más y más pequeño, y pronto Elvira dejó de distinguir las dos figuras montadas en él. Cuando ya no podía escuchar su traqueteo, se persignó, alzó la gran aldaba de la puerta de la abadía y le sonrió débilmente a la monja que la recibió y que, con las cejas alzadas, miraba de arriba abajo a aquella aldeana que venía desde tan lejos. Tanto que el romance que hablaba apenas se le entendía.

Por supuesto, Elvira tenía, en aquel momento, intención de profesar y dedicar su vida a la contemplación. Era el único camino que podía tomar, pero lo aceptó gustosa. Solo el trayecto hasta la abadía le había resultado una gran aventura: para ella, que nunca antes se había alejado tanto de la casa y el valle donde había nacido, aquellas montañas nuevas, aquellas noches bajo las estrellas y aquellas gentes extrañas que las ruedas del carro iban dejando atrás no suponían más que una prueba de lo grandiosa que era la obra de Dios.

Muniadona, que se echaba a reír cada vez que Elvira se atrevía a mencionar su futura vida religiosa, le había robado el peine la segunda jornada de viaje.

—¿No se afeitan las monjas el pelo con un cuchillo? —se burlaba su cuñada mientras los dedos de Elvira, entumecidos aún por el sueño, se esforzaban por deshacer los nudos que el viento le tejía en los cabellos—. Nuestra monjita nos ha salido presumida —le decía a Gundisalvo, que a ella sí le sonreía, y le daba los buenos días con un beso en la mejilla y la tomaba de la mano cuando debían vadear un arroyo.

De niños, era la mano de Elvira la que su hermano mayor aferraba cuando, junto con Fortún, iban a atrapar ranas al arroyo. De hecho, lo hacía con tanta fuerza que la huella de aquellos dedos firmes y grandes quedaba marcada en rojo en el brazo de Elvira y su madre los reñía a los dos por alejarse tanto para meterse en líos. Tras la muerte de Bermudo, sin embargo, todo había cambiado. Con tal de no responder a Elvira cuando esta preguntaba si les quedaban galletas, o si faltaba mucho para que pararan a descansar, Gundisalvo rompía a cantar canciones de vendimia.

—Tendrán ya dos o tres bebés rollizos y llorones —le dijo Elvira a Matilda, bajo los endrinos, y la niña demostró su entusiasmo ante la idea con tres eructos consecutivos—. Y tú tendrás compañeros de juegos que te enseñarán a trepar a los fresnos y a cazar lombrices. Es muy importante que, cuando una llega nueva a un sitio, encuentre aprisa su lugar. Cuanto antes lo aprendas, mejor para ti.

Elvira apenas había pasado un verano y un invierno en Musciacum, pues pronto la abadía había recibido la visita de unos monjes lombardos. Estos, rodeados al momento por las jóvenes novicias ávidas de nuevas del exterior, les habían hablado de un nuevo convento que acababa de ser consagrado, en las montañas, a apenas dos semanas de distancia.

Deseosa de poner aún más leguas entre su pasado y su futuro, Elvira había partido con ellos.

—Pero el Señor nos marca sendas que no imaginamos que seguiremos. Después de tantos años, aquí estoy otra vez...

Matilda seguía con sus grandes ojos azules el revoloteo del dedo de Elvira, que terminó posándose en la naricilla de la niña. Esta la arrugó; tal vez le hacía cosquillas.

—Llegaremos hoy, si Dios quiere. Pórtate bien en casa de mis hermanos, ¿me oyes? Nada de escándalos ni tonterías.

Elvira engulló el último pedazo de queso que le había dado el cabrero al que, dos días antes, le había comprado leche. Con un suspiro, se levantó. Se permitió una mueca al montar de nuevo en el borrico. Llevaba tantos días de viaje sin descanso que las piernas no eran para ella más que una fuente constante de dolor. Caminar también le dolía: se había vendado los pies hacía semanas para protegerlos del frío, pero se le habían formado llagas y la sangre le manchaba las vendas.

Apretó los dientes.

—Ya no queda nada —le dijo a Matilda y, asegurándose de que la llevaba bien sujeta, prosiguió su camino.

Caía la tarde cuando, en lo alto de la colina, medio devorada ya por las sombras, se dejó ver la casa.

La respiración de Elvira se aceleró. Desde allí abajo, pese a todo, parecía que nada había cambiado. Las mismas matas de hinojo a la sombra del pozo. El mismo rastrillo herrumbroso, abandonado de cualquier manera junto a la puerta. Los mismos tablones torcidos a modo de tejado por entre los que se escurría irremediablemente el agua cada vez que llovía, por muchos paños que su madre se empeñaba en meter entre las maderas.

Elvira había aprendido a correr bajando aquella colina.

—Ya estamos aquí —murmuró, pero Matilda, dormida, no la escuchaba.

Elvira bajó del burro y lo ató junto al abrevadero. Hacía años, habían llegado a tener dos mulos, pero su padre los había vendido cuando su madre murió.

Con pasos lentos, se acercó a la casa. Cuanto más subía, más aullaba el viento y más rápido le latía el corazón.

Se detuvo ante la puerta. Por encima del bramido del viento, que arrastraba las débiles nubes que salían de la chimenea y las deshacía en el crepúsculo, era imposible escuchar los ruidos del interior.

Matilda se revolvió en sueños. Elvira, casi sin darse cuenta, la arrulló en voz baja.

Llamó, con cuatro golpes muy seguidos. La piel seca de los nudillos hacía días que se le había resquebrajado y las manos se le habían llenado de pequeñas heridas.

La puerta se abrió.

Por un momento, Elvira casi creyó ver allí a su padre, en la figura envuelta en sombras que se encorvaba ligeramente para pasar por debajo del dintel. Pronto, sin embargo, la escasa luz procedente del interior acarició aquel rostro, que en otra vida había sido más familiar para ella que el suyo propio, y Elvira comprendió su error.

En la barba de Gundisalvo despuntaban ya las canas.

—¡Madre! Pero ¡entrad! ¿Es eso un bebé que lleváis en brazos? Pasad, pasad. ¿Qué necesitáis de esta humilde casa?

Una ráfaga de viento le arrancó a Elvira una lágrima que se apresuró a desterrar con unos parpadeos rápidos.

Sus pies recordaban aquel umbral; habrían podido franquearlo sin tropezar aunque ella hubiera tenido los ojos cerrados, los pies atados o una herida en el vientre. Y, sin embargo, los sentía clavados al suelo, fríos aun cuando tenía el resto del cuerpo empapado en sudor, que temblaba al ver de nuevo a su hermano.

Gundisalvo se hizo a un lado para dejarla pasar. Tras él, se adivinaban un murmullo de voces infantiles, el olor de un guiso caliente, la silueta del jergón en el que Elvira había crecido y que nadie había movido desde que ella ya no vivía allí.

—¿Quién va? —se oyó preguntar a una mujer.

—Es una monja, Munia. Madre, adelante. Pasad y calentaos.

El deje familiar de la lengua de sus padres y de sus abuelos, que no se oía de la misma manera al otro lado de las montañas, removió lo poco que le quedaba a Elvira en el estómago.

—¿No me reconoces, Gundisalvo? —preguntó—. ¿Tanto me odias que ya te has olvidado de mí?

La noche se tragó entonces el último rescoldo del crepúsculo. Elvira apenas podía distinguir la frente arrugada de su hermano; cómo este abría la boca y volvía a cerrarla.

—Pero ¿qué ocurre? ¿Quién es? —Muniadona apareció en el hueco de la puerta.

El brazo de Gundisalvo la rodeó inmediatamente; su figura oronda y cálida se amoldaba con naturalidad a la de su marido, más espigada. De eso estaban hechos los matrimonios: como dos velas que terminan fundiéndose en una sola al arder sus cabos el uno al lado del otro, los cuerpos de los esposos se transforman con el paso del tiempo para acoger y acomodar al otro.

También Elvira había imaginado que el hombre que se casara con ella ajustaría sus carnes para hacerle sitio a su lado.

—¿Elvira? Pero, Elvira, ¿eres tú? ¡Virgen santísima! —Muniadona se tapó la boca con las dos manos.

—Soy yo, sí —musitó ella, bajando la mirada para no ver cómo Gundisalvo atraía a su mujer más hacia sí.

Por un momento, los tres se miraron en silencio, Elvira desde fuera y ellos desde dentro, la puerta abierta y la niña dormida en medio.

—¿Y ese bebé, Elvira? —preguntó al fin Gundisalvo.

La Elvira que habían dejado en Musciacum habría enrojecido, habría agachado la cabeza, habría pedido disculpas por reaparecer de aquel modo en sus vidas.

Pero la Elvira que había huido del convento sonrió.

—¿Invitabas a entrar a una novicia desconocida, pero a tu propia hermana de sangre la dejas tiritando en el umbral?

—Claro, tienes razón. Pasa, pasa. Tendrás hambre. Ven, siéntate.

La entrada del mismísimo san Pedro Bendito habría causado menor conmoción en aquella casa.

Tres niños de rizos negros detuvieron las cucharas a medio camino entre el plato y la boca. Fortún, recostado sobre el hombro de una mujer que debía de ser su esposa, se incorporó de inmediato. El bebé en brazos de la mujer rompió a llorar en cuanto su madre dejó de mecerlo en las rodillas.

Después de tantas jornadas con Matilda y el canto de los pájaros como únicos compañeros de viaje, era casi un alivio para Elvira verse envuelta en aquel caótico bullicio.

Muniadona, atusándose los cabellos detrás de la oreja, dejó escapar una risilla tonta.

—Vamos, Elvira, no te quedes ahí parada. Siéntate, siéntate. Eh… —se detuvo.

La mujer de Fortún, su segundo hermano, ocupaba el sitio más alejado del fuego. Era el que siempre había correspondido a Elvira, la hija más joven de la familia.

Sin miramiento alguno, ella se dejó caer en el que había sido de su madre, donde a la luz de la lumbre esta zurcía las calzas y remendaba las camisas.

—Elvira —dijo Gundisalvo, con ese tono severo que había perfeccionado en el camino a la abadía de Musciacum—. Ese niño…

—Es una niña —interrumpió ella.

—Venga, ¡a comer todos! Terminaos la cena y a dormir. —Las palmadas enérgicas de Muniadona, además de incitar a los niños a retomar su comida, despertaron a Matilda.

—¿Es tuya? ¿Por eso has venido? ¿Quién te dejó preñada? —Más que hablar, parecía como si Fortún escupiera. Las primeras palabras que Elvira le oía pronunciar en cinco años y, por descontado, no eran más que insultos.

—¡Fortún! —lo reprendió Gundisalvo—. ¡Los niños!

Aquel desvió la mirada. Los niños también, haciendo como que no prestaban atención más que al contenido de su plato, aunque la curva traviesa de aquellos tres pares de labios, todos cortados de la misma forma, delataba su curiosidad.

Elvira ni siquiera sabía los nombres de sus sobrinos.

—Bueno, el quién es lo de menos —dijo Muniadona—. Trae acá; yo la cojo. Comerás más tranquila.

La niña gimió al verse acogida por unos brazos nuevos, extraños. Muniadona le chistó, no sin dulzura. El bebé se calmó enseguida.

—Se llama Matilda —musitó Elvira tragándose el nudo que le había florecido en la garganta—. No es hija mía —añadió.

Fortún carraspeó. Gundisalvo cruzó los brazos sobre el pecho y se recostó contra un arcón, pese a que todavía había espacio para sentarse al lado de Elvira. La mujer de Fortún, cuyo propio bebé los miraba a todos con los ojos muy abiertos, aceptó a Matilda de brazos de Muniadona.

Con naturalidad y sin rechistar, Matilda empezó a mamar.

—Tenías hambre, ¿eh, pequeñica? —rio la mujer de Fortún.

Elvira, con la espalda bien rígida, clavó la mirada en el fuego.

—Ten, come esto. —Muniadona le sirvió un plato rebosante de caldo y verduras.

Al final, Elvira debía admitir que su cuñada tenía razón. Bajo la toca aún guardaba sus trenzas lustrosas y negras, tan largas como el día en que la propia Muniadona se las había cepillado y ungido y la había preparado para unirse a Bermudo en el altar.

Los niños, Matilda incluida, terminaron de comer. A pesar de sus protestas, todos fueron enviados a dormir, aunque nadie esperaba que conciliasen el sueño cuando, al otro lado de la cabaña, una tía Elvira de la que seguramente nunca habían oído hablar había aparecido en la noche y los había puesto a todos tan nerviosos.

Muniadona dejó una jarra de vino en la mesa antes de sentarse también.

—Entonces —dijo, con la nariz arrugada de tal forma que parecía diez años más joven—, vamos a ver, si no es tuya, ¿de quién es la niña?

Durante las largas jornadas de viaje, Elvira había meditado qué debía contar y qué callar sobre la madre de Matilda. Se recreó masticando un pedazo tierno de zanahoria antes de responder. Tal vez era la tierra, o las horas de sol, o el aroma de la lluvia, pero las verduras sabían diferentes a este lado de las montañas.

—La madre murió tras dar a luz. Era una señora, una dama que llegó ya encinta al convento.

—¿Y qué haces tú aquí con su hija? —La pierna de Gundisalvo temblaba, impaciente.

Elvira apretó los dientes.

—No tenía a nadie en el mundo. No podía dejarla morir. Por caridad cristiana tuve que...

—¿Y a quién te crees que tienes tú en el mundo, a ver? —bufó Fortún.

Elvira se apresuró a rellenar el agujero que sus palabras acababan de abrirle en el pecho con una cucharada más de caldo. Estaba muy sabroso. Ella nunca había aprendido a cocinar tan bien como Muniadona: su madre había muerto antes de poder enseñarla.

—¿Es que vais a echarla nada más llegar, con la criatura a cuestas? —intervino la mujer de Fortún.

—¿Y qué sabrás tú, Lorencia? —le increpó Gundisalvo.

Para sorpresa de Elvira, que la había tomado por una mujer calmada y blanda, Lorencia se echó a reír. Se levantó, con cuidado de no despertar a los bebés que dormían en su regazo, y los depositó en la cuna, uno junto a la otra, con un beso en cada frente.

—Nada sé y nada me importa, querido hermano. Con vuestro permiso, me voy a dormir.

Gundisalvo abrió la boca, pero una mano de Muniadona en su antebrazo le hizo callar lo que fuera que quería decir.

Fortún también se levantó y, sin despedirse de nadie, se tumbó en el jergón de paja en el que ya lo esperaba su mujer.

Elvira, en silencio, terminó su cena.

—Qué nombre tan bonito… Matilda —dijo Muniadona. Se rellenó el vaso hasta el borde. Bien poco quedaba en ella de aquella muchacha delgaducha y burlona que Elvira recordaba. Hija del posadero del pueblo, se había pasado la primera noche en la solitaria casa de lo alto de la colina, tras su boda con Gundisalvo, lloriqueando en voz baja porque echaba de menos a su madre.

—Es un nombre extranjero —dijo Gundisalvo—. ¿Esa dama, la madre, era una extranjera? ¿Está bautizada la niña?

Elvira sacudió la cabeza.

—No, aún no.

Las arrugas de la frente de Gundisalvo se hicieron todavía más profundas. Con la mandíbula apretada se parecía más que nunca a su padre.

—No mientes, ¿verdad? ¿Seguro que no es tuya? —gruñó.

Fortún resopló desde el lecho.

—Claro que no es mía —replicó Elvira—. ¡No se me habría ocurrido venir hasta aquí si lo fuera!

—¿Y cómo quieres que adivine yo lo que se te puede o no haber ocurrido? Te lo dejé bien claro en su momento, Elvira: aquella fue la última vez. ¿Entiendes? No nos arrastrarás a tu vida de pecado. Si es eso lo que buscas, estás a tiempo de marcharte.

Elvira se obligó a abrir los puños, que tenía apretados en el regazo. Él tenía razón, y ella lo sabía. Había roto su promesa al volver aquí. Cuando se despidieron, todos contaban con que sería para siempre.

—La madre de la niña murió —repitió mirando a Gundisalvo a los ojos—. Hubo un incendio en el convento. Ni ella ni yo teníamos adonde ir.

—¿Un incendio? ¡Santa Madre de Dios! —exclamó Muniadona—. ¡Pobre niña Matilda!

—Pobres de nosotros… —masculló Gundisalvo. Tras una pausa, sacudió la cabeza—. A la niña hay que bautizarla.

Elvira asintió, despacio, aunque sabía que su hermano no le estaba pidiendo permiso. No tenía por qué hacerlo, en cualquier caso. Ella era una invitada no deseada en aquella casa, que hacía años que había dejado de ser la suya. Debía estar agradecida de que Gundisalvo no las hubiera mandado con su borrico de vuelta colina abajo.

Se permitió tomar una gran bocanada de aire cuando Gundisalvo escupió al fuego y, sin volver a dirigirle la palabra, se fue también a dormir.

7

Con el paso de los años, el corazón de Elvira casi había enterrado, bajo salmos en latín y bendiciones en la lengua de los francos, la dulce melodía de la lengua de su infancia. En el pueblo, cuando bajaban a escuchar misa a la ermita cada dos domingos, los niños correteaban al ritmo de los mismos juegos que Elvira conocía de cuando a su padre aún no le llegaba a la cintura; las letras de las viejas canciones que sus cuñadas canturreaban en el arroyo, apaleando calzas sucias y escurriendo pañales, le borboteaban a Elvira en la punta de la lengua. Antes de la cena, la familia escuchaba la oración dirigida por Gundisalvo, como antaño la había dirigido también su padre, con las cabezas gachas y las palmas unidas ante el pecho, antes de dar buena cuenta del estofado preparado con la liebre o la perdiz o lo que fuera que Fortún hubiera cazado ese día.

Matilda, por primera vez en su corta vida, podía comer cuando tenía hambre.

Todo era tal y como debía ser.

Excepto cuando Muniadona servía menos carne en el plato de Elvira que en el resto. O cuando Gundisalvo la miraba directamente a los ojos siempre que pedía en la oración que Dios misericordioso les perdonase los pecados. O cuando Matilda o el pequeño Crispín, su sobrino más joven, lloraban en plena noche pidiendo leche y Elvira despertaba sobresaltada. Incapaz de volver a conciliar el sueño, aguardaba con los ojos abiertos hasta que Lorencia volvía a acostarse. Escuchaba sus protestas y cómo apartaba el brazo de Fortún, que insistía en rodearla y apretarla contra sí aun en sueños. Al poco, la casa volvía a quedar en silencio, pero Elvira seguía aguardando. A que se le cerraran los párpados o a que dejaran de temblarle las manos bajo la manta. O a que vinieran a buscarla y se la llevaran presa porque había robado una niña. Lo que fuera que llegara antes.

La prudencia, o quizá el miedo, era lo que la llevaba a evitar las miradas curiosas que les lanzaban en el pueblo cuando la veían aparecer en la puerta de la iglesia, flanqueada por sus hermanos, siempre justo antes de que el padre Arnaldo diera comienzo a su sermón. Se sentaban todos en el mismo banco que siempre había ocupado su familia, el tercero desde el fondo. Humillaban las cabezas y ella fingía que toda su piadosa atención estaba en las palabras del sacerdote, cuando lo único en lo que podía pensar era en que una de sus cuñadas llevaba a Matilda en brazos porque a ella no le permitían cogerla en público.

Sabía que no había riesgo alguno de tropezar con la madre de Bermudo en la ermita; hacía muchos años, desde que Elvira era niña, que la anciana mujer estaba completamente sorda y no salía de su casa.

—Si sigues así se te va a romper el cuello —le dijo Fortún en una ocasión en la que la descubrió mirando la calle donde ella había pasado sus tres días de matrimonio. Bermudo había construido una habitación encima de la casa de su madre, y allí era donde Elvira pensaba que criaría a sus hijos. Era la primera vez que le mencionaban lo que había ocurrido cinco años atrás—. La vieja murió, ¿no lo sabías?

Elvira frunció los labios. ¿Cómo iba a saberlo si nadie se lo había dicho? ¿Acaso sus hermanos le habían hecho llegar las nuevas al convento? El padre Arnaldo sabía leer: podrían haberle enviado una nota si hubieran querido que ella lo supiera.

No se le había pasado por la cabeza, desde que estaba de vuelta en casa, acercarse a visitar a su suegra.

—No lo sabía, no —dijo.

La sonrisa de Fortún, una mueca burlona en su cara pecosa tostada por el sol, se torció un poco más.

—La hermana vino cuando se enteró. Ya la habían enterrado. Se pasó a saludarnos por casa.

Elvira ladeó la cabeza. La hermana de Bermudo se había casado hacía tiempo y se había marchado del pueblo.

—¿Sigue viviendo en Barcelona?

Fortún se encogió de hombros.

—No le pregunté —dijo aún sonriendo.

Elvira, que no quería darle la satisfacción a su hermano de verla suplicar por un pedacito ínfimo de información, desvió la mirada.

Fortún no volvió a dirigirle la palabra hasta que tuvo a bien comunicarle, días más tarde, que habían vendido el borrico para compensar los gastos de tener que alimentarlas a ella y a la niña.

No le habían permitido ser madrina en el bautizo: la tarea de madre espiritual de la niña recayó en Lorencia, que a fin de cuentas era quien la estaba criando.

—Creo que es porque aún no se creen que no sea tu hija —le confesó Lorencia aquella noche, con una risilla, mientras los demás estaban ocupados bebiendo y brindando por la salud de la pequeña.

Una buena cristiana estaría agradecida de saberla cuidada y a salvo; rezaría por todos ellos, por los niños y por la salvación del alma de su difunta suegra. Elvira, que en su largo viaje había cambiado el brial de la dama Gytha por leche de cabra para Matilda y mendrugos de pan para ella, seguía vistiendo su hábito de novicia. Y, sin embargo, ya no rezaba.

Repetía las oraciones cuando lo hacía el resto de la familia; aseó y acunó a Matilda el día de su bautizo. Pero hacía tiempo que no hablaba con Dios. Después de todo, ¿qué podía pedirle que no le hubiera concedido ya? ¿Cómo podría presentarse ante Él después de lo que había hecho?

De la aldea, tan solo una persona se avino a hablar con ella. Una tarde húmeda de verano, en la que Lorencia sesteaba a la sombra del pozo, Elvira sorprendió una figura oscura que subía con dificultad por el camino empinado.

—¿Es el padre Arnaldo? —preguntó, extrañada, cuando por fin creyó adivinarle la tonsura.

Lorencia abrió un ojo, perezosa

—Pues vendrá a hablar contigo.

El sacerdote jadeaba cuando por fin alcanzó la casa.

Lorencia, con los ojos cerrados y la respiración más profunda que momentos antes, fingía ser presa de un profundo sueño. Elvira se anudó las guitas de las abarcas que Muniadona le había cosido a regañadientes para sustituir sus ajados borceguíes. Se levantó del tocón que hacía las veces de taburete y se secó las manos en la falda de estameña del hábito.

—Padre Arnaldo. —Inclinó la cabeza.

—Con Dios, hija mía —resopló el párroco. Se secó la frente brillante con un pañuelo blanco—. Me convidarás a un vasito de vino, ¿verdad, Elvira, hija?

La casa estaba vacía: Muniadona se había llevado a sus hijos a refrescarse al arroyuelo. Elvira invitó a entrar al padre Arnaldo.

—Hija, hace tiempo que quería hablar contigo —confesó el sacerdote cuando hubo vaciado de un solo trago el vaso de vino que Elvira le sirvió. Ella, en silencio, se lo rellenó—. Dime, sin miedo: ¿has encontrado a Dios?

Elvira asintió.

—Sí, padre. En el convento, con las hermanas.

—En el convento, claro que sí —repitió él. Su mirada buscaba los ojos de Elvira, pero cuando por fin esta dejó de rehuirlo apenas tardó unos instantes en desviarla de nuevo.

En realidad, no había nada en los aperos colgados de las paredes o los ovillos de lana olvidados en su cesta, que el padre parecía estudiar ahora con bastante afán, que pudiera relacionar a Elvira con las mentiras que ella había ido sembrando desde la noche en que Matilda había nacido, pero con cada nueva gota de sudor que le caía por el cuello sin que el padre rompiera el pesado silencio más le costaba a ella respirar con normalidad.

—Sí, padre —murmuró ella con un hilo de voz que era una súplica para que él volviera a mirarla.

—Sí. —El padre le sonrió, afable—. Pero, vamos, hija, cuéntame. Sabes que puedes hablar con total libertad. Solo Dios nos escucha. —Dios, y probablemente Lorencia, que estaría bien atenta a cualquier palabra que pudiera llegarle por la puerta entreabierta o por la ventana entornada—. Dime: ¿por qué has vuelto aquí después de tantos años?

La mirada del padre abandonó de nuevo el rostro de Elvira y se detuvo en la cuna de los bebés, vacía porque dormían fuera junto a Lorencia.

Elvira se aclaró la garganta. Con manos rígidas, frías pese al bochorno por las judías que había estado lavando, le sirvió al padre Arnaldo más vino de la jarra.

—Hubo un incendio en el convento, padre.

La sonrisa sin dientes del sacerdote no se inmutó. Elvira hubo de hacer un esfuerzo por permanecer sentada en el banco.

—Dios todopoderoso solo nos pone en el camino aquellos escollos que sabe que podemos superar, hija mía. No desesperes: en su inefabilidad, también de ti se acuerda. —El padre se santiguó; sus ojos, brillantes en la penumbra de la casa, volvieron a encontrarse con los de Elvira—. Pobre Bermudo, Dios lo tenga en su gloria —añadió, tras una larga pausa.

Elvira no recordaba cómo pestañear.

—Sí, padre. —Le rellenó nuevamente el vaso.

8

En las largas tardes de aquel verano, mientras lavaba judías o le cambiaba a Matilda las telas de sus fajas, Elvira volvía una y otra vez a las palabras de la dama Gytha, que Elvira cada vez estaba más segura de que se referían al emperador Ludovico. En su viaje desde el convento, había oído que, en cuanto Ludovico supo de la muerte de su padre, pidió que le mostraran todas las riquezas del palacio de Aquisgrán, tesoros que se guardaban allí desde los años de las batallas contra los sajones y las guerras con los sarracenos de Córdoba. Repartió joyas, ropas, oro y plata entre sus hermanas, y una gran parte se la envió al Sagrado Padre en Roma, el papa León, tercero de su nombre. Como los tesoros eran tantos, aún sobró para repartirlo entre los pobres, mendigos, viudas y huérfanos de la ciudad. De la cuantiosa herencia de su padre, el emperador Ludovico, el más poderoso de los hombres, solo guardó para sí una mesa de plata para honrar su memoria.

¿Cómo era posible que un hombre tan generoso, de alma tan bondadosa, expulsara apenas unos días después a todas las mujeres del palacio? Su padre Carlos nunca había querido casar a sus hijas para que sus maridos no las alejaran de él, pero Ludovico no tardó en apartar de la Corte a todas sus hermanas y a los hijos de estas, bastardos pero con sangre real. Lo mismo hizo con las mujeres que habían compartido el lecho de su padre, fértil incluso en su vejez.

—Aquí todo eso queda muy lejos —le susurraba Elvira a Matilda, y esta le dedicaba una sonrisa desdentada al oír su voz—. Nadie vendrá a por ti, nadie te encontrará.

Muchas noches despertaba repentinamente cuando aún estaba oscuro y se descubría añorando los gruesos muros de piedra del convento, los pesados candelabros de la capilla y las largas y frías madrugadas rezando, arrodillada junto a las hermanas. Elvira siempre se había sentido acompañada cuando cantaban los salmos. Las voces claras de las hermanas, inseparables las unas de las otras, sin importar cuál fuera su nombre o en qué país hubieran venido al mundo, elevaban sus plegarias mucho más allá de las bóvedas y de las nubes, del mismo modo que la luz de las antorchas crepitaba y se perdía en lo alto, hasta llegar a Dios.

Cuando llegó la fiesta de la vendimia, las mozas del pueblo bailaban alrededor del fuego al son de cánticos y palmas. Las piernas ágiles que las faldas rizadas dejaban entrever en la danza embelesaban a los mozos tanto como los hoyuelos juguetones que se dibujaban en las mejillas de las jóvenes. Eran días de gozo, de risas y júbilo; las últimas fiestas antes de que los árboles perdieran sus hojas y las nieves cortaran los caminos y aislaran las aldeas en sus valles.

También Elvira, de soltera, tras pisar la uva codo con codo con las muchachas de su edad, se engarzaba flores en las trenzas y sacaba a bailar a los mozos. También ella reía y giraba hasta que le dolía la mandíbula y la cabeza le daba vueltas. Y, ya en la noche, se echaba en el jergón con un suspiro exhausto y los pies ardiendo, encendidos con la llama de la juventud.

De esa forma difusa pero luminosa en la que se aparecen en la mente los recuerdos de la infancia, todavía recordaba las vendimias que había vivido de muy niña, cuando su padre la subía sobre sus grandes abarcas y le enseñaba aquellas mismas danzas. Aprovechando cualquier descuido de los mayores, Fortún se las ingeniaba para convencerlos a Gundisalvo y a ella y estos lo seguían hasta las cubas de hollejo. Sin poder contener la risa, sumergían en el rojo viscoso sus dedillos traviesos para llevarse a la boca aquel manjar prohibido, robado, hasta que irremediablemente los labios teñidos los delataban y las varas se agitaban en el aire para disuadirlos de volver a intentarlo. Recordaba también la primera vez que había probado el agraz de la primera prensión, la última vendimia que su madre compartió con ellos, lo grandes que se le hacían entonces los toneles.

Ahora, las risas excitadas de sus sobrinos, demasiado jóvenes aún para prensar la uva, pero no para jugar y disfrutar del jolgorio de las fiestas, hacían que Elvira se atreviese a imaginar cómo, en unos años, también Matilda tomaría parte en aquello. Ella misma se encargaría de enseñarle las canciones y los bailes y le secaría los pies después de su primer prensado. No podía enseñarle la lengua de su madre, ni sabía el nombre de sus abuelos ni dónde estaban enterrados, pero, si Matilda, cuando creciese, recordaba con cariño una sola vendimia, todo habría valido la pena.

La última noche de la vendimia, cuando todo el trabajo estaba hecho hasta el año siguiente, Muniadona le pidió que llevara a los niños de vuelta a casa. Con una chispa de alegría prendiéndole desde dentro, porque su cuñada no solía permitir que los niños se quedasen a solas con ella, Elvira se puso en pie.

—Una monja poco tiene que hacer ya aquí —graznó Fortún elevando burlón su vaso rebosante de vino, que llevaba rellenando desde la mañana.

—Tiene razón, ¿no crees? —rio Muniadona con los ojos también brillantes por el vino y el vientre cada vez más hinchado por su nueva preñez.

—Vamos, ¡arriba! —Gundisalvo despertó con una palmada a Dioslinda, la más pequeña de sus hijos, que dormitaba ya en la mesa con la cabecilla apoyada sobre los brazos. Sus hermanos empezaron a protestar, alegando como era natural que ya eran lo suficientemente mayores como para quedarse despiertos hasta que se apagaran las candelas—. ¡Sin discutir! Todos a casa con la tía Elvira, ¿estamos?

La tía Elvira dejó a la pequeña Dioslinda al cargo de su hermana, porque debía tomar a Matilda en brazos. Pese al cuidado que puso en no despertarla, la niña abrió sus ojos azules en cuanto sintió que la movían. Se quedó mirando, embelesada, el dedo de Elvira, que le acariciaba los finos cabellos negros con la esperanza de que los mimos la devolvieran al sueño.

—Oye, es cierto, ¿verdad? —masculló Lorencia, que con los ojos entrecerrados y la lengua trabada por el vino acunaba a su hijo para que las protestas del niño, que veía que se llevaban a Matilda de su lado, no desembocaran en un berrinche—. He oído que se te murió el marido a los tres días. ¿Por eso te fuiste así, Elvirica? —hipó. Los dientes afilados le brillaban en la sonrisa socarrona, que se suavizó cuando bajó la cabeza para ocuparse de su hijo.

Elvira no respondió. De todas formas, Lorencia no tenía más que preguntarle a su marido si quería saber qué había ocurrido.

Atrajo a Matilda hacia sí.

—Tía Elvira, ¿nos vamos ya a casa? —Con un gran bostezo, la menor de sus sobrinas se le pegó a Elvira a la falda.

—Sí, eso es. Vamos a casa.

—¿No podemos quedarnos con madre? —Adegundo, el más travieso de los tres, se escurrió por debajo de la mesa para sentarse junto a Muniadona. Esta, con la achispada alegría que reinaba en la mesa, lo besó en los rizos y, riendo a carcajadas, lo empujó ligeramente hacia Elvira.

—¿No escucháis cuando se os habla? ¡A dormir todos, sin rechistar! —bramó Gundisalvo poniéndose en pie.

El niño, al verse increpado de tal forma por su padre, se echó a llorar.

—Venga, Tegridia, dale la mano a tu hermano —le dijo Elvira a la niña mayor.

El pequeño la siguió a regañadientes, lloriqueando y arrastrando los pies. Por supuesto, Dioslinda, que no soportaba que sus hermanos la dejaran atrás en nada, empezó a sollozar también.

Elvira les advirtió que tuvieran cuidado de no tropezar en la penumbra, cada vez más tupida.

—La vendimia ha sido muy divertida, ¿verdad, tía? —dijo Tegridia cuando ya medio adivinaban la casa en lo alto de la colina.

—¿Te lo has pasado bien?

—¡Sí! ¿Nos habéis visto? Hemos bailado muchísimo. Adegundo no se acuerda porque es pequeño, pero yo ya sabía ese baile del año pasado. ¿Lo conocíais, tía?

—¡Sí que me acuerdo! —En su entusiasmo por negar las mentiras de su hermana, Adegundo se olvidó de seguir llorando.

—Pues yo no me acordaba bien —dijo Elvira, conciliadora—. Hace muchos años que no lo bailaba.

—¿Cuántos? —preguntó Dioslinda.
—¿Quién sabe? Muchos, sin duda.
—¿Por qué? ¿No se bailaba en vuestro convento?
—Ah, no. Cantábamos a menudo, es verdad, pero en los conventos no se baila. Es una regla que todos tienen que cumplir, como cuando vuestro padre os dice que tenéis que iros a dormir.

Adegundo asintió, todavía compungido, y se sorbió los mocos.

—¿Y qué más hacíais en el convento, tía?
—Bueno, toda clase de cosas. Siempre había tareas que hacer...
—¿Sacabais agua del pozo?
—Claro, por ejemplo. Había un pozo muy grande en uno de los patios, pero es que hace falta mucha agua en un convento tan grande. ¡Y los cubos eran muy pesados! A mí siempre me dolían los brazos cuando era mi turno de ir a por agua.

Los tres niños inclinaron la cabeza de la misma manera, tal vez imaginando pozos gigantescos y cubos descomunales.

—Rezabais mucho, ¿a que sí? —dijo Tegridia—. Dice la tía Lorencia que en los conventos se reza todo el día y que apenas da tiempo a comer de todo lo que hay que rezar. ¿A que sí?

Elvira dejó que se le dibujara una media sonrisa en los labios.

—Sí, bueno, más o menos. En los conventos se reza mucho.
—Pues qué cansado, ¿no?

Matilda parecía estar de acuerdo; balbuceaba para sí, observando bien atenta los árboles que flanqueaban el camino.

Elvira apretó el paso. El cielo se oscurecía a toda prisa; apenas veían ya sus propios pies.

—¡Pero no corrais, tía Elvira! —protestó Dioslinda con un temblor en la voz que auguraba que las lágrimas no andaban muy lejos.

Elvira temía que, si los apremiaba a que caminaran más rápido, tuviera que arrastrarlos llorando a todos colina arriba.

—¿Queréis que os cuente una cosa que muy poca gente sabe? Yo no he estado nunca —prosiguió Elvira sin detenerse a comprobar si estaban demasiado cansados para cuentos—, pero me han contado que en una ciudad muy muy lejana, allá donde viven los emperadores con toda su corte de apuestos caballeros y damas hermosas, existe una capilla tan brillante como el oro. Dicen que sus paredes están cuajadas de estrellas y que, si te arrodillas frente al altar y prestas mucha mucha atención, ¡puedes oír directamente a Dios!

Las niñas ahogaron exclamaciones de asombro.

—¿Dónde está esa capilla, tía Elvira? ¿Detrás del valle? —preguntó Adegundo.

—¡Mucho más lejos!

—¿Más allá de Pampilona?

—¿No ves que ha dicho la tía que es más lejos? ¿Verdad, tía, que queda donde viven los moros?

Elvira sonrió. Para afrontar el último tramo de la subida, se reacomodó el peso de Matilda en los brazos.

—¡Todavía más lejos!

—¡Yo lo sé! ¡En la Natividad! —exclamó Tegridia, muy convencida—. Ahí es donde nació el Niño Jesús, ¿verdad, tía?

—La ciudad donde vive el emperador se llama Aquisgrán —dijo Elvira—. Es una ciudad antiquísima. ¿Podéis imaginarlo? Se construyó mucho antes de que la anciana Celsa naciera.

La anciana Celsa era la mujer más vieja del pueblo; nadie sabía a ciencia cierta cuántos años tenía. Aquellos que eran de la edad de los padres de los padres de Elvira decían que ya tenía los cabellos blancos cuando ellos eran niños.

—¡No es posible! —musitó Tegridia—. ¿Tan vieja como la luna?

—Quizá sí. ¿Quién sabe?

—¡Yo quiero ir a ver la capilla!

—¡Y yo también!

Matilda se unió al entusiasmo general con sus barboteos ininteligibles. Por fin, a apenas unos pasos de distancia, apareció la casa. Elvira no tuvo que inventarse más historias, pues en cuanto estuvo al alcance de su vista los niños corrieron dentro.

—¿Habéis rezado vuestras oraciones? —les preguntó una vez que los tres niños estuvieron metidos en el jergón, bien arropados y con las camisas de dormir puestas.

—¡Sí, tía Elvira!

Con Matilda todavía en brazos, les tarareó una de las viejas nanas que Muniadona solía cantarles, hasta que se les fueron cerrando los ojos cansados, sus respiraciones se hicieron cada vez más profundas y, pronto, se rindieron los tres al sueño. Elvira les hizo, uno por uno, la señal de la cruz en la frente.

—Tú también tienes sueño, ¿verdad que sí? —le susurró a Matilda.

Salió fuera de la casa para evitar que los gorjeos de la niña despertaran al resto. La pequeña no parecía tener intención alguna de dormirse pronto.

Reajustando la manta que la cubría para evitar que el fresco se le colara dentro, Elvira se sentó junto al pozo y se apoyó a Matilda en el regazo. La noche se había tragado ya por completo el cielo claro y en ella comenzaban a despuntar las primeras estrellas.

—Tu madre decía que la capilla de Aquisgrán era tan brillante como esas de ahí arriba —le murmuró a Matilda al oído—. Ella quería llevarte a verla. Debe de ser muy hermosa, ¿no te parece?

Peinó con los dedos fríos el flequillo fino de Matilda.

En la quietud de la noche, con los niños bien tapados bajo sus mantas y Matilda bien segura con ella, Elvira dejó que se le cerraran, solo por un momento, los párpados exhaustos. Habían sido días muy largos, abajo en el pueblo. La niña no tardaría en dormirse también, y entonces la llevaría dentro y se acostaría a esperar a que subieran los demás.

De pronto, Elvira se vio rodeada por las llamas. Huía, con Matilda en brazos, por los corredores interminables del convento. Las hermanas chillaban, asustadas. Ella no podía pararse a socorrerlas.

El bebé la necesitaba.

La dama Gytha estaba muerta.

Las reliquias de la Santa Leche de Nuestra Señora se quemaban sin remedio; sin nadie que las auxiliara, desaparecieron en una nube de humo. Y, después, no quedó nada.

Con un respingo, Elvira despertó.

Las lágrimas le corrían sin control por las mejillas.

Algo aturdida, creyó escuchar todavía la maraña de gritos desconsolados de su sueño, que no era otra cosa que el vago fantasma de la noche que había abandonado el convento. Los recuerdos la perseguían incluso hasta allí, hasta aquel lugar remoto en los confines del imperio.

No sabía cuánto tiempo había pasado. Temió que Matilda hubiera cogido frío, pero cuando acercó el dorso de la mano a la frente de la niña la notó más cálida de lo que hubiera cabido esperar.

Solo entonces se percató de que había luz suficiente como para que las pestañas de Matilda crearan sombras sobre sus mejillas.

Levantó la cabeza.

La casa de lo alto de la colina, donde dormían los niños, ardía.

9

—¡Elvira!

Fortún fue el primero en verla a ella. Se le acercó a zancadas y le posó en los hombros las grandes manos, algo temblorosas. Aquellas manos que retorcían en instantes los cuellos de los conejos y podían levantar sin problemas haces de paja y toneles llenos de vino la sujetaban casi con dulzura, la anclaban a la tierra y le devolvían la noción de lo que era real.

Elvira estaba casi segura de que era la primera vez que Fortún la tocaba desde que había vuelto del convento. Se le había abierto una arruga en el entrecejo, que se hacía más y más profunda cuanto más la observaba.

—Elvira. Elvira, pero mírame. Elvira, ¿estás bien?

Claro que no estaba bien. Hacía tiempo que nada estaba bien, por mucho que Elvira hubiera preferido mentirse a sí misma y a Dios y al mundo y se hubiera escondido en un convento. Pero ya Bermudo, el pobre desgraciado, le había dado a entender todo lo que en ella había de podrido.

Bermudo se había dado cuenta de cómo era ella desde el principio.

Fortún la atrajo hacia sí. Por un brevísimo momento, la cabecita de Matilda, todavía en brazos de Elvira, descansó entre los dos hermanos, resguardada de las desdichas del mundo como no lo había estado desde el día en el que la pobre infeliz había venido al mundo.

Entonces, Elvira tosió. El humo se le había metido dentro. Fortún la soltó.

Matilda rompió a llorar.

Gundisalvo llamaba a los niños, con un pie detenido ante el umbral de una puerta que ya no existía. Los goznes que su madre untaba con manteca para engrasarlos yacían abandonados, negros, entre los leños humeantes.

—¡Tegridia! Tegridia, ¡voy a entrar! Esperadme, que ya voy. ¡Que Dios me proteja! —Tapándose la boca con la mano, Gundisalvo entró en la casa.

Uno de los aún humeantes maderos del techo se desplomó.

Muniadona, entre sollozos, cayó también al suelo.

Gundisalvo gritó. Hacía rato que no se oían voces. Solo el barrido del fuego y el crepitar de la madera.

—Estaban dormidos —dijo Elvira, aunque no estaba segura de que pudieran oírla por encima de la angustia que empezaba a tallarles los rostros.

Lorencia, llorosa, abrazada a su propio bebé, le preguntó por Matilda.

—Matilda está bien. Mira: está bien.

Entre Fortún y Gundisalvo sacaron tres bultos negros. Los colocaron delante de la casa, uno al lado del otro. Qué pequeños parecían, carbonizados, tan quietos.

¿Cómo entender que *aquello* era todo lo que quedaba de los niños?

Muniadona se arrastraba de uno a otro, besando los cuerpos calcinados, llorando a voz en grito. El viento le bordaba de cenizas las trenzas deshechas.

—¡Elvira! —bramó Gundisalvo—. Elvira, ven, tú estabas aquí. Elvira, ¿y mis hijos?

—Los acosté —susurró ella con una voz demasiado serena que poco se correspondía con la angustia que la recorría por dentro. Pero debía mantener la calma, pues comprendía, quizá demasiado bien, el porqué de la mirada desencajada de su hermano—. Yo me quedé fuera. Todo estaba tranquilo, así que me dormí.

Gundisalvo negó con la cabeza, con tal violencia que los cabellos le azotaron la frente.

—¿Tranquilo? ¿Cómo que tranquilo?

—Cuando desperté —prosiguió Elvira—, la casa se quemaba.

La bofetada de Gundisalvo la lanzó dos pasos hacia atrás.

—¡Cuidado con la niña! —exclamó Fortún, que le arrancó el bebé a Elvira de los brazos.

—¡No, espera! ¡No te la lleves! —protestó ella. Sin Matilda se sentía demasiado ligera, tan liviana que cualquier embestida del viento podría lanzarla colina abajo.

Una nueva bofetada de Gundisalvo la tiró al suelo.

Matilda lloraba. Elvira quiso ir hacia ella para mecerla en sus brazos y prometerle que el fuego no llegaría a tocarla porque ella podía mantenerla a salvo, pero la mirada enfurecida de Fortún por encima de la cabecita de la niña la obligó a quedarse donde estaba.

—¡Haz que se calle! —masculló él entregándole la niña a su mujer.

Elvira observó, impotente, cómo Lorencia acunaba un bebé en cada brazo.

Si hubiera sido Lorencia a quien hubieran dejado al cargo de los niños, tal vez los tres pequeños seguirían vivos. Lorencia tenía el sueño ligero y la fiereza de una madre;

seguramente habría desafiado a las llamas para salvar a las tres criaturas.

Elvira, en cambio, no había hecho nada.

—Elvira, di. —Fortún la agarró del brazo y tiró de ella hasta que se incorporó—. ¿Le has prendido tú fuego a la casa?

De repente, tras la pregunta de Fortún, se hizo el silencio.

Por primera vez desde que había subido la colina, desde que la última noche de las fiestas de la vendimia se había transformado en el peor de los horrores que hubiera podido imaginar, Muniadona pareció reparar en que había más personas allí, todavía vivas. La sombra de la pregunta de Fortún le abrió una mueca en el rostro descompuesto. Se había abierto heridas en las mejillas allá donde se había arañado con las uñas llenas del hollín del cuerpo de sus hijos.

A trompicones, lastrada por la pena y la preñez, Muniadona se levantó. Elvira la esperó donde estaba, porque la mano de Fortún le asía todavía el brazo y porque aquel silencio donde antes retumbaba la tormenta del duelo de una madre la paralizó.

—¡Ha sido ella! —gritó—. Sí. ¡Ella! ¡Lo sabía! ¡Nunca debimos dejarla entrar! Es el demonio mismo. ¡El demonio! El demonio, que se nos ha metido en casa ¡y se ha llevado a nuestros hijos!

Con pasos titubeantes y sin dejar de insultarla, escupiendo injurias y maldiciones, se acercó a Elvira.

Esta, observándola como en trance, la dejó hacer. Tal vez también quisiera golpearla.

—¡Pero responde, por lo más sagrado! ¿Es que no tienes nada que decir? —bramó Fortún.

Pero Elvira no tenía las palabras que ellos buscaban.

Años atrás, le había hecho una promesa a Gundisalvo que después había roto. Era tal y como había dicho Muniadona: había traído la desgracia a aquella casa.

Igual daba que estas llamas no las hubiera encendido ella.

Fortún se sacó del cinto su vieja navaja de caza, que Elvira reconoció como la que su padre le había regalado cuando, de niño, llegó a casa brincando y gritando, emocionado porque había cazado su primera tórtola. Un viejo recuerdo compartido, otra reliquia caduca de una infancia cada vez más lejana. Elvira no estaba allí cuando su hermano se casó, ni cuando nació su primer hijo. Desde que había entrado en el convento, con intención de profesar y no regresar nunca más a los montes donde había nacido, apenas se había atrevido a recordar todo lo que había dejado atrás. Era pues, natural, que Fortún tampoco viera en ella a una hermana pequeña a la que cuidar y proteger, sino a la extraña que había permitido que toda su vida ardiera por completo.

La sombra de Fortún se dibujaba larga en la mañana cuando blandió el cuchillo frente a Elvira.

—¡Sí, eso es! ¡Debimos haberla matado hace mucho! ¡Mátala, acaba con ella! —Los gritos roncos de Muniadona acorralaban a Elvira, le amarraban los pies a la tierra y le impedían salir corriendo colina abajo.

Fortún, la mandíbula apretada con decisión, sin rastro alguno de aquel hermano cariñoso que la había abrazado nada más verla, alzó el cuchillo.

10

—¡No! —gritó Elvira. Levantó los brazos para protegerse.

—¡Mátala! —Muniadona seguía chillando. Lorencia rezaba un poco más allá.

—Vayamos a la aldea —dijo Fortún. No bajó el cuchillo—. El padre Arnaldo se ocupará de ti. Llamarán a los soldados y harán contigo lo que tengan que hacer.

Elvira sacudió la cabeza, sin comprender. ¿A los soldados? Pero ¿por qué a los soldados? Ella no había hecho nada: ¡no había causado el fuego! ¿Qué iban a solucionar los soldados, si los niños ya estaban muertos? ¿Y qué querían contarle sus hermanos al padre Arnaldo? La llevarían presa. ¡La encerrarían y la mandarían a la hoguera!

—No —musitó. Se abrazó el torso con los brazos. ¿Quién cuidaría de Matilda entonces si a ella se la llevaban?

—¡Vamos!

—¡No! —gritó Elvira—. ¡La niña! ¡No puedo irme sin la niña!

No podía abandonarla allí, entre los rescoldos de una casa quemada. Se lo había prometido a su madre muerta. Después de todo lo que habían vivido, la había mantenido a salvo. ¡Todo había sido por Matilda! ¿Quién la cuidaría si Elvira se marchaba?

Fortún tiraba de ella. Era más grande y más fuerte. Elvira hundía los talones en la tierra, pero su hermano la arrastraba ya hacia el camino, colina abajo.

—¡No, espera! ¡Fortún! ¡Espera, suéltame! ¡Yo no he sido! ¡Yo no he hecho nada! —Elvira calló sus aullidos lastimeros cuando Fortún la golpeó.

—¡Fortún!

Gundisalvo los llamaba. Elvira se retorció. Gundisalvo ya la había perdonado una vez, su alma buena entendería que Elvira quería también a los niños y no habría soportado causarles ningún daño.

—Suéltala, Fortún.

Los dedos de Fortún la liberaron. Elvira dejó caer el brazo, blando, junto al torso; de repente, le costaba conciliar la idea de aquella extremidad torpe y embotada con el resto de su cuerpo. ¿Qué la ataba ya a aquella colina, a aquella familia, si Fortún la dejaba ir?

—Para mí estás muerta —prosiguió su hermano—. Márchate de aquí y no regreses nunca más. ¡Y llévate a la niña! Diremos que tú también has muerto en el incendio. Si vuelves, todos pensarán que eres un fantasma salido de los infiernos.

—¡No! —protestó Elvira.

—Te matarán por bruja para que no corrompas a nadie más.

La señal de la cruz que Gundisalvo se dibujó en la frente fue para Elvira como una puñalada en el estómago; hasta tres veces se santiguó su hermano, y tres veces se abrió en canal la piel de Elvira para retorcerle las entrañas.

Tras una última mirada gélida y distante a la hermana a quien sin duda se arrepentía de haber acogido en su casa,

Gundisalvo le dio la espalda y echó a caminar de nuevo colina arriba.

En una burda repetición de aquella otra ocasión, en la que la había dejado a las puertas de la abadía de Musciacum, Elvira aguardó mientras se alejaba, pero él no se volvió. Finalmente, la bruma de la mañana se lo tragó por completo, como se había tragado todo lo demás.

Elvira se quedó sola, temblando, acorralada por la niebla y el miedo. Hasta que recordó que Fortún no había subido con Gundisalvo: seguía allí, a pocos pasos de ella, los pies separados como para echar a correr y la navaja desnuda tan fuertemente apretada que tenía los nudillos blancos.

Elvira tragó saliva. La boca, seca, le sabía a sangre. ¿Se había mordido sin darse cuenta, quizá cuando la habían golpeado?

De repente, Fortún se movió. Elvira retrocedió, pero su hermano no se abalanzó sobre ella, ni la interceptó, ni le cortó el paso. De pronto, había decidido ignorarla en favor de algo que se escondía en la bruma y que, por alguna razón, merecía más su atención.

Elvira tendría que haber aprovechado la oportunidad para huir colina abajo. Lo que fuera que Fortún, con su vista aguda de cazador, hubiera visto lo mantendría ocupado y distraído mientras ella se ponía a salvo. Si conseguía ocultarse hasta la noche, tal vez podría tratar de volver a por Matilda.

Pero entonces también ella descubrió la sombra que bajaba el camino, desde la casa, entre la niebla. En un primer momento, casi pensó que era un ángel, enviado por los cielos para ayudarla a escapar, o tal vez para llevársela por fin de este mundo. ¿O tal vez su hermano que, movido por su gran corazón, se arrepentía de sus palabras y había decidido perdonarla?

—¿Qué haces aquí? —preguntó Fortún, malhumorado.

Elvira, por más que entornaba los ojos, no conseguía reconocer a la persona que, ante las palabras de Fortún, se detuvo un momento. Enseguida, sin embargo, retomó su descenso, con más brío que al principio.

Elvira ahogó un grito cuando la niebla dejó paso a la figura menuda de Lorencia que, con los niños en brazos, resoplaba por la carrera.

Fortún salió a su encuentro.

—¿Por qué has bajado hasta aquí? —repitió, pero todo lo que su bramido recibió como respuesta fue a su hijo Crispín, que Lorencia dejó a su cargo antes de acercarse más a Elvira.

Con la frente y las mejillas arreboladas, se detuvo por fin ante ella.

—Gracias, Lorencia —murmuró Elvira aceptando a Matilda de brazos de su cuñada. No podía tenerle en cuenta que no quisiera mirarla a los ojos cuando había bajado corriendo para traerle a la niña.

Lorencia asintió con gravedad. Fortún, a quien su mujer lanzó una mirada temerosa por encima del hombro, las observaba con atención al tiempo que le hacía carantoñas distraídas a su hijo.

Matilda se llevó un beso en el cachete de la mujer que la había criado a sus pechos. Elvira, que bien sabía que el adiós era para siempre, no se despidió de ella.

Con el labio inferior atrapado entre los dientes, Lorencia le dio la espalda.

—Ve subiendo, que yo ahora voy —le dijo Fortún entregándole de nuevo al niño.

Elvira no quiso ver cómo su figura se perdía colina arriba; prefirió dedicarse a ajustar las fajas de Matilda.

Entonces, Fortún se le acercó. Ella quiso arrugar la nariz; su hermano aún olía a uva madura, incluso después del baño de cenizas.

Elvira, por supuesto, no esperaba una despedida tierna, ni un beso en la frente para desearle un buen viaje, ni una bolsa llena de monedas apretada cuidadosamente contra sus manos para asegurar que ni ella ni la niña pasaran hambre en los caminos. Tal vez, después de las maldiciones de Muniadona y las palabras crueles de Gundisalvo, tendría que haber esperado también la reacción de Fortún.

Raudo, la agarró del antebrazo. Elvira se resistió, pero poco podía hacer más que reacomodar a Matilda y sostenerle la mirada a su hermano, que le subía hasta el codo la manga del hábito y le acercaba a la piel desnuda la hoja fría y afilada de la navaja de su padre.

Los tres temblaban: Fortún, Elvira y la niña.

A Elvira le costaba respirar.

—Tienes que darle gracias a Dios —susurró Fortún. Su mano negra de hollín alisaba las venas finas que recorrían la muñeca de Elvira, casi con delicadeza.

—¿Por qué? —preguntó ella con un hilo de voz que terminó en un gemido cuando el filo de la hoja se le clavó aún más en la piel.

—Da gracias —prosiguió él— porque mi hijo sigue vivo.

Con la destreza con la que desollaba animales todos los días, abrió una pequeña incisión en la piel sensible de Elvira. Ella sollozó. Se revolvió de nuevo y, esta vez, él la soltó.

El cuchillo cayó al suelo.

Fortún le escupió a los pies. Ella ahogó un grito, pero él ya se marchaba colina arriba, de vuelta a su esposa y a su familia. De vuelta a esa casa donde ya no había sitio para la hermana pequeña que les había traído hasta la puerta la desgracia más absoluta.

Elvira, con el corazón agitado, tardó aún unos momentos en atreverse a tomar aire. Entre hipidos, parpadeaba para aclararse la vista, pero la raja roja que le cruzaba la muñeca no desaparecía por más que se frotase los ojos. Como habría hecho un perro, se lamió la sangre de la herida.

La respiración pausada de Matilda le calentaba el cuello cuando, despacio, dobló la espalda para tomar el cuchillo.

11

A ciegas, envuelta en una niebla cada vez más espesa a medida que bajaban la colina, Elvira caminaba, despacio. Avanzaba hacia lo desconocido a duras penas. Envuelta en aquel velo blanco, que le mojaba las ropas, era fácil olvidar que aquellos arbustos que querían enredársele en las faldas eran los mismos que le habían lastimado las rodillas cuando se caía jugando de niña. Los mismos cuyas flores silvestres Tegridia había recolectado diligentemente para después perseguir a su tía Elvira hasta que esta accedió a enseñarle a coser guirnaldas con las que adornarse las trenzas. Enseguida, sus manitas ágiles aprendieron a hilvanar las flores con tal ahínco que lo hacía mucho más rápido que Elvira, quien siempre había sido algo torpe para las labores. Los niños más pequeños la observaban fascinados y no tardaron en exigir que les fabricara también a ellos cadenas de flores con las que coronarse las cabezas.

Elvira debía ahora tragarse los suspiros y dejar que los recuerdos se le fuesen desgastando por dentro. ¿No podía hacer como Matilda, que los olvidaría en cuanto hubieran pasado unos días?

Elvira quería tomar aire, pero las lágrimas le habían cerrado la garganta. ¿Y qué razones tenía ella para llorar?

Gundisalvo lo había dicho: estaba muerta. ¡Muerta! ¿Acaso lloran los muertos?

Se refregó la muñeca herida en la estameña rugosa de la falda, pero no consiguió deshacerse de los restos de sangre seca.

Entonces un relincho rasgó la bruma.

Ella se detuvo de inmediato.

Apenas podía distinguir el resto de los ruidos que hacía el bosque por encima de los latidos apresurados de su corazón. ¿Era eso un rumor de pasos? ¿O de los cascos de un caballo que aplastaban la hojarasca?

Un nuevo relincho; no había duda. ¿De dónde venía? ¿Estaba lo suficientemente lejos como para darle tiempo a escapar? Sus ojos recorrían, vertiginosos, los huecos entre los árboles que tenía delante, los que aún no había devorado la niebla. Trataba de descubrir figuras sospechosas entre los troncos o una sombra armada que le marcara la señal para echar a correr.

Pero sabía que, con Matilda, no llegaría muy lejos. La niña gimoteó, tal vez presintiendo el peligro en la casi áspera manera en la que Elvira intentaba que escondiera la cabeza en su pecho. Como si aquel gesto inútil pudiera protegerla de algo cuando ni siquiera conseguía calmarla y hacer que se mantuviera en silencio. Elvira adelantó el cuchillo. El impenetrable mar blanco, puro y eterno, se había tragado el bosque.

Guiado o no por los llantos cada vez más desesperados de Matilda, el caballo se acercaba.

—¿Quién va?

La sombra del jinete emergió de entre las nubes. Al paso, en un corcel de capa oscura, aparecía un caballero ricamente vestido.

—No os asustéis, buena mujer —dijo.

Elvira aferró con más fuerza la navaja, pobre defensa ante los cascos del caballo; bien podría arrollarlas a ella y a la niña si su dueño así lo deseaba. Del cinto le colgaba una espada larga de repujada empuñadura.

—Lamento aparecer ante vos de este modo —prosiguió el caballero. Los cabellos castaños, erizados por la humedad, se le agitaron curiosos cuando inclinó la cabeza—. No temáis: solo soy un humilde viajero, camino de la ciudad.

Elvira frunció el ceño. Había poco de humilde en aquella barbilla afilada, en su lujoso manto bermejo bordado en oro y en la brida trenzada de su montura. ¿Dónde estaba su séquito de sirvientes y escuderos? Elvira intentó descubrir en la bruma el cortejo que sin duda tal caballero traería consigo, pero no surgieron de entre las nieblas ni siervos ni más animales.

Nadie más que el caballero, ella y la niña en la bruma de la mañana.

—¿La ciudad? —repitió ella, al fin.

El caballero sonrió, y todo su rostro pareció rejuvenecer. De pronto, la mañana se antojaba menos fría.

Elvira estiró la espalda, rígida por el peso de Matilda. Tal vez hubieran asaltado a los acompañantes de este caballero y por eso viajaba solo. Tal vez se había aventurado lejos de sus sirvientes y se había extraviado en la neblina.

—¡Alabado sea el cielo! —El caballero dejó escapar una risa afable—. Entendéis mi lengua, pues. Decidme, mujer, ¿está Osca aún lejos de aquí? Partí antes de que saliera el sol, pero esta maldita niebla me ha despistado y me temo que he debido de tomar el camino equivocado.

El caballo, curioso quizá por los chillidos desconsolados de Matilda, acercaba el morro a la cabeza de la niña. El caballero tiró de las riendas para apartarlo.

Lentamente, Elvira bajó el cuchillo. Se humedeció los labios, ya mojados de niebla.

—¿Osca, decís? Sí, debe de estar lejos. A varias jornadas, calculo. Es posible, señor —dijo. Empezó a mecer a Matilda, pero ya era tarde para que se le pasase el sofocón con unas pocas carantoñas.

El hombre inclinó un poco más el cuello hasta que Elvira y él estuvieron casi a la misma altura. Podía leerle la preocupación en los ojos claros, brillantes y redondos. La miraban como si, verdaderamente, ella fuera una dama necesitada de ayuda y no una fugitiva descastada que huía con un bebé en brazos.

—¿Os encontráis bien? —preguntó él en voz baja.

Elvira retrocedió.

—¿Por qué preguntáis, señor?

El caballero sacudió levemente la cabeza.

—¿Es ceniza eso que mancha vuestras mangas?

A Elvira la delataron los ojos; no pudo evitar que corrieran a comprobar que, ciertamente, allí donde Fortún la había agarrado, se le marcaban en el hábito raído las huellas de sus dedos manchados de hollín.

El caballero esperó, con una media sonrisa paciente en la cara, a que Elvira tragara saliva y reacomodara a Matilda por si, de alguna manera, conseguía tapar las manchas con el cuerpo de la niña.

—Será barro, señor —dijo, seca. Le ardían las mejillas y las orejas y el rostro, todo.

El caballero se incorporó un poco en su montura, y solo entonces advirtió Elvira la escasa distancia que los había separado; tan solo poco más de un palmo, lo justo para que sus alientos se mezclaran con la bruma que suavizaba los contornos de sus palabras.

—Disculpad, madre, si os he ofendido. No había reparado en vuestros hábitos.

Elvira no podía apartar la vista de aquellos ojos de largas pestañas que tan atentamente la estudiaban.

—¿También viajáis? —prosiguió él—. ¿Os ha despistado la niebla? Permitidme que os acompañe. No deberíais viajar sola con un bebé, madre. Hay muchos peligros al acecho en los caminos...

Elvira negó violentamente con la cabeza.

—Gracias, sois muy amable, caballero, pero...

—Clodoveo de Burgundia, para serviros —la interrumpió él.

—Señor Clodoveo, os agradezco el ofrecimiento, pero no será necesario. Con Dios.

Elvira se hizo a un lado. Bajó la mirada para evitar que el caballero le leyese demasiado en el rubor de las mejillas y sus ojos se toparon con una perla en la frente de Matilda.

Pero no era una perla, porque ni ella ni la niña tenían joya alguna; todo lo que Elvira le había robado a la dama Gytha se había vendido ya y las había alimentado y ayudado a sobrevivir.

¿Era una lágrima, pues, lo que relucía en la frente arrugada y colorada de la niña? Elvira tenía los ojos secos; la lágrima no podía ser suya.

Entonces, otra gota se unió a la primera, y una tercera le cayó a la pequeña en la punta de la nariz. Antes de que la cabeza cansada de Elvira pudiera comprender que era lluvia lo que las mojaba, se desató el diluvio en el bosque.

Matilda, de repente, había dejado de llorar: maravillada por la tormenta, reía y reía sin parar, su cuerpecito entero sacudido por una carcajada constante. ¿La divertía el repiqueteo de la lluvia en las hojas de los árboles, que el viento revolvía de tal modo que no les ofrecían techo alguno bajo el que guarecerse? ¿O quizá lo que le hacía tanta gracia fuera la mueca devastada que se apoderó del rostro de Elvira cuando esta vio que en cuestión de instantes ríos de agua surgían de entre las raíces y arrastraban todas las hojas secas y tornaban la tierra en un barrizal resbaladizo?

Cuando Elvira supo reaccionar, ya era tarde: en meros instantes, estaba completamente empapada, de la cabeza a los pies.

Sin perder ni un momento más, echó a correr, monte abajo. Tenía que proteger a la niña, fuera como fuese, de la tormenta. Tan pequeñita como era todavía, cualquier enfriamiento podía agarrársele al pecho y llevársela al otro mundo. ¿Cuántos niños, mayores y más resistentes que su pobre Matilda, morían todos los días de fiebres y resfríos? Si la niña enfermaba, ella no tendría medios para curarla ni remedios que darle. Moriría sola en el bosque, lejos de donde habían enterrado a su madre.

No tardó en darse cuenta de que, si la tormenta duraba mucho, las ahogaría a las dos. Ni siquiera sabía dónde iba, pues por todos lados había agua y troncos, y lo único que podía hacer era tratar de proteger a Matilda con los brazos y el pecho, pero toda ella chorreaba agua. El barro tierno se le agarraba a las abarcas encharcadas; los cabellos mojados, que la toca también mojada no conseguía retener, se le metían en los ojos y la cegaban.

Si se dejaba llevar, ¿las arrastrarían los torrentes hasta el pie de la colina? ¿Sería esta gran borrasca la penitencia que Dios le imponía por sus pecados, que purgaría al entregar su vida y la de Matilda?

Tropezó y casi cayó al suelo cuando el caballero apareció de pronto frente a ella, cortándole el paso. El relincho de la bestia la asustó.

—¡Subid, madre!

El caballero gritó para hacerse oír por encima del estruendo de la tormenta. Le tendió a Elvira su mano mojada. Ella vaciló solo hasta que sintió, más que escuchó, el primer estornudo de Matilda.

Tomó la mano del caballero Clodoveo de Burgundia. Él se la estrechó, levemente, con la delicadeza con la que se acaricia un tesoro muy preciado, antes de bajarse del caballo.

Aun en el suelo, era bastante alto.

—Dadme a la criatura.

Elvira dudó, pero no podía permitirse rechazar su ayuda. Besó la frente de Matilda antes de entregársela a aquel desconocido.

El caballero la tomó. Se quedó mirando la carita dulce de Matilda, que a su vez lo estudiaba a él con la curiosidad confiada de los niños.

Elvira, no sin dificultad, trepó al lomo del animal pese al lastre de sus miembros agotados y sus ropas empapadas.

—Ya estoy —dijo, y alzó los brazos para recibir de nuevo en ellos a Matilda.

Al menos, se dijo Elvira, la lluvia se habría llevado las marcas de hollín de sus ropas.

El caballero montó, ágil, tras ella.

—¿Estáis lista? —Su voz melosa se vertió en el oído de Elvira. Ella apenas tuvo tiempo de estremecerse antes de que los brazos fuertes y largos del caballero la rodearan para tomar las riendas.

Nunca antes había montado a caballo, y mucho menos con un bebé tiritón en el regazo y un hombre desconocido apretando sus muslos contra los de ella.

El caballero espoleó su montura. La lluvia abofeteaba el rostro acalorado de Elvira. Cerró los ojos para no marearse. Los troncos de los árboles se les abalanzaban entre las cortinas de lluvia, pero justo cuando parecía que chocarían contra ellos el caballero, con gran maestría, los esquivaba.

Elvira no podía relajarse ni disfrutar de la aventura ni recostarse a descansar en aquel torso empapado y fornido que, tenía la certeza, la sujetaría si se dejaba caer. Todo lo erguida que podía en la silla, consciente de la imposibilidad de que su espalda no rozara las ropas del caballero y casi sin advertir las sacudidas y los baches, aferraba con sus dedos sucios la manta de Matilda.

Si aquel hombre desconocido y rico las atacaba; si las llevaba a una cueva solitaria y las asesinaba, o las acuchillaba y las enterraba a la sombra de un árbol, de poco le serviría a Elvira el cuchillo de Fortún. Nadie vendría en su busca si tardaba en regresar a casa, porque había perdido la primera casa que tuvo y ya nunca podría volver. Si moría aquel mismo día, nadie la lloraría. Matilda no sabría nunca quién era su madre ni en qué lugar había venido al mundo.

—Debéis tranquilizaros, madre —susurró el caballero junto a su oreja. Elvira dio un respingo—. El caballo es muy dócil, pero se asustará si os siente los nervios.

Ella trató, sin mucho éxito, de tragarse las náuseas que le gateaban pecho arriba. No estaba segura de recordar cómo hacer para llenar de aire los pulmones.

—Estoy bien, señor —mintió. El bramido de la tormenta le ahogó la voz.

—Pronto estaremos a salvo —le prometió el caballero, y tironeó de las riendas para que el animal apretara aún más el paso.

Elvira, presa de una terrible angustia que no tenía forma de acallar, querría haberse abandonado al llanto con la misma naturalidad que Matilda.

¿A salvo, decía? ¡Qué gran disparate! Había creído que estaba a salvo en la casa de lo alto de la colina. ¿Y cómo había terminado aquello? No había ya rincón en el mundo en el que Elvira pudiera sentirse a salvo. Todo podía arder en cualquier momento. Hasta las murallas más altas se desmoronaban cuando un ejército fuerte y numeroso las asediaba.

El caballero Clodoveo de Burgundia pensaba que se había topado con una pobre monja indefensa, perdida en el bosque con un bebé. Si supiese quién era ella y los muchos pecados que había acumulado, no dudaría en ensartarla con su espada allí mismo, bajo la lluvia. Entonces, las nieblas le desharían la carne y sus huesos terminarían por fundirse con las raíces de los árboles, amarrándola para siempre a aquellas tierras.

12

La lluvia se marchó tan pronto como había aparecido. Un momento, el agua los azotaba sin piedad y Elvira se inclinaba sobre Matilda para protegerla de la tormenta, del frío y de la muerte, y, al siguiente, una brusca ráfaga de viento se había llevado el aguacero y de este tan solo quedaban los charcos en el suelo, donde comenzaban a reflejarse los claros que se abrían entre las nubes, y el potente olor a tierra mojada.

El caballero Clodoveo retuvo el paso de su montura, que hacía rato había abandonado el bosque y trotaba ya por el camino. Si Elvira no recordaba mal, se dirigían a la aldea más alejada del valle.

Matilda, agotada y hambrienta, boqueaba y gemía, posiblemente confusa porque hacía horas que la habían separado de Lorencia y nadie parecía preocupado por acercarle una teta de la que pudiera mamar.

Elvira le chistó y empezó a alisarle con el dedo las arrugas de la frente. Era consciente de que debían bajar cuanto antes de aquel caballo, pero el trote ligero al que viajaban las acercaría más rápido a la leche que Matilda necesitaba.

—¿Cuánto tiempo tiene el niño? —le preguntó entonces el caballero, su voz inesperada tan clara tras ella que Elvira hasta dio un pequeño salto en la silla de montar.

Todo el cuerpo del caballero, pegado al suyo, se agitó con su risa.

Él transfirió las riendas a una sola mano para depositar la otra en la cintura de Elvira, como para estabilizarla. A través de los guantes de él y las ropas de ella, pesadas todavía por la gran cantidad de agua que las empapaba, Elvira habría jurado que sentía el calor de aquellos dedos tiernamente posados en su talle; llamaradas que le bullían por debajo de la piel y se le extendían, con un rápido hormigueo, hasta los dedos de los pies.

Se aclaró la garganta y se revolvió en el asiento, pero el caballero la sujetó entonces con más firmeza, quizá temiendo que cayera de la montura.

—Cuidado, madre.

—Novicia —lo corrigió ella—. Soy novicia. Me llamo Elvira.

—Poned cuidado, novicia Elvira. Reparad en que lleváis con vos a un niño pequeño.

Elvira bufó suavemente. Como si todos sus pensamientos, desde que abría los ojos por la mañana hasta que el sueño los vencía cada noche, no giraran siempre en torno a Matilda.

—Es una niña —dijo alzando la barbilla, dispuesta a ignorar el roce del aliento cálido que le acariciaba el cuello—. Nació esta primavera, antes de San Juan.

Matilda, como intuyendo que era de ella de quien hablaban, hipó de esa manera suya que significaba que no le quedaba mucho para romper a llorar con todas sus fuerzas. Elvira la comprendía.

—Mirad: ya se ve allá un pueblo. ¿Qué os dije? Podremos descansar y alimentar a esta pequeña señorita.

—Sí —musitó Elvira.

Matilda lloraba, la aldea se acercaba y ella seguía montada en aquel caballo, envuelta en el abrazo del confiado señor que las había salvado de la tormenta.

Elvira no había pasado por aquel pueblo en su camino desde el convento y no recordaba haber estado antes allí. No era demasiado grande, pero por suerte había una posada. Afortunadamente, no reconoció a ninguno de los rostros que se volvían extrañados para observar la curiosa estampa que debían de formar: tres variopintos personajes subidos en un caballo, el agua todavía goteando de sus ropas.

El caballero desmontó primero. Sus dedos, al abandonar el costado de Elvira, dejaron atrás un rastro como de quemaduras que le escocían allí donde la ropa le rozaba la piel. Preocupada por disfrazar su malestar, no protestó cuando el caballero le tomó a Matilda del regazo.

—¡Sí que tiene energías la señorita! —rio acunando a la niña mientras Elvira descendía, torpe, de la montura.

Se sintió desfallecer en cuanto tocó el suelo con los pies mojados. No estaba segura de cuándo había sido la última vez que había comido. ¿Tal vez la tarde anterior, durante aquellas fiestas de la vendimia que tan lejanas se le antojaban ahora? Parpadeó para aclararse la vista y extendió los doloridos brazos para recuperar a Matilda.

—¿Os encontráis bien, novicia Elvira? —inquirió el caballero. Elvira apretó a Matilda contra sí con las pocas fuerzas que le quedaban.

—Gracias por vuestra ayuda —dijo con la cabeza inclinada—. Que el Señor os acompañe en vuestro viaje, Clodoveo de Burgundia.

—No tenéis buen aspecto —arguyó él—. Entremos en la posada. Os hará bien almorzar algo. No os conviene quedaros con esas ropas mojadas.

Elvira no tenía posibles para tomar algo de comer. Además, antes de preocuparse por ese tipo de cosas, tenía que encontrar a una mujer que alimentara a Matilda.

—Con Dios, señor.

Hizo el amago de girarse para comenzar su búsqueda. El caballero, sin embargo, no la dejó ir. La tomó del codo y apenas hubo de hacer fuerza para que ella accediese a que la guiara hacia el interior de la posada. Estaba demasiado cansada como para protestar, y su manga tampoco parecía capaz de protegerla del ardor de los dedos del caballero. Tal vez no era tan mala idea la de viajar junto a él, al menos por un tiempo: ambos tenían en común cierta facilidad para prenderle fuego a todo lo que tocaban.

Dentro de la posada, se sentaron en el banco más cercano al hogar. El posadero se aprestó a recibirlos, sin duda reparando en los bordados de hilo brillante de las ropas del caballero que, vanidosas y coquetas, atraían y reflejaban la luz de las llamas.

—Por favor, posadero, leche —suplicó Elvira; Matilda inconsolable por mucho que la mecía en las rodillas—. ¡Leche para la niña!

El caballero, a su lado, las observaba; los cabellos rizosos secándosele al calor del fuego y en los labios, húmedos ya desde antes de que el posadero les sirviera una jarra de vino, la sospecha de una media sonrisa.

13

El largo cuello de la nodriza se plegaba hasta casi tocar la cabeza de Matilda con la suya. Todo en aquella mujer era largo: largas eran las manos que acariciaban la espalda de la niña, largas las piernas que le asomaban bajo la falda y largas las trenzas castañas enrolladas en la nuca. Hasta era larga la nariz colorada que la mujer no dejaba de sonarse, como si estuviese enferma.

A través de la leche, una nodriza enferma podría trasladarle sus males a la niña.

—Se le murió el marido. —El padre de la mujer, el posadero dueño del establecimiento, no dudó en explicarles la situación en cuanto Elvira preguntó—. Pobrecica mía. El bueno de Menendo trabajaba, ganándose el pan como buen cristiano para alimentar a su familia, en la construcción de la iglesia. ¡Dios sabe lo mucho que quería a mi hija!

El caballero Clodoveo asentía y se llevaba la cuchara a la boca, con apetito. Momentos antes, le había confesado a Elvira en voz baja que apenas entendía la lengua y no conocía más que algunas palabras.

—Pero estaba escrito que la dejara sola en el mundo, y así fue. ¡Qué desgracia, Dios mío! Le cayó una piedra encima. Nadie sabe lo que ha sufrido mi Placia desde entonces. No ha vuelto a ser la misma. Se nos pasa el día llorando, todo el rato mirando a la niña... —El hombre sacudió la cabeza—. ¡Un año de casados que llevaban!

Elvira llenó su cuchara de guisantes en cuanto el posadero se dio la vuelta para atender otra mesa.

—Comed, comed tranquila —le sonrió el caballero Clodoveo.

Elvira masticaba despacio y trataba de vigilar al mismo tiempo a Matilda y al caballero.

—Pasaremos aquí la noche. Después de esa tormenta infernal... Hasta mañana no reemprenderemos el camino.

A la luz de los candiles, el rostro del caballero Clodoveo ganaba color; los labios finos acomodaban el vaso del que bebía.

—¿Es que ya no viajáis a Osca, señor? —preguntó Elvira.

Él elevó las cejas y depositó en la mesa, bruscamente, el vaso vacío.

—Pero ¿cómo podría abandonaros en estas tierras? Vos no vais a Osca, y los asuntos que a mí me reclaman allí pueden esperar. No, señora mía, os escoltaré a vos y a la niña hasta un lugar seguro y ya después continuaré con mi viaje.

Elvira casi se sonrió ante la vehemencia del caballero.

—¿Nos acompañaréis a cualquiera que sea nuestro destino, sin saber siquiera adónde vamos? —preguntó.

—¿Es que acaso vais a las tierras de los sarracenos, novicia Elvira? —El rostro del caballero se tornó repentinamente serio.

Ella sacudió la cabeza.

—No.

—¡Ah, ya lo sé! —El caballero frunció los labios—. Vais a Constantinopla, donde la emperatriz Irene dejó ciego a su propio hijo.

Elvira miró, horrorizada, a Matilda, que mamaba tranquila de los pechos de la nodriza.

—Pero ¿qué decís?

—¿Vais a la Luna, pues?

Solo entonces comprendió Elvira que el caballero jugaba con ella. Con las mejillas encendidas, aferró con fuerza el borde de la mesa.

—Os rogaría que no os burlaseis de mí, señor —dijo, la voz casi ahogada. Se metió una nueva cucharada de guisantes en la boca.

La carcajada del caballero sobresaltó hasta a la hija del posadero, que se los quedó mirando con el ceño fruncido mientras Elvira, agradecida porque la muchacha no entendía la lengua en la que el caballero se mofaba de ella, se afanaba en tragar su comida.

—Disculpadme, tenéis razón. No era mi intención ofenderos —dijo él entonces, irguiéndose un poco en el asiento.

Elvira debía de haber estado más hambrienta y exhausta de lo que había creído en un principio para haber accedido a almorzar junto a aquel hombre desconocido y para haberle seguido el juego de aquella manera.

—No me ofendéis, señor —mintió—. Disculpadme vos a mí por no haber sido más clara: no precisamos de escolta, ni querríamos importunaros pidiéndoos que nos acompañarais. Mañana podréis reemprender vuestro viaje hasta Osca y nosotras seguiremos el nuestro.

El caballero se levantó. Ante la mayúscula sorpresa de Elvira, con el sombrero en la mano, le hizo una hondísima reverencia.

—Humildemente os pido perdón, mi señora. Es mi deseo compensaros acompañándoos de cualquier modo, sea cual sea el destino de vuestro viaje.

Todos en la posada miraban ahora al caballero de ricos ropajes, que se humillaba ante la novicia cuyos hábitos aún chorreaban agua.

—¡Señor! —masculló Elvira levantándose también—. Por favor, pero ¿qué hacéis?

—¿No me diréis adónde vais, madre?

—¿No os dije que soy novicia? Ah, está bien. ¡Sentaos, por favor! La niña y yo… —Elvira dudó solo unos instantes, antes de decidir que debía inventar una historia—. Es huérfana.

El caballero, por fin, tomó de nuevo asiento. Elvira lo imitó.

—¿Y la habéis acogido vos?

Ella asintió varias veces.

—Es mi ahijada. Veréis —prosiguió—: tengo familia en tierras de los francos, viajamos para reunirnos con ellos…

—Ah, ¡ahora lo entiendo! ¡Eso explica que habléis tan bien su lengua! ¿Os dirigís al norte, pues? ¿Cruzaréis las montañas? Debéis permitirme que os acompañe, en tal caso. ¡No pensaréis viajar sola, novicia Elvira, con una niña de pecho!

Elvira no replicó que ya había hecho algo parecido cuando Matilda acababa de nacer. Contra toda precaución, y con un claro desprecio hacia la más básica de las prudencias, se sorprendió percatándose de que no la desagradaba la idea de compartir su viaje con este caballero.

La bolsa llena de sólidos y denarios* de plata que le colgaba a aquel del cinto aseguraría que cada noche ella y Ma-

---

* Monedas en curso en la época carolingia, herederas del sistema monetario romano.

tilda tendrían un lecho en el que descansar, una nodriza en cada posada, una espada presta a defenderlas si las asaltaban por el camino.

Elvira negó con la cabeza.

—Señor…

—¡No sabéis la chusma que se esconde en los caminos! —la interrumpió él.

—No llevo nada de valor que puedan robarme, señor. No temo a los asaltadores.

—No solo asaltadores se ocultan en las montañas, madre —dijo, grave, el caballero.

—Indudablemente sois consciente de que no se trata tan solo de dos o tres jornadas de camino —insistió Elvira.

Podía conceder que la ayuda que les había prestado aquel día había nacido de su gentileza, pero ¿qué podría motivar a un caballero como él a querer emprender con ellas un viaje tan largo? Elvira no tenía modo de pagarlo ni con qué agradecérselo. No había nadie que pudiera restituirle sus esfuerzos al final del trayecto.

—Más consciente que vos, me temo —arguyó el caballero con severidad.

—No puedo compensaros…

—La niña no es familia vuestra, ¿pues? ¿No estáis emparentada con ella en modo alguno?

Elvira bajó los ojos.

—Todos somos hermanos a ojos de Dios —dijo.

—Y aun así os preocupáis por ella, la lleváis con vos y procuráis darle cobijo y comida, ¿no es así?

—Es mi ahijada, señor. Es mi deber ante Dios ocuparme de ella.

—¿Cómo podéis negarme que yo haga lo mismo, novicia Elvira? Vuestro corazón está más cerca de Dios que el mío, es innegable, pero debéis permitirme que intente imitaros. Tal vez logre entender una parte de la bondad que os mueve.

Elvira abrió mucho los ojos. Dudaba que quedara algo de bondad dentro de ella: toda debía de haberse visto reducida a cenizas y escombros.

De pronto, el hombre estiró la mano y la posó sobre la de Elvira. Ella la retiró de inmediato y, algo confundida, la escondió bajo la mesa.

Tenaz, sin embargo, él volvió a intentarlo con la otra mano de Elvira, la que aún sujetaba la cuchara. Lentamente, fue abriéndole, uno por uno, los dedos que ella se empeñaba en cerrar con fuerza alrededor del mango, hasta que liberó la cuchara y la depositó, casi con delicadeza, junto a la escudilla.

Elvira, con cierta fascinación, permitió que el caballero juntase su palma, más grande, con la de ella, húmeda de sudor. Detrás de las orejas le retumbaba el latido enardecido del corazón.

—Pero ¿qué hacéis? —preguntó por enésima vez aquel día.

—Debéis permitirme que os acompañe, Elvira —insistió él con un breve pero firme apretón a sus manos unidas. Sin apartar su palma de la de ella, estiró los dedos, tan largos que le rozaron a Elvira la herida aún fresca que su hermano Fortún le había abierto en la muñeca.

Ella tragó saliva. No conseguía arrancar los ojos de los de él, en los que el negro de las pupilas prácticamente se había comido todo lo demás. Ni siquiera desvió la vista para comprobar que Matilda seguía mamando de la nodriza.

—¿Dónde vive vuestra familia? —preguntó entonces el caballero.

Elvira, alterada, retiró la mano. Se las retorció ambas en el regazo, frotándoselas con energía, como queriendo borrar cualquier rastro que el caballero pudiera habido dejar en ellas. Tardó un instante en recordar que acababa de decirle que viajaba a casa de unos parientes.

—Ah. Sí, sí. Cerca de Aquisgrán —murmuró. Se enjugó la frente sudorosa con la manga del hábito e inmediatamente se arrepintió de haber dejado que sus modales toscos salieran a la luz en presencia del caballero. La madre abadesa del convento, que tantísimo se esforzaba por transformar a las muchachas campesinas en monjas educadas y corteses, se habría decepcionado con lo poco que Elvira había progresado a lo largo de los años.

—Está decidido, pues. —El caballero alzó su vaso, como dispuesto a brindar, y solo entonces pareció recordar que se había bebido ya todo su vino. Con un gesto apremiante, llamó la atención del posadero—. Comed, reponed fuerzas —dijo, de nuevo dirigiéndose a Elvira—. ¿Habéis entrado ya en calor?

A ella se le había enfriado ya el potaje, pero siguió comiendo hasta que hubo terminado con el último de los guisantes. Por mucho que los acariciara con la lengua y los machacara con los dientes, seguían sabiéndole a tierra y cenizas.

14

—¡Tiene buen apetito, madre! —Con mucha delicadeza, la hija del posadero depositó a Matilda en el regazo de Elvira.

—Es una niña sana —respondió ella. No pudo resistirse a abrazarla brevemente antes de incorporarla para que expulsara sus gases.

—Mi hija no come como esta; no, señora. —La muchacha se mesó la larga nariz—. La pobre mía. ¡Es porque quería mucho a su padre!

—La niña ha comido bien —dijo entonces el caballero Clodoveo—. ¿No querría esta mujer venir con nosotros? Pedídselo, Elvira.

Ella ladeó la cabeza. ¿Cómo era posible que viajara solo si iba invitando a todas las mujeres con las que tropezaba a unírsele en su viaje?

—Te llamas Placia, ¿verdad? —le preguntó Elvira a la muchacha. No le pareció que el caballero bromease.

—Sí, madre, señora. Para serviros.

—Placia, el caballero y yo partimos mañana.

La muchacha asintió.

—Que Dios les dé un buen viaje, señora.

—Placia, atiende. El caballero quiere que vengas con nosotros para alimentar a Matilda. Hablará ahora con tu padre.

Placia tardó unos instantes en contestar.

—Pero, señora, ¿adónde?

Elvira fingió preocuparse por que las fajas de Matilda estuviesen bien sujetas.

—Lejos, Placia.

La muchacha negó con la cabeza. Se llevó una mano al pecho y dio un paso atrás.

—No, señora. Madre, yo no puedo irme.

Elvira miró de nuevo al caballero. ¿No habría otras mujeres que quizá querrían acompañarlos como nodrizas de Matilda? Aquella jovencita apenas podía respirar sin sorberse la nariz de la pena que tenía. ¿Qué ganaban con sacarla de su casa y llevársela lejos de su padre, sin poder decirle siquiera adónde iban?

El caballero las observaba con tanta atención que realmente parecía que comprendía sus palabras. Asintió varias veces ante la muda pregunta de Elvira.

—¿No eres viuda? ¿Qué te queda aquí? —insistió ella entonces—. Tendrás un catre caliente todas las noches y comerás lo mismo que yo. A tu hija no le faltará de nada. ¿No es lo que habría querido tu marido?

—Madre, disculpad, pero no creo que...

—¡Placia! Placia, ven aquí. No molestes a los señores —la llamó su padre.

El caballero Clodoveo alzó su vaso vacío; el posadero se apresuró a rellenarlo de vino.

—Espero que mi Placia no os haya incomodado. Ya os dije que la pobrecica lo ha pasado muy mal...

—La niña ha comido muy bien con Placia —dijo Elvira ante un nuevo cabeceo del caballero—. Nos gustaría llevarla con nosotros, como nodriza del bebé. Tendría comida y lecho —añadió—, y no le faltaría de nada.

El hombre se decidió con más rapidez que su hija.

—¡Madre! ¿En serio lo decís? ¿Cómo podría agradecéroslo? La pobre mía. Sí, sí, por supuesto que irá. Hablaré ahora mismo con ella, sí, claro que sí. ¿Cuándo partiréis, madre?

—Mañana.

—Decidle, Elvira, que les pagaré un sólido a él y a su señora. Por las molestias —intervino el caballero.

Elvira repitió sus palabras.

—Ah, señor, sois muy generoso. ¡Os estamos muy agradecidos! No os inquietéis: hablaré con Placia enseguida. La pobrecica es muy joven, es solo eso. Tiene que hacerse a la idea. Pero da buena leche y es una muchacha excelente. Muy atenta; ¡es todo corazón! No os preocupéis. Mañana partirá con vos.

Posadero y caballero intercambiaron sonrisas satisfechas.

—¿Cuál es su nombre? —preguntó el caballero, la sonrisa laxa por el vino.

—¿El de la niña? Se llama Matilda. Así lo quiso su madre.

El caballero alzó las cejas.

—¿Matilda, decís? Un nombre sajón... Curioso, sin duda.

—¿Por qué? —se atrevió Elvira a preguntar.

El caballero no apartaba la mirada de Matilda, que gorjeaba alegremente en el hombro de Elvira.

—No muchos querrían que se asociara a sus hijos con el pueblo de Viduquindo —dijo despacio.

Poco sabía Elvira del sajón Viduquindo, más allá de lo que había oído al compartir el pan con manteca de la caravana de soldados a la que se había unido para cruzar las altísimas montañas que separaban aquellas tierras de las de los francos. Hombres rudos y curtidos, viajaban a las guerras de la frontera con los sarracenos del emir de Córdoba. Algunos hablaban de los tiempos heroicos en los que sus abuelos se habían enfrentado a los sajones, cuando el emperador Carlos, en una guerra que duró más de treinta años, había llevado la fe cristiana a aquellos paganos que idolatraban a los árboles. Decían que ningún rey ni príncipe antes que el emperador Carlos había osado adentrarse en las tierras de más allá del río Rhenus, pobladas por salvajes. Esperaban que las campañas a las que los enviara su hijo Ludovico, tal vez contra los sarracenos, los cubrieran también a ellos de gloria y riquezas.

A Elvira se le revolvió el potaje en el estómago.

—¿Eso creéis? ¿No será peligroso para la niña? —inquirió.

El caballero se llevó una mano al pecho.

—Estad tranquila, novicia Elvira. No os pasará nada ni a vos ni a la pequeña Matilda.

Fuera, en el campo, llovía.

El cuarto donde acomodaron a Elvira no tenía ventanas, pero podía oírse la tormenta. Las violentas corrientes se colaban por entre los tablones de las paredes y hacían temblar la tímida llama del candil que la posadera le había entregado a Elvira cuando la condujo al cuarto.

—Madre, ¿viajáis sola con ese caballero extranjero? —le había preguntado la mujer. Tenía la misma nariz afilada que su hija, quien sin embargo debía de haber heredado la altura y el desgarbo de su padre.

—Sí. Con la niña —asintió Elvira.

La mujer cerró los ojos y se llevó una mano al pecho. Igual que su hija.

—¿Y sabéis si está casado, madre? —susurró.

Elvira abrió la boca para responder, pero la cerró inmediatamente. El caballero no le había hablado de ninguna mujer, y mucho menos de una esposa. A Elvira tampoco se le había ocurrido preguntarle. Acababa de conocerlo aquella misma mañana.

—Es un caballero respetable —dijo en voz baja.

La mujer arrugó los labios finos hasta hacerlos casi desaparecer.

—Es un hombre joven y apuesto —sentenció Elvira al ver el gesto, un momento después, con decisión—. Pero no os inquietéis. Mi hija es fuerte, más fuerte de lo que aparenta. Aquí se nos pasa los días llorando, pero en cuanto salgáis de aquí y Placia se vea lejos de todo esto enseguida volverá a ser la misma de siempre, mi niña risueña y despierta.

La mujer tomó la mano sucia de Elvira entre las suyas. Se las acercó al busto, cubierto por un delantal salpicado de manchas oscuras, y se las estrechó con cariño hasta que Elvira dejó escapar todo el aire que tenía dentro. Ni siquiera su propia madre, cuando todavía vivía, le había sujetado nunca las manos de aquella manera.

—No temáis, madre. Mi Placia os protegerá. Aseguraos de dormir siempre en el mismo cuarto que ella y no tendréis que preocuparos. Mi Placia es muy buena, ya la conoceréis. Será una gran amiga para vos, madre, os lo puedo asegurar.

Elvira no le dijo que lo que buscaba era una nodriza y no una amiga, ni que también las monjas en los conventos saben lo que ocurre entre los hombres y sus esposas en la intimidad de sus aposentos. No le dijo que ella misma había estado casada, aunque hubiera sido tan solo por tres días. Tampoco que no creía que el caballero Clodoveo tuviera interés alguno en visitar su jergón en la noche.

—Cuidaremos de Placia —murmuró, su mano aún presa entre las de la posadera, que se disculpó cuando una lágrima le bajó por la mejilla.

—¿Queréis que os suba a la niña? También puede dormir abajo, en la cuna. Placia se ocupa allí de la suya; no es molestia para ella darle la teta a la pequeña si se despierta en medio de la noche.

Elvira, tras un breve instante de vacilación, accedió.

La posadera le dio las buenas noches, no sin antes recordarle que su marido y ella dormían al fondo del pasillo y que podía llamarlos en cualquier momento, incluso durante la noche, si los necesitaba.

Una vez a solas, Elvira se sentó en el jergón de paja. En el cuarto solo había espacio para él y, a sus pies, para una palangana con agua limpia en la que Elvira aprovechó para lavarse las manos de las cenizas y la lluvia y el horror de la mañana.

Nunca antes había pasado la noche en una habitación para ella sola.

En el convento, por supuesto, aunque no había tenido que compartir jergón, todas las novicias dormían juntas en la misma sala. Las muchachas jóvenes recién llegadas al convento ocupaban todas el mismo rincón, que iban abandonando en pos de la zona más cálida, la más cercana al fuego, cuando las mayores dejaban libres sus catres al profesar, momento en el que se trasladaban a las celdas de las monjas. Elvira, que tras cinco años allí nunca había llegado a tomar los votos, estaba ya hecha a verlas llegar y marcharse desde su camastro junto al hogar.

En su inocencia, nunca había imaginado que un día tendría que dormir sola.

Cuando se casó con Bermudo, pensó que compartiría con él todas y cada una de las noches de su vida; que por muchos años ambos respirarían el mismo aire y se arroparían con la misma manta. Cuando pidió cobijo en casa de sus hermanos, pensó que compartiría con estos y con sus familias mesa y lecho durante mucho tiempo, hasta que sus sobrinos crecieran y se casaran y tuvieran sus propios hijos.

Elvira debía aprender a no dar nada por sentado y a recibir como llegasen los regalos de Dios. Como el caballero Clodoveo de Burgundia. ¿Quién sino el Señor podría haber hecho que se le cruzara en el camino?

Mientras doblaba con cuidado el velo con el que se cubría los cabellos, oyó un rumor de pasos que se detuvo justo al otro lado de su puerta.

¿Habría olvidado algo la posadera?

Al cabo de unos instantes, Elvira abrió, silenciosa. La luz tenue del candil de su propio cuarto apenas le dejó adivinar una figura encapuchada que se adentraba en otra habitación. Aprisa, regresó a la seguridad de su propio cuarto. Apoyó todo su peso contra la puerta, el corazón acelerado. El hedor dulzón que aquel extraño había dejado a su paso le abrasaba la nariz.

¿Dónde lo había olido antes y por qué le temblaban las manos cuando se las llevó a la garganta, como si el calor de su propio cuerpo fuera a ayudarla a respirar?

Tercera parte
LA CIUDAD

Burgundia, 814
Año primero del reinado del emperador Ludovico

15

El caballo se detuvo de pronto. Elvira, sobresaltada, despertó de su duermevela.

—¿Ya hemos llegado? —preguntó.

Era extraño, pues aún no debía de ser la hora sexta,* después del mediodía, y en las jornadas despejadas como aquella acostumbraban a cabalgar hasta bien entrada la tarde. Se habían detenido ante las puertas de un gran castillo, en lo alto de un pequeño altozano desde el que los bosquecillos que acababan de atravesar se veían como manchurrones rojizos y dorados en la gran sábana verde de las llanuras de la Burgundia.

El caballero desmontó, con su agilidad acostumbrada, sin decir nada. Elvira tiritaba, sola con la niña en lo alto de aquella bestia. El viento despiadado le arrancaba lágrimas; la mano del caballero tendida, como de costumbre, para coger a Matilda y ayudarla a bajar.

—Os ayudo —dijo.

Elvira abrazó más fuerte a Matilda.

---

* Según las horas canónicas, que llamaban al rezo al clero y servían para marcar el paso del tiempo, la mitad del día.

—¿Ocurre algo, señor? ¿No os encontráis bien? —preguntó, cautelosa.

Aunque nada en el rostro lozano del caballero, sonrosado y hasta radiante, la hacía pensar que hubiera caído enfermo, ¿qué otra razón podía tener para hacer aquella parada? En las semanas que llevaban viajando juntos, Elvira había supuesto, siempre que se acercaban a grandes ciudades como Narbo y Lugdunum, que el caballero se despediría de ellas, con la tranquilidad de haberlas acompañado hasta un lugar seguro, y proseguiría su propio viaje. Pero ni siquiera las había dejado solas más que en una o dos ocasiones en las que las instaló en una posada y se ausentó para recoger unas cartas. Aunque Elvira no sabía leer las palabras escritas en los pergaminos que él guardaba en su bolsa, sus asuntos no parecían ser tan urgentes como para que él se decidiera a abandonarlas.

¿Era este el momento en el que Clodoveo de Burgundia revelaba haberlas engañado durante todo aquel tiempo? ¿Iba a entregarlas a los corpulentos soldados que, apostados a ambos lados de la formidable puerta de la muralla, hacían guardia armados con lanzas? El brillo del sol, que se asomaba entre las nubes, se reflejaba en sus cascos metálicos y en sus brillantes escudos y cegaba a Elvira, que se preguntaba cuánto tardarían en aprehenderla si, de repente, azuzase al caballo y, con la niña en brazos, tratase de escapar.

El caballero la agarró por la muñeca, frustrando todos sus planes de huida. Elvira recordó, de pronto y sin razón aparente, la figura encapuchada que había visto en la posada de los padres de Placia.

—¿Qué ocurre? —repitió ella. Quería mostrarse calmada y serena, como quien no tiene nada que temer porque su conciencia está limpia.

El caballero ladeó la cabeza. Él no parecía percibir peligro alguno, tan tranquilo como siempre.

—¿Os encontráis bien? —El eco de la pregunta de Elvira la apuñaló limpiamente en la garganta, como a sabiendas de que era justo ahí donde empezaban a anidarle las primeras punzadas de terror.

Elvira desvió la mirada, hostigada por los reflejos de la armadura de los soldados. Su viejo y pesado hábito la ahogaba de calor.

—¿Nos hemos detenido para pedir ayuda? —insistió cuando el caballero le estrechó la mano, muy posiblemente en respuesta al temblor que la sacudía y que ella era incapaz de evitar.

—¿Qué decís, Elvira? ¡Nada de eso! Vamos, bajad. Nos esperan. Tendríamos que haber llegado hace días, pero con estas tormentas...

—¿Días? —musitó Elvira, pero su voz se perdió bajo el chillido herrumbroso de las enormes puertas, que se abrieron antes de que ella pudiera formular más preguntas.

El caballero, vuelto de espaldas para ver quién salía a recibirlos, la soltó.

Elvira se llevó la mano fría al pecho. Apenas reparó en el sirviente, un muchacho rubio y joven, que se les aproximaba. Nunca antes, desde que viajaban juntos, se habían acercado a las puertas de castillo alguno. A ella nunca se le habría ocurrido pedir pan y cobijo en el castillo de un gran señor, de donde la expulsarían a patadas en cuanto vieran lo raído de sus faldas.

El sirviente gritaba el nombre del caballero.

—¡Señor Clodoveo, por fin habéis llegado!

Elvira cruzó una mirada desconcertada con la nodriza, que no parecía decidirse a bajar de su borrico o a permanecer montada.

—Permitidme. —El caballero tomó a Matilda, por fin, de los brazos laxos de Elvira. Una inclinación de su cabeza fue suficiente para que el sirviente, joven y de alta estatura, se acercara a Elvira y la ayudara a bajar del caballo—. Hildebertus ha regresado ya, imagino —añadió luego con la cabecita de Matilda dulcemente recogida en su hombro.

Elvira estaba segura de que el caballero nunca antes había mencionado a ningún Hildebertus en su presencia.

—Aún no, señor —respondió el sirviente—. La señora ha recibido noticias de que los caminos se hallan en muy mal estado.

El caballero pareció sorprenderse.

—¿Es que sigue en la Corte?

—Así es, señor.

—Entonces se quedará en Aquisgrán hasta la primavera. —El caballero asintió—. ¿Y cómo se encuentra la señora? ¿Podrá recibirnos?

—Se alegrará de vuestra llegada, señor.

Su carcajada sobresaltó a Matilda, que rio con él.

—¡Eso espero, después de lo que nos ha costado llegar hasta aquí! Está bien, haz que preparen un aposento para las señoras. Aquí tenéis, Elvira —añadió devolviéndole a la niña. Matilda, por supuesto, rompió a llorar, como siempre que el caballero la dejaba al cuidado de otra persona. Tal vez la muy consentida se figuraba que la estaba abandonando para siempre y que nunca más volvería a verlo.

—Enseguida, señor. —El sirviente se inclinó cuando el caballero lideró la marcha rumbo al castillo, a través de las puertas.

Elvira lo siguió. No se sintió aliviada por el repentino frescor que los recibió bajo las grandiosas puertas, donde imaginaba que nunca llegaba la luz del sol. Apretó el paso, pues sentía que las poderosas sogas que las mantenían abiertas mediante poleas podían ceder en cualquier momento. Las pesadas hojas la cortarían en dos.

En cuanto se hallaron al otro lado, más criados se les acercaron para llevarse sus monturas.

—Si me acompañan las señoras —dijo el sirviente rubio, más cerca de Elvira de lo que ella esperaba. Cuando se volvió, él tenía ya la mano extendida hacia las edificaciones más bajas, a la derecha del patio. Solo entonces reparó Elvira en que le faltaban dos dedos de la mano.

—Señora, ¿tiene hambre la niña? —preguntó Placia—. ¿Por qué paramos aquí?

—¿Y cómo quieres que lo sepa? —le espetó Elvira siguiendo al criado con pasos tan rápidos como los latidos de su corazón. El caballero se había dirigido hacia el lado opuesto, camino de la gran edificación de piedra que dominaba el lugar, entre las reverencias de las gentes que cruzaban el patio con haces de leña y grandes sacos al hombro.

Apoyadas en el interior de la muralla, montones de casitas de madera con sus tejados de paja se amontonaban unas sobre las otras, como Elvira había visto que era costumbre en las ciudades. Entraron en una de aquellas casas por una puerta pequeña, junto a la cual un grupo de mujeres cantaba al tiempo que bruñían calderos y cucharones de bronce y estaño. ¿Tan rico era el señor del castillo que poseía tal cantidad y variedad de utensilios?

El sirviente franqueó primero el umbral que conducía a unas cocinas. Realmente debía de ser este el castillo de un gran señor, pues abundaban las cestas repletas de fruta madura y olorosa; una muchacha, encaramada en un taburete, añadía despreocupadamente pedazos de carne al guiso humeante, suspendido sobre uno de los fuegos, que se cocinaba en un gran caldero.

—Por aquí, señoras —les indicó el sirviente antes de que la pequeña Teresa, la hija de Placia, pudiera escapar de los brazos de su madre en busca de uno de los apetitosos membrillos amontonados en una de las grandes mesas de madera.

Un pequeño tramo de escaleras desembocaba en una entreplanta con dos puertas.

—Estos dos cuartos son para las señoras —dijo—. Enseguida mandaré traer una cuna para el bebé. Si hay alguna otra cosa que pueda hacer por…

—En realidad —intervino Elvira—, si fuera posible, nos gustaría dormir en el mismo cuarto.

El sirviente tardó un instante en asentir.

—Por supuesto, señora. ¿Deseáis que acomodemos otro jergón aquí?

Elvira sopesó por un momento cuánto espacio quedaría en aquel cuarto pequeño después de meter la cuna y un segundo jergón, y decidió que no les sería necesario ver las losas del suelo.

—Sí, será lo mejor —dijo.

El sirviente se inclinó ante ellas.

—Mi nombre es Ragno. Podéis preguntar por mí si se os ofrece cualquier otra cosa, señora. Con vuestro permiso.

Las cuatro quedaron a solas cuando el sirviente cerró la puerta tras de sí. Por un ventanuco en lo alto se colaban un débil rayo de sol y el rumor del ajetreo del patio.

—Señora, ¿dormiremos aquí esta noche?

La pregunta de Placia sobresaltó a Elvira, que depositó a Matilda sobre el jergón y se sentó junto a ella para reajustarle las fajas. Estaba cansada de cabalgar todos los días, pero ahora que había bajado del caballo echaba de menos el movimiento bajo sus piernas. Pese a lo mucho que faltaba aún para la puesta del sol, estaba segura de que, si se acostara en aquel mismo instante, no tardaría mucho en quedarse dormida. En eso envidiaba a Matilda, a quien nadie tachaba de holgazana y zángana por echarse una siesta en mitad del día.

—Nos traerán otro jergón —respondió.

—Pero ¿dónde estamos, señora? —sollozó Placia.

—¿Y cómo voy a saberlo? —Elvira levantó la vista, pero no se encontraba con fuerzas para enfrentarse a las lágrimas de la nodriza y de su hija, que no tardarían en contagiárselas, en aquel cuarto tan pequeño.

—Señora, ¿adónde ha ido el caballero? No se marcharía sin nosotras, ¿verdad, señora?

A Elvira se le antojó como una gran prueba para su paciencia cristiana la idea de pasar la tarde encerrada en aquella pieza diminuta junto a las preguntas de Placia. Desde allí apenas se veía un pedacito de cielo.

—Ten. —Le tendió a Matilda—. Creo que la niña tiene hambre. Voy a pedir que nos den algo de comer también para Teresa.

Se ajustó la toca y salió del cuarto. El corredor de vuelta a las cocinas, sin la compañía de las niñas y la nodriza, parecía más largo y estrecho.

—¿Buscabais algo, señora? —Una muchachuela muy joven, de ojos brillantes y con una jarra vacía en las manos, le salió al paso.

Elvira iba a esquivarla para volver a entrar en aquella sala que olía a miel y especias, pero se detuvo y le sonrió a la joven.

—Sí. Sí, muchacha, dime. ¿Dónde estamos?

—Oh, por aquí se va a las cocinas, señora.

—Sí, sí. Lo sé. Me refería más bien... Dime, ¿de quién son estas tierras?

—Del señor Hildebertus, señora. Aunque ahora el señor no se encuentra en el castillo.

—Ya veo. Pero la señora sí que está, ¿verdad?

La muchacha sonrió ampliamente.

—Sí, señora —respondió con un cabeceo que hizo bailar las cintas azules que le anudaban el cabello.

—Dime, pues: ¿quién es la señora? —insistió Elvira, paciente.

Las largas pestañas de la muchacha aletearon en su parpadeo desconcertado.

—¿La señora? ¿Que quién es, decís? Es la esposa del señor —dijo finalmente.

Elvira tomó aire.

—Por supuesto. Es igual. Buscaba a Ragno; la niña con la que viajo tiene hambre.

La muchacha le hizo una pequeña reverencia.

—Enseguida os preparamos un refrigerio, señora. Lo llevaremos a vuestro cuarto.

En el cuarto, se encontró con que ya estaban instalados el segundo jergón y la cuna para Matilda.

—¿Habéis averiguado algo, señora?

Elvira se disponía a ignorar el rostro compungido de Placia y su molesto parloteo, pero entonces la nodriza mencionó al caballero.

—¡Con lo considerado que es con nosotras y con cómo trata de bien a la señorita Matilda! ¿Quién lo habría imaginado, señora?

—¿A qué te refieres?

—Dicen —susurró Placia inclinándose hacia Elvira— que, siempre que el señor Clodoveo viene al castillo, visita los cuartos de las doncellas.

—¿De dónde has sacado tal cosa? —exclamó Elvira apartándose.

—Me lo ha contado la muchacha que ha traído el jergón, señora. ¡Era jovencísima! Me sorprendería que ya le hubieran bajado las flores. ¡Decía que iba a rezarle a la Virgen para que el señor Clodoveo acudiera a su cuarto esta noche!

Placia rompió a reír, pero a Elvira se le habían revuelto las entrañas.

No podía casar aquella imagen del caballero con la que ella misma se había formado del hombre que las había acompañado durante tantos y tantos días. Si eso era lo que buscaba de las doncellas, ¿por qué nunca había tratado de hacer lo mismo con Placia o con ella misma? ¿Qué lo había llevado a recogerlas de la forma en la que lo había hecho y a desviarse de su propio camino para acompañarlas y protegerlas en su viaje?

No. Él era un hombre bueno, que aún no había visto más allá de los hábitos roídos de Elvira, que no imaginaba que las novicias de los conventos no eran todas aprendizas a santas ni las muchachas simples, como ella y como Placia, incapaces de todo mal.

Al poco, Ragno les llevó una bandeja con frutas y queso.

—Si tenéis a bien acompañarme —dijo—, la señora desea veros.

16

La sala en la que la recibió la señora se hallaba en lo más hondo del castillo, bien lejos del olor a orín de caballo que permeaba el aire desde las cuadras, de las cocinas humeantes y de las canciones groseras de las mujeres que, con los pies al sol, hilaban en el patio.

Elvira apretó el paso para no perder el rastro de Ragno, cuyas piernas largas engullían ávidas las baldosas del suelo y desaparecían continuamente tras recodos medio ocultos en los pasillos. Apenas se atrevía a dejar que la vista se le derramase por los repujados artesonados de los altos techos y los borlones de los bajos de los trabajados tapices. Temía ensuciar el aire húmedo de las salas con el polvo que traía incrustado en las suelas.

Las sombras retemblaban al candil de Ragno, pero volvían a engrandecerse en cuanto el círculo tenue de luz avanzaba y las dejaba atrás; en cualquier momento, de detrás de un cortinón podía emerger perfectamente un soldado armado o uno de los jinetes del Apocalipsis, y Elvira no tendría tiempo ni de gritar pidiendo socorro antes de que la ensartaran en la punta de una espada o la lanzaran desde la torre más alta del castillo.

¿Preguntaría el caballero Clodoveo por ella?

¿Y la pobrecita Matilda, tan pequeñita e indefensa, que solo con un poquito de leche y un pañal limpio se contentaba? ¿Qué sería de ella?

—La señora espera —dijo el sirviente rompiendo el silencio que los había acompañado. Se habían detenido abruptamente ante una puerta alta, de hojas labradas y pomos de oro. Elvira casi tropezó con sus propios pies cuando reparó en el soldado que, inmóvil, la custodiaba.

El guardia ladeó la cabeza. Los ojos saltones eran la única parte de su cuerpo que no repelía la luz del candil. Sin mediar palabra, surgió una mano de entre la oscuridad de sus ropajes y, con tres golpes secos, llamó a la puerta.

Ragno le cedió el paso. Elvira entró, con la respiración contenida.

En una silla junto al fuego, una mujer de aspecto delicado se recostaba indolente, los pies primorosamente protegidos del frío suelo por una de las numerosas alfombras de piel que tapizaban las baldosas. A su lado, en otra silla, el caballero Clodoveo alzó una copa con joyas incrustadas a modo de saludo.

Elvira, antes de bajar la vista, tuvo aún tiempo de advertir que el exuberante fuego que ardía en la sala lo había animado a quitarse los guantes. La cota bermeja descansaba también, lánguida, en el respaldo de su silla. Tan solo una gonela oscura y la fina camisa le cubrían el torso.

La dama, en cambio, mucho más abrigada que él, con un cuello de pieles abrazándole la garganta, parecía incluso tiritar pese al violento calor.

Elvira hizo una reverencia, con las mejillas arreboladas.

La dama tosió estentóreamente. Ante la mirada algo preocupada del caballero, suspiró como con hastío y bebió de su copa.

—Querida Sigalsis —dijo el caballero—, tal vez debas echarte de nuevo.

A Elvira no se le escapó la familiaridad con la que se inclinaba ligeramente hacia la dama, cuya silla estaba ya tan cerca de la de él que las rodillas de ambos se rozaban. ¿Para qué la habían mandado llamar cuando parecían estar a meros instantes de pasar a desanudarse los lazos de las calzas?

—¡Sandeces! ¿Cómo podría acostarme sin haber tenido antes el placer de conocer a tu invitada? Os llamáis Elvira, ¿no es así? —preguntó la dama con una voz débil pero firme.

—Así es, señora.

Ambas mujeres, la novicia y la señora, se estudiaron en silencio. La dama era poco más que una niña, a juzgar por lo redondo de su rostro y lo terso de su tez apagada. Tal vez no hiciera mucho que se había casado y se sintiera sola en aquel castillo tan grande. Con los fríos del invierno por delante, era de esperar que quisiera encender grandes fuegos y hacerse atender por jóvenes mozos, que de seguro le harían más compañía que las perlas que le adornaban los oscuros cabellos. No era extraño que se alegrara de recibir al caballero Clodoveo, que tan amablemente había acudido a visitarla.

El caballero parecía encontrar serias dificultades para apartar la mirada de la dama. No se mostraba preocupado por el hecho de que ella, casada y al menos dos lustros más joven que él, hubiera jurado fidelidad ante Dios y los hombres a otro caballero.

A Elvira, fatigada por el calor de la sala, le costaba respirar.

¿Sabía la señora que aquel apuesto caballero, que tan solícitamente le ordenaba al sirviente que les rellenase las copas, al caer de la noche visitaba los cuartos de doncellas y criadas que apenas acababan de sangrar?

La dama se humedecía los labios con desgana.

—¿Y la niña, la huérfana que recogisteis? —dijo dirigiéndose a Elvira—. ¿Está destetada ya?

Elvira, con los ojos muy abiertos, miró al caballero. Este cabeceó, como animándola a responder.

—Ah, no, señora. No tiene un año todavía.

—¿Y está sana? ¿Come bien? ¿No ha enfermado en los caminos?

—No, señora. Es una niña fuerte y sana.

La dama se sujetó la mejilla con una mano pálida, como si permanecer erguida supusiese para ella un tremendo esfuerzo imposible de superar.

—Sigalsis, querida mía, tal vez…

—¡Lo sé bien, Clodoveo! —gritó ella, con tan pocas fuerzas que apenas se le elevó la voz. Enseguida se vio atacada por un nuevo arranque de tos, que ni los sorbos de vino ni la atenta mano del caballero, posada en su espalda encogida, calmaban—. En fin, Elvira —dijo cuando recuperó el resuello—. Me alegra haberos conocido. Por favor, no dudéis en pedir cualquier cosa que vos o la niña podáis necesitar. Me gustaría verla, sabed que es así, pero no querría contagiarle estos enfriamientos míos a una criatura tan pequeña, que tiene toda la vida por delante. —Su sonrisa, en la que apenas había dientes sanos, afeaba su desvaído encanto, de esa forma en la que la inevitabilidad de las enfermedades, la marchitez y la muerte llegan a afear la vida—. ¿La acompañas de vuelta a sus cuartos, Clodoveo? Tienes razón: voy a retirarme. Te ruego me disculpes, pero no creo que venga a acompañarte en la cena.

—Descansa, Sigalsis.

El brazo gallardo y familiar del caballero rondaba la cintura de Elvira mientras la escoltaba fuera de la sala. No la tocó, sin embargo. ¿Cuántas semanas llevaban cabalgando por los caminos de la cristiandad, a lomos de la misma montura, tan cerca el uno del otro que Elvira había memorizado la grave y pausada cadencia de la respiración de él junto a su oído?

Había llegado a pensar que lo conocía.

Se había engañado a sí misma del mismo modo que lo había engañado a él; desde el principio, movida tal vez por la angustia y el miedo que la habían dominado el día que se habían conocido. ¿Por qué se había permitido confiar tanto en sus atenciones?

—¿Qué ocurre, Elvira? —Entonces, ya solos en lo más profundo del castillo, el caballero la tomó del brazo. Con la misma delicadeza de siempre, que aquel día, sin embargo, parecía provenir de una persona totalmente diferente. Elvira se soltó.

—Eso mismo querría yo preguntaros a vos, señor —respondió, tan fría como los suelos que pisaban, sin detenerse—. Si deseabais hospedaros con la dama Sigalsis, no era preciso que nos alojarais a nosotras. Habríamos podido pasar la noche en cualquier otro lugar. Cualquier fonda nos habría bastado. Ni vos ni la señora habríais tenido que preocuparos por nosotras.

—Ah, pero quería que conocierais a la señora, Elvira.

Ella creyó adivinarle una sonrisa en la voz; no se volvió para comprobarlo. No le dijo que no veía qué interés podría tener la dama Sigalsis en conocerla a ella.

—Podéis regresar; encontraré sola mi cuarto. Gracias —añadió.

El caballero, ya no había duda, reía. Con los dientes apretados, Elvira se volvió.

—Decidme solo una cosa: ¿por qué le habéis contado a la señora sobre Matilda? Es una pobre huérfana sin familia. ¡Solo una niñita! ¿Para qué querríais...? —Las rizadas pestañas del caballero, bajo las cuales él seguía mirándola, evidentemente divertido, sin decir nada, la distraían—. ¿Es cierto lo que dicen, pues? —preguntó entonces—. ¿Visitáis a las doncellas jóvenes en sus cuartos? Se oyen sorprendentes rumores sobre vos en este castillo. ¡Es la vuestra una gran leyenda! ¿O tal vez preferís la compañía de la señora mientras su esposo está lejos, en la Corte?

Las agitadas bocanadas de aire que Elvira conseguía tragar resonaban demasiado fuerte en sus oídos; su eco, un vil delator de su zozobra en el corredor vacío.

La estruendosa carcajada del caballero rompió el silencio.

Elvira retrocedió. El olor a vino la rodeaba, la emborrachaba. Tosió, atragantada con su propia saliva.

¿Qué hacía ella recriminándole nada? ¿Por qué temblaba de rabia ante la sola idea de que el caballero pensase pasar la noche saltando de lecho en lecho? ¡Allá se entendiera él con Dios y su conciencia! Naturalmente que su pueril arrebato era motivo de risa para el caballero. ¡Bien poco debía importarle a ella lo que cada cual hiciese o dejase de hacer! Quizá era esto lo que ocurría en todos los castillos y palacios. ¡Tal vez fuera esta la manera en la que todos los caballeros se comportaban! Ella nada tenía que ver con damas y señores, y nunca tendría que haber traído a Matilda a aquel lugar de depravación y libertinaje. Era en ella en quien recaía la responsabilidad de cuidarla y protegerla. Si su madre siguiera viva, tal vez la niña habría crecido en un ambiente como este, rodeada de sirvientes en un castillo grandioso, pero la dama Gytha estaba muerta y Elvira era lo único que le quedaba a Matilda. Mejor harían en proseguir su camino por su cuenta, como había planeado desde un principio.

Ya se había figurado ella, tantas y tantas veces, que Clodoveo era un regalo demasiado bueno caído de los cielos. ¿Por qué no había, hasta ahora, escuchado a sus propios recelos?

La risa del caballero se extinguía, pero su sombra ya había permeado la piel de Elvira, sonrojada de vergüenza. Asintió para sí.

—Disculpad mis palabras, señor —dijo.

Lo único que le quedaba por hacer era regresar a su cuarto, con su niña.

Hablaría con Placia y le explicaría la situación. Tal vez la mujer accediera a seguir amamantando a Matilda hasta que esta creciera un poco más o hasta que Elvira compusiese una mejor solución. Nada les impedía desandar el camino recorrido. Placia se alegraría si la llevaba a casa, de vuelta con sus padres y con el recuerdo de su difunto marido.

Elvira podía trabajar; estaba dispuesta a hacer lo que fuera menester. Se desharía de su toca y su hábito y se establecería con la niña en algún lugar donde estuviera segura de que estaban a salvo.

Eran perfectamente capaces de valerse por sí mismas, como habían hecho hasta que el caballero había irrumpido en sus vidas.

Este estaba de pronto muy cerca de ella; la obligaba a alzar la cabeza para encontrar sus ojos.

Su mano sujetó de nuevo el brazo de Elvira, justo por encima de la muñeca. Ella sentía la quemazón allá donde los dedos fuertes rozaban, sin percatarse de ello, la pequeña cicatriz que su hermano Fortún le había dejado como regalo de despedida.

—Vamos, Elvira, no os disgustéis —murmuró el caballero, todavía sonriendo—. No era mi intención ofenderos. ¡No iréis a escandalizaros por unos simples rumores!

—No me escandaliza —mintió ella.

—¿No lo habéis adivinado aún?

Elvira arrugó la frente.

—No sabía que jugábamos a los acertijos.

El caballero la soltó.

—Sigalsis es mi hermana.

El corazón de Elvira pareció detenerse.

—¡Vuestra hermana! —repitió, la voz demasiado aguda, los miembros paralizados.

—Hildebertus, mi encantador cuñado, insiste siempre que tengo la inestimable oportunidad de verlo en que pase una temporada en su casa, pues le hace bien a la salud de mi querida hermana. Como habréis sin duda podido intuir, Sigalsis está enferma.

Elvira sacudió la cabeza.

—¿Por qué nos habéis traído hasta aquí? —preguntó.

—Quería hablarle a Sigalsis de vos y de la pequeña Matilda.

—Pero ¿para qué?

El caballero la miraba con ojos risueños, con la misma expresión con la que la había mirado tantas y tantas veces antes de desearle buenas noches cuando, en la posada que hubieran encontrado tras una cansada jornada de viaje, se retiraban a dormir. Por primera vez desde que las había traído a aquel castillo, a Elvira dejó de parecerle un extraño.

Aunque lo era. Claro que lo era. Igual que ella era una extraña para él. No tenían en común más que las semanas que habían compartido en su viaje.

—Es natural que quiera que mi única hermana conozca a las mujeres de importancia en mi vida.

Con una brevísima reverencia, que ella quiso leer como burlesca, volvió sobre sus pasos y desapareció tras un recodo del corredor. Aguardó unos instantes, hasta que se le calmó el corazón agitado; los ojos fijos en la losa del suelo que, hasta que él se había marchado, los había contenido a ambos, al caballero y a ella.

—¿Os encontráis bien, señora? —le preguntó Placia en cuanto Elvira regresó al atiborrado cuarto; no había tenido demasiado éxito, pues, en camuflar la excitada respiración y la flojera de las piernas.

—¡Perfectamente! —replicó Elvira con más brusquedad de lo necesario.

Tomó a Matilda en brazos y la apretó contra sí. La había echado de menos, y solo al contacto con su piel suave y su olor a leche volvía a sentirse entera y serena. Se había dejado llevar por intuiciones poco fundadas y suposiciones absurdas, pero al menos Matilda balbuceaba excitada al verla y se revolvía en sus fajas hasta que Elvira la cogía y, con ternura, la arrullaba en su pecho.

17

Elvira, tras aquel primer encuentro con la dama Sigalsis, se había refugiado en su diminuto cuarto con Placia y las niñas y se había negado a salir, alegando que sentía que debía aprovechar aquella pausa en su viaje para rezar y reencontrarse con Dios.

Era cierto que había vuelto a rezar. Pero poco tenían que ver sus oraciones allá en el convento, en las que pedía por las hermanas y las demás novicias y las cosechas y daba gracias al Señor por la segunda oportunidad que creía haber recibido como un regalo, con la seca y repetitiva súplica que murmuraba para sí en aquella pieza, en el castillo que las protegía de las lluvias de la Burgundia. Pedía por Matilda, por su futuro y su seguridad, por su vida y porque lo que más deseaba en el mundo era poder ser ella misma quien la tomara de la manita cuando diera sus primeros pasos y quien la enseñara a trenzarse los cabellos y a bordar cenefas de flores en las esquinas de sus paños.

Elvira ya nunca podría profesar como monja. Sus pecados eran demasiado grandes, demasiado importantes como para que pudieran serle perdonados. Lo aceptaba y debía aprender a vivir con ello. Pero Matilda, inocente y aún tan vulnerable, no tenía la culpa de que la hubieran robado de los brazos de su madre y la hubieran arrastrado a aquel peregrinaje sin fin, rodeada de pecadores y almas viles que terminarían por corromperla del mismo modo que se habían corrompido a sí mismas.

Elvira rezaba, pues, y apenas prestaba atención a las efusivas descripciones que Placia y Teresica le hacían de las pinturas que adornaban las vigas del castillo o del finísimo lino que las lavanderas golpeaban y apaleaban hasta que el blanco volvía a relucir, inmaculado y brillante cuando las mujeres de brazos fuertes tendían al sol las camisas chorreantes.

—¡No podéis imaginar, señora, lo suaves que son! Como la piel de un bebé. ¡Os juro que no miento! ¿Cómo debe de ser vestirlas todos los días? ¿Será la piel de las damas igual de suave? ¿Y no se les romperá cuando se rascan, de tan delicada que es?

—Las damas nobles no tienen picores, Placia —dijo Elvira llevándose ya a la boca una cucharada del delicioso estofado que el sirviente Ragno les había traído en una gran bandeja.

Varias veces al día, eran agasajadas con sopas bien aderezadas, con cuencos llenos a rebosar de membrillos y manzanas, con ricos pasteles de castañas e, incluso, generosos pedazos de carne regada con todas las jarras de vino que tuvieran a bien pedir. Elvira probaba maravillada los fabulosos manjares que les servían.

—¡Señora! ¿Qué os ocurre? ¿Es que no os gusta la torta?

Elvira se sobresaltó al oír la voz de la nodriza. El pedazo que acababa de morder le cayó en el regazo.

—¿Qué es esto? —preguntó, tragando despacio.

—Torta con arándanos, señora.

Tomó con cuidado el pastel desmigajado, salpicado por las manchas oscuras de la fruta. Cuando se lo acercó a la nariz, por más que lo olisqueó, solo reconoció el aroma de la harina cocinada. En su lengua, sin embargo, aún notaba el dulzor traicionero de los arándanos, que la había devuelto a la noche en la que nació Matilda, cuando aquel extraño las había atacado en la celda. ¿No era aquel el mismo olor que había percibido en la posada de Placia, el día que las recogió el caballero?

Se llevó una mano a la boca para tratar de acallar las náuseas.

A la noche, se acostaba en el mullido jergón y se arropaba con la cálida manta de lana, rezaba con los ojos clavados en el techo hasta que los párpados terminaban por cerrársele y se sumía en una miríada de agitados sueños en los que un ejército de soldados armados con largas lanzas irrumpía en su cuarto para acuchillarla mientras dormía y entregarle a Matilda a la señora del castillo.

Despertaba angustiada, temblorosa, con la frente empapada de sudor y las lágrimas prestas a regarle las mejillas.

—¿Tenéis calor, señora? —La voz queda de Placia, inesperada en las horas más oscuras de la noche, cuando ni siquiera los esclavos del castillo habían despertado aún, hizo que el corazón de Elvira se acelerara.

—Estoy bien. Duérmete otra vez.

Sin atreverse a mirar por si Placia seguía despierta, observándola en silencio, Elvira volvió a sus rezos, inmóvil y todavía tendida en el lecho, hasta que horas más tarde Matilda lloró pidiendo leche.

Más de una semana llevaban viviendo en el castillo cuando, la mañana en que se desató la tormenta, recibieron por fin un mensaje del caballero.

—El señor Clodoveo aguarda a las señoras en el patio —les dijo Ragno cuando les llevó el desayuno—. Ha mandado ensillar su caballo para partir en cuanto estén listas las señoras.

—¿Partir? ¿Partir adónde?

—El señor Clodoveo no me lo ha dicho, señora. Con vuestro permiso. —Tras una breve inclinación, el sirviente se retiró.

La primera jornada de viaje fue una lucha contra la tormenta. Entre tiritones y con los mantos empapados, pidieron refugio en una granja donde unas sopas les calentaron los estómagos. El caballero insistió en que partieran de nuevo en cuanto se adivinaron los primeros claros del día tras las nubes furiosas, pero las toses cada vez más violentas de Teresa y las súplicas de su madre los obligaron a detenerse en la primera ciudad que encontraron en su camino.

Esa noche, en una posada, Elvira y Placia velaron la calentura de Teresica. Junto al lecho en el que la niña tosía y se revolvía, presa de sus sueños febriles, su madre le humedecía la frente y las mejillas ardientes con un paño húmedo.

Elvira se retiró a su alcoba por la mañana, con Matilda.

La despertaron unos golpes en la puerta. En el cuarto no había luz.

¿Sería Placia, que venía a darle noticias de la niña?

Se levantó presta y abrió, sin cubrirse siquiera la cabeza.

—Elvira.

El caballero Clodoveo, el rostro ensombrecido pese al candil encendido que llevaba en la mano, estaba al otro lado. El corazón de Elvira se aceleró al verlo.

—¡Señor! ¿Ha ocurrido algo? ¿Es Teresa?

—Sí. No os inquietéis. Acabo de pasar a verla; las fiebres le han bajado un poco y tiene apetito para desayunar.

Elvira se santiguó.

—¡Gracias al Señor! —exclamó, aliviada. Recordó de pronto que Matilda seguía acostada y corrió junto al lecho para cerciorarse de que la pequeña respiraba y dormía, tranquila.

El caballero entró tras ella.

—¿Matilda duerme? ¿No tiene hambre?

Elvira se sobresaltó; la tenue luz del caballero, tan débil en el corredor, empapaba sin embargo los rincones del cuarto.

—Duerme —asintió.

El señor Clodoveo dio un paso más hacia ella.

—Disculpad mi atrevimiento, pero siempre había oído que las monjas se rapaban los cabellos.

La toca de Elvira seguía a los pies del catre, donde la había dejado al desvestirse antes de acostarse. Se llevó una mano a la cabeza, en un intento inútil por esconder las largas trenzas negras, que tanto había mimado en su juventud y que le caían, libres, espalda abajo.

—Ya os dije que nunca llegué a profesar, señor —murmuró, la voz algo temblorosa. No había lugar alguno en el pequeño cuarto en el que ella y su sonrojo pudieran esconderse.

El caballero sonreía. Elvira no pudo evitar recordar aquellas burlas de su cuñada Muniadona cuando la llevaban al convento.

—Sí, ahora que hago memoria, creo recordar que lo mencionasteis…

Él había alzado ligeramente la voz y Elvira retrocedió hasta que sus piernas chocaron con el lecho donde descansaba Matilda. El cuarto era diminuto; la luz del caballero lo inundaba todo.

—Iré a ver a Teresa —dijo Elvira, y alargó la mano para tomar su toca.

No se atrevía a mirarlo a los ojos, pero tampoco quería apartar la mirada y que él volviera a sorprenderla. Se concentró, pues, en su oreja, semioculta bajo los mechones rizados y aún húmedos. ¿Venía de la calle?

La mano del caballero detuvo la de Elvira.

—¿Volveréis a vuestro convento, Elvira, cuando hayáis dejado a Matilda con vuestros parientes?

Ella tragó saliva. Aflojó los dedos, dejando caer la toca, y se irguió todo lo que pudo antes de desasirse.

—No —dijo solamente, casi en un suspiro.

El caballero volvió a sujetarle la muñeca, con más delicadeza que antes; esta vez, Elvira no hizo esfuerzo alguno por soltarse.

El caballero se inclinó hacia ella. Los labios de él le rozaban el lóbulo de la oreja. ¿Cuántas veces le había hablado directamente al oído, mientras cabalgaban, para preguntarle si necesitaba descansar? ¿Cuántas veces le había susurrado, en una intimidad que ella abrazaba, el nombre del señor de las tierras por las que pasaban? ¿Qué excusa tenía ahora para acercarse tanto? Dejó que Elvira le oliera la humedad del manto, solos en aquel pequeño cuarto; el caballo resguardado de la tormenta en los establos.

A Elvira le temblaban las rodillas.

—He arrendado unas habitaciones para vos, la nodriza y las niñas —dijo él sin separarse de ella, la mano de Elvira aún presa entre ambos—. Podéis instalaros cuando gustéis.

Sería una temeridad querer continuar nuestro viaje durante el invierno.

Elvira tragó saliva. Para ella y Matilda podía ser tan peligroso quedarse demasiado tiempo en un mismo lugar como tratar de seguir avanzando con aquel temporal.

—Sí. Pronto empezarán las nieves —asintió, despacio. Solo entonces reparó en lo que él había dicho. Apartó la cabeza para mirarlo—. ¿Y vos? ¿No os quedaréis en la ciudad?

Él tomó aire y, por fin, se alejó de Elvira. A medida que se aproximaba a la puerta, la luz se iba con él; las sombras reconquistaban sus dominios en los recovecos del cuarto.

—Sí, seguramente, pero también debo visitar a mi hermana. Está enferma, como sabéis.

—Claro. Sí, por supuesto.

—No os robaré más tiempo. Teresa se alegrará de veros.

El caballero salía ya cuando Elvira lo llamó.

—Debo agradeceros todo lo que habéis hecho por Matilda —dijo inclinando la cabeza.

El caballero le sonrió brevemente antes de marcharse.

Su luz se fue perdiendo por el pasillo hasta que, al final, desapareció.

Elvira, muy despacio, cerró la puerta. Aún tardó unos instantes en componerse lo suficiente como para acercarse a visitar a Teresa.

Por la mañana, cuando el caballero las llevó a su nuevo alojamiento, Elvira llevaba la cabeza descubierta.

18

El invierno transcurrió para Elvira entre las dos amplias alcobas en el piso principal de aquella casa, con patio y sirvienta y los postigos de madera de las ventanas pintados de un alegre color azul. Por miedo a que el encapuchado que olía a arándanos las encontrara en aquel refugio, Elvira no sacaba a Matilda más que en las fiestas para ir a la iglesia.

Ella y Placia se pasaban los días cosiendo junto a la lumbre, pendientes de que Teresa, delicada todavía, no cogiera frío, y de que Matilda no se escapara de sus fajas, en sus cada vez más atrevidos intentos de explorar los suelos de la casa.

—Señora, voy a coserle a la señorita Matilda una gonelica nueva y una capita de piel —decía Placia, bien diestra con la aguja—. ¿Creéis que, si se lo pedimos al señor Clodoveo, que es tan bueno con nosotras, tendrá a bien darnos unas monedicas para comprarles a las niñas unas cintas para el pelo? Yo misma las bordaré. Ay, señora, ¡las que os regaló a vos son tan hermosas!

Elvira resistió el impulso de llevarse una mano a los cabellos, que ya nunca se cubría. Cada mañana, se cosía en las trenzas las cintas que, en su última visita, el caballero le había dejado cuidadosamente dobladas sobre su lecho.

El caballero las visitaba por sorpresa, y a menudo tan solo se quedaba con ellas cuatro o cinco días. Elvira aprovechaba para relatarle con todo detalle los últimos logros de Matilda, que había dado sus primeros pasos y crecía cada día más fuerte y sana. Él escuchaba con atención, y entonces ella le preguntaba por lo que ocurría fuera de las murallas. Solo respiraba aliviada cuando se aseguraba de que las nuevas del caballero no hablaban de ejércitos que buscaban a niñas huérfanas escapadas de un convento.

—Dicen que las tierras han temblado en otras partes del imperio —comenzó el caballero una de esas noches, recién llegado del castillo de su hermana— y que las lluvias han anegado campos y cosechas enteras. Suerte que no andamos recorriendo los caminos, a merced de lo que nos envíe el Señor.

Elvira asintió, grave.

—Debo agradeceros una vez más que Matilda duerma bajo este techo, señor. No sé qué habríamos hecho de no…

—También a vos os sienta bien la vida en la ciudad. —El caballero no la dejó terminar.

—¿Qué decís? —Elvira dejó escapar una breve risa.

La vida en la ciudad era un diminuto patio sin flores, compartido con los inquilinos de los dos pisos superiores y el edificio de enfrente. Eran los perros vagabundos y famélicos que se lanzaban a los pies de los pobres e incautos transeúntes con la irrisoria esperanza de que alguien les diera un hueso que llevarse a las fauces. Eran los charcos de orín ante los umbrales de las casas que ni la más despiadada de las lluvias conseguía limpiar. Era no dormir nunca en silencio, saberse siempre cerca de cientos y cientos de almas.

En la ciudad, donde todos creían que Matilda era hija suya, olía siempre a fuegos.

Las noches que el caballero dormía con ellas en la casa, Elvira y la nodriza compartían cuarto y camastro. Para no despertar a Placia, que ya roncaba cuando Elvira se acostó por fin una de esas noches, se conformó con rezar en silencio hasta que, ya cerca del alba, la venció el sueño.

—¿Ya es de día? —murmuró poco después, aún presa del duermevela.

El lecho se hundía; Placia, envuelta en sombras, se levantaba.

—Pero es temprano aún; descansad. Voy a acercarme al mercado antes de que despierten las niñas. ¡Debemos preparar algo realmente delicioso para celebrar que el señor Clodoveo ha regresado!

—Claro, ve. Es buena idea. No tardes mucho, Placia. —Con un suspiro, arrullada por el calor de las sábanas, Elvira dejó que se le cerraran los ojos.

En cuanto Teresica despertó, se echó a llorar, pues no podía comprender que su madre se hubiera ido sin ella al mercado.

—¡Ya está bien, Teresa! —Elvira le puso delante una escudilla de las gachas que Walda, la sirvienta, removía en un gran puchero en el hogar—. ¡Silencio y a comer!

—¡Pero madre me prometió que iba a llevarme al mercado! —hipaba la niña.

Elvira se acomodó a Matilda en la cadera para, con la otra mano, alcanzar el tarro de miel de flores del estante alto de la alacena. Habían de guardarla allí si querían evitar que Teresa se la merendara a cucharadas.

En cuanto los ojos hinchados de la niña descubrieron el tarro de miel, cesó el llanto. Teresa se humedecía los labios mientras Elvira, con Matilda todavía en brazos, se afanaba en abrir el bote.

—¡Habrase visto mentirosa más grande! ¿Tú no sabes que es pecado contar embustes? Tu madre nunca te ha prometido tal cosa y te dará una buena turra como vuelva y se entere de que no has querido tomarte el desayuno. ¿A santo de qué andas llorando tanto? ¡A comer, venga! ¡Y límpiate esa cara, so cochina!

La miel dorada y brillante se desperezaba por la cuchara, indecisa ante la zambullida en las gachas de Teresa.

—¿Le paso unas manzanitas por el mortero, señora? —preguntó Walda con un cabeceo hacia Matilda.

Teresa, ocupada con las gachas dulces, se había olvidado de llorar. Elvira asintió. Se sentó a Matilda en el regazo y la hizo brincar en sus rodillas en un intento infructuoso por distraerla también.

—Pero ¡qué alegre mañana! —exclamó el caballero Clodoveo, cegando con su esbelta y elegante figura el hueco bajo la puerta—. ¿Y la nodriza? ¿Es que aún duerme? ¡Quién fuera capaz de seguir durmiendo con semejantes alborotos!

Elvira resopló para ocultar una sonrisa.

—¿También vos? No sé si debo decirle que la echáis todos tantísimo en falta. Se nos va a envanecer.

El caballero, agachado de repente junto a ella, alargó la mano en su dirección.

Ya se había vestido para el día, pero aún no llevaba sus guantes. Elvira recordaba demasiado bien lo cálida que podía ser la caricia de aquellos dedos, capaces de rodearle toda la cintura, tan delicados siempre cuando le hacían mimos a Matilda. Incapaz de moverse, de apartarse o de inclinarse hacia él, Elvira aguardó. Con la respiración contenida, el peso de la niña era lo único que la anclaba al suelo; el aire que los separaba, pesado y dulce.

La mano del caballero ni siquiera la rozó. Se posó sobre la frente arrugada de Matilda y, como por ensalmo, la hizo callar. Despacio, peinaba con los dedos el flequillo de la niña.

Elvira apenas podía despegar los labios. Se le habría resecado menos la boca si se hubiera tragado diez cucharadas seguidas de la miel de las gachas de Teresa.

—¿Y bien?

Elvira parpadeó, sorprendida. No había oído la última pregunta del caballero.

—¿Señor? —musitó ella, la mirada atrapada por la de él.

—¿Aún duerme la nodriza? —repitió el caballero. Una amplia sonrisa le recorría el rostro: el aturdimiento de Elvira debía de resultarle considerablemente divertido.

—Oh, no —acertó ella a responder—. No, salió temprano. Tenía que hacer unas compras, poca cosa, y ya debe de estar al caer. Estoy segura de que no tardará.

Sin embargo, las campanas de la iglesia cantaron tercia* y sexta y Placia no regresaba.

Teresa se pasó la mañana llorosa, sentada con las piernas cruzadas al lado de la puerta de la calle. Como no la dejaban esperar fuera a su madre, le mostraba su carita enfurruñada a todo el que se le acercaba para tratar de consolarla y se deshacía en berrinches si intentaban llevarla dentro, al calor de la lumbre.

Después del almuerzo, Elvira se había convencido de que a Placia debía de haberle ocurrido alguna desgracia y envió a la sirvienta al mercado en su busca.

---

* Según las horas canónicas, la tercera hora después del amanecer.

La mujer, lo suficientemente anciana como para ser la abuela de Teresa, llevaba todo el día mirando a la niña con un mohín de lástima y llamándola desde las cocinas con la promesa de un puñadito de nueces o un níspero bien maduro. Se envolvió bien en su manto y se despidió de ella con una carantoña.

—No os preocupéis —le dijo a Elvira el caballero. Sentado junto al hogar, afilaba su larga espada. Matilda, a los pies de Elvira, observaba ensimismada los brillos de la hoja desnuda—. Buscaremos otra nodriza. Matilda no se quedará sin leche.

La niña, a quien le entusiasmaba que los adultos a su alrededor hablaran de ella, repitió su propio nombre entre palmadas.

Elvira alargó el cuello para comprobar que Teresica, pendiente todavía de la puerta de la calle, no les prestaba atención.

—Tal vez se ha sentido enferma, o se ha despistado y se ha perdido —musitó—. ¡No debió irse así, sola! Apenas había amanecido. Ay, Dios mío, que Walda nos la traiga sana y salva. —Se santiguó.

Matilda se cansó de dar palmas, pero la espada del caballero seguía captando su atención. Hizo amago de aproximarse a aquel objeto extraño, brillante y hermoso, que con tanto cariño cuidaba su dueño, pero Elvira la cogió en brazos y se la subió a las rodillas antes de que pudiera acercarse demasiado a la hoja afilada.

—Eso no se toca, ¿me oyes? Solo nos faltaba que te cortaras.

Elvira distrajo a la niña enseñándole una de sus trenzas. Matilda, al menos por el momento, concedió que tenían tanto o más interés que los brillos de la espada del caballero y lo celebró llevándose la trenza inmediatamente a la boca.

El traqueteo de un carro en la calle hizo que todos levantaran la cabeza. Sin detenerse, se alejó calle abajo; el sonoro suspiro de Teresa se le clavó a Elvira en el pecho.

—¿De verdad creéis que la nodriza se ha perdido? —preguntó el caballero.

Con un movimiento limpio, diestro, se cambió a la otra mano la piedra de afilar. Matilda, ya olvidada la trenza, extendió las manitas en una graciosa imitación de las idas y venidas de la herramienta del caballero. Para Elvira, cada nueva pasada de la piedra, que raspaba la ya extremadamente pulida superficie de la espada, era como un arañazo profundo que se abriera en su propia piel. Todo la impelía a querer alejarse de la espada y de su afiladísima hoja.

—Claro que no —musitó, ajustándole a Matilda las cintas de la camisa—. Algo ha debido de pasarle. Alguna desgracia.

El bufido del caballero la hizo levantar la mirada.

—Vamos, Elvira, no seáis ingenua. Habrá cogido el dinero y se habrá marchado.

Elvira sacudió la cabeza.

—Pero ¿qué decís? ¿Y su hija?

La carcajada repentina del caballero hizo que Matilda diera un respingo. Se quedó mirando a Elvira, los ojos claros muy abiertos. Para tranquilizarla, ella le posó la mano en el pecho; las yemas de sus dedos retemblaban con los latidos acelerados del corazón de la niña.

Aprovechó para dejar la trenza de nuevo a su alcance.

—Pues aquí os la ha dejado. Habrá oído en alguna parte que vos recogéis huerfanitas.

La espada chillaba con cada nueva pasada despiadada de la piedra. Elvira apretó los dientes y se levantó, incapaz de soportar aquel sonido metálico por un momento más.

Matilda protestó. Como de costumbre, no quería que la alejaran del caballero.

—Por favor, llamadme en cuanto Walda regrese —dijo Elvira tomando ya las escaleras hacia el piso superior, donde dormían. Matilda, incapaz de resistir el encanto de sus trenzas, se consoló en cuanto se las llevó a la boca de nuevo.

Placia no se habría marchado sin su hija.

Por mucho que echase de menos su tierra y a su familia, aunque Elvira la hubiese arrancado sin miramientos de todo lo que conocía y la hubiera arrastrado por los caminos de medio imperio, Placia había terminado por aceptar su nueva vida en aquella ciudad, en aquella casa con sus dos cuartos y sus escudillas llenas siempre a la hora del almuerzo. ¿Cómo iba a abandonar aquello, ella sola, sin su niña?

—Es culpa nuestra, ¿verdad que sí? —susurró Elvira.

Matilda respondió con una serie de balbuceos, ininteligibles porque todavía masticaba las trenzas con sus encías desdentadas. Elvira, sentada junto a ella en su lecho, descansó una mano sobre la piernecita regordeta de la niña.

A las pocas horas de vida de Matilda, todavía en el convento, un hombre desconocido que olía a arándanos había tratado de asfixiarla. Después había seguido el rastro de Elvira por todos los caminos y condados que habían recorrido, a través de montañas y valles, hasta dar con ella en la posada de Placia. ¿Habría encontrado ahora aquella casita en la ciudad en la que se creían a salvo? ¿Se habría llevado a la nodriza para llegar hasta la niña?

¿Qué otra cosa había podido pasar?

—Ay, Matilda, qué horror —dijo en voz baja. Notaba el vientre revuelto, bulléndole de preocupación.

Walda trajo a su regreso, no mucho más tarde, más lágrimas a los ojos de Teresa y más angustia al corazón de Elvira. Nadie había visto a Placia. Nadie recordaba haber hablado con ella; nadie sabía qué había podido ocurrirle.

Elvira, desesperada, subió a preguntarles a los vecinos de arriba.

—Hoy no hemos salido, señora Elvira. Mi padre no se encuentra muy bien y ni siquiera me he acercado al mercado... —le dijeron.

Elvira recusó su invitación para tomar un vino con ellos y bajó a toda prisa la escala del patio.

—¿Hay nuevas? —preguntó Walda desde la cocina.

—¡Voy a salir!

La mujer que vivía enfrente, que les pedía harina y vino cuando lo que a su marido le daban por aprendiz de zapatero no les llegaba para alimentar a sus cinco hijos, tampoco sabía de Placia. La muchacha que pedía limosna junto a la fuente no se acordaba de ella, ni supieron darle noticias las mujeres que volvían a casa cargadas con sus cántaros.

Cuando Elvira regresó, Walda había cerrado ya los postigos azules de las ventanas.

—¡Nadie la ha visto! Nadie sabe nada, no he podido averiguar nada... —Elvira se dejó caer en la silla junto al fuego, el manto todavía abrochado, la cabeza llena de todas las terribles desgracias que podría estar sufriendo Placia en aquellos momentos.

El caballero Clodoveo salió también a buscarla aquella noche. Volvió al poco, empapado por la fina lluvia que se desperezaba sobre la ciudad. Renovó su promesa de que encontraría una nueva nodriza a la mañana siguiente.

Matilda, que quizá empezaba a comprender que algo malo ocurría, no se mostró muy agradecida por la papilla de nabos que Walda le preparó de cena.

—¡Habrase visto, qué niña tan mimada! Si Placia no está, pues te comes esto que te han preparado especialmente para ti, ¡y sin rechistar!

Pero al final, tan cansada de llorar que comía medio dormida, dejó que Elvira la alimentase y, en cuanto esta la tomó en brazos para llevarla a la cuna, cayó rendida.

—Señora, no hay manera de que Teresa se acueste. No consigo apartarla de la puerta. Dice que va a dormir ahí, angelito mío.

Elvira, que entendía la preocupación de la niña, no le dio importancia a las quejas de Walda.

—Bueno, llévale una manta y deja que duerma ahí si es lo que quiere.

A la propia Elvira también le resultaba extraño acostarse sin saber dónde estaba Placia y si tendría un lugar caliente donde pasar la noche. Bien envuelta en las sábanas frías, casi deseó que fuera cierto que se hubiera marchado por su propia voluntad, pues eso significaría que, seguramente, se encontraba bien.

La noche se tragó sus miedos y sus rezos. Apenas oyó las campanas de la iglesia, que tocaban a maitines.* En sueños vio a Placia, sentada en su silla junto a la lumbre, bordando como cualquier otro día; pero cuando se arrodilló junto a ella descubrió que las llamas le habían prendido en el bastidor y borraban las flores y los pájaros de la tela.

---

* Según las horas canónicas, el segundo tercio de la noche.

19

—¡Placia! —Elvira se incorporó abruptamente.

—Tranquila —dijo el caballero Clodoveo. Las sombras dejaron paso, entonces, a sus familiares facciones.

Elvira se cubrió el pecho con la sábana; con la otra mano, tanteaba a los pies del lecho en busca de una toquilla que echarse a los hombros. Olía a humedad.

—Pero ¿venís de la calle? ¿Sabéis algo de Placia? ¿No tenéis luz? —Encogió los pies descalzos al posarlos en las frías tablas del suelo.

—¿Os he despertado? —preguntó el caballero con voz ronca. El primer fogonazo de luz lo sorprendió desprevenido; al apartar el rostro mojado, la fina lluvia que se le desprendió de los cabellos salpicó a Elvira.

—¿Habéis encontrado algo? Decidme: ¿qué es?

La mirada algo desencajada del caballero la animó a envolverse mejor en la toquilla. Pero este agachó la cabeza.

—No. No, lo lamento. No os traigo noticias.

—¿Qué ocurre, señor? ¿Os encontráis bien?

Una gélida corriente se colaba por la puerta del cuarto; el caballero la había dejado entreabierta.

—Sí —dijo él casi sin dejarla terminar su pregunta—. Matilda duerme.

Elvira no respondió. Los dedos desnudos del señor Clodoveo se aferraban con fuerza a las maderas de la cuna. A la luz tímida del candil se le adivinaban furiosos arañazos entre los nudillos, que le corrían por el dorso de la mano hacia el interior de las mangas.

—Pero ¿estáis herido? —preguntó ella. Al acercarse a él, el caballero se escondió la mano tras la espalda.

—Buenas noches, Elvira. No debemos despertar a la niña. Siento haberos molestado a estas horas.

Elvira, confundida aún por la angustia y el sueño, acertó a asentir.

—Que Dios os guarde.

Tiritando, se arrodilló junto al lecho, con las palmas juntas y los codos hundidos en las mantas, para rezar.

Las mudas de Placia seguían dobladas en el arcón, entre los saquitos con ralladuras secas de limón que ambas habían preparado con esmero para ahuyentar a las polillas. También allí seguía un broche que la madre de Placia le había regalado cuando se casó; por el modo en el que la nodriza hablaba de él, de ningún modo se habría marchado sin llevarlo consigo.

—Dios todopoderoso, Señor Padre mío, ayúdanos por favor a encontrarla pronto —susurró, la cabeza enterrada entre las manos.

Antes de soplar la llama del candil, reparó en las pisadas embarradas que el caballero había dejado en el suelo. ¿Estaba la pobre Placia ahí fuera, desamparada bajo la lluvia? ¿Qué le había ocurrido que le impedía regresar a casa?

En cuanto amaneció, Elvira se vistió para salir y bajó a la cocina. Sorteó el cuerpecito de la pequeña Teresa, dormida hecha un ovillo junto a la puerta.

—Quédate a cargo de las niñas —le dijo a Walda.

Pese al manto grueso que llevaba, no tardó en verse calada por la lluvia.

La ciudad ya despertaba. Las muchachas bajaban entre bostezos a las fuentes, las primeras contraventanas se iban desperezando para ventilar los pisos bajos. Elvira no reconoció el rostro redondo de Placia en ninguna de las vagabundas que dormitaban en las esquinas.

Caminaba deprisa, casi a la carrera. Los pies la llevaban por las calles empedradas que la lluvia había convertido en barrizales, pero por más que preguntara a los tenderos que abrían tranquilamente las puertas de sus comercios nadie parecía haber visto a Placia.

¿Quién podría haberla raptado?

Elvira se detuvo frente a la iglesia. Dos monjes que salían en ese momento por la puerta lateral la saludaron con una inclinación de cabeza. No sabía sus nombres, pero recordaba haberlos visto antes, en misa.

Les salió al paso.

—Buenos días nos dé Dios.

—Que Él os bendiga, hermana.

Les preguntó por Placia; uno de los monjes se acordaba de ella, dijo, de verla pasar con las niñas. Pero no sabían dónde podía estar.

Elvira tenía que volver a casa, empaquetar de cualquier manera sus bártulos y marcharse de allí. No estaban a salvo, ni siquiera bajo la protección del caballero. Él, después de todo, no sabía nada: ella nada le había contado sobre la madre de Matilda ni sobre aquel hombre que había tratado de asfixiarla en sus primeras horas de vida. Cuán ingenua había sido por creer que ya estaban a salvo, que tantas leguas de camino la separaban de sus pecados y protegían a la niña.

¿Qué más podía hacer, sino seguir huyendo?

Volvió sobre sus pasos; al llegar a la plaza de la fuente, en lugar de enfilar hacia su calle, siguió un poco más adelante. No tardó mucho en hallarse ante una de las puertas de la muralla.

—Disculpad, buen hombre, por caridad, ¿podéis ayudarme?

El soldado de guardia se rascó la poblada barba pelirroja.

—La puerta está abierta, señora —dijo.

—Por favor, busco a mi nodriza. No sabemos nada de ella desde ayer. Tal vez saliera de la ciudad, muy de mañana, y por eso no hemos podido encontrarla. Os lo ruego, estoy muy preocupada.

—Señora, ¿no veis que la puerta está abierta? —repitió el soldado—. Por aquí pasan muchas mujeres todos los días.

—Es muy alta —insistió Elvira—. Lleva una cofia blanca, no habla muy bien la lengua. Vivimos dos calles más allá, bajando desde la fuente.

—Desde la fuente... —El soldado tomó aire lentamente y después lo expulsó. Cerró los ojos largo rato, como tratando de situarse. Elvira se mordió el labio inferior—. ¿No será en la casa grande? ¿La que tiene los postigos pintados de azul?

—¡Sí, esa misma!

—¿La casa del señor Clodoveo?

Elvira asintió, efusiva.

—¡Sí, eso es! Es su casa, y él mismo contrató a la nodriza. El caballero Clodoveo también la ha estado buscando. ¿La habéis visto? Es muy delgada, de cabellos pardos...

—Señora, os digo que no sé quién es esa nodriza —la interrumpió el soldado—, pero por Nuestra Señora os digo que ayer de mañana vi con mis propios ojos al caballero Clodoveo pasar por esta misma puerta.

Elvira tardó unos instantes en comprender. Al principio, se figuró que debía de haberse confundido; que, en su congoja por saber qué había sido de Placia, sus oídos habían equivocado los sonidos y trastocado el sentido de las palabras del soldado. Y entonces, de pronto, olvidó cómo soltar el aire que tenía dentro. Todo en ella se detuvo: ya no escuchaba el golpeteo incesante de la lluvia sobre el tejadillo de la garita del guardia, ni advertía que el frío que le subía desde los pies se debía a que se le encharcaban las huesas* nuevas que le había regalado el caballero.

Se sintió desfallecer.

—¿Ayer? ¿Estáis seguro? —boqueó, esforzándose por permanecer en pie.

—¡Os digo que sí! —El soldado frunció el ceño—. ¿Cómo no iba a reconocerlo? Iba a pie, con una muchacha, y os digo que pasaron por aquí.

—¿Y cómo era esa muchacha? ¿Era alta?

El soldado silbó.

—Sí, eso es, llevaba una cofia. ¿No habéis dicho que vuestra nodriza llevaba una cofia? Sí, ahora me acuerdo. Era ella, seguramente.

—¿Y salieron, sin más?

El soldado asintió.

—Sí. Iban conversando. Salieron los dos y, al poco, el señor regresó.

---

* Calzado similar a unas botas anchas y fuertes que se utilizaba tanto para caminar como para montar a caballo.

—¿Él solo?

—Sí. Él solo, sí. Estoy seguro.

Las palabras de agradecimiento le brotaron de los labios como la sangre mana de una herida abierta. Entre temblores, cruzó la puerta de la ciudad, la misma que Placia había atravesado la mañana anterior, y salió al camino que nacía de las murallas y zahería los campos hasta, a menos de una legua de la ciudad, adentrarse en un bosquecillo de hayas.

—¡Placia! ¡Placia, soy yo, Elvira! Ay, Dios mío. ¡Placia! —gritaba. El agua le resbalaba por los cabellos, por las ropas, por el rostro. Le empapaba las mejillas y se le mezclaba con las primeras lágrimas de terror.

Placia no contestaba. Elvira solo oía sus propios jadeos desesperados y el azote inclemente de la lluvia sobre los troncos esbeltos, lampiños, en los que la primavera apenas empezaba a despuntar en las primeras hojas.

En un traspiés, el bajo de las faldas se le enganchó en una zarza y cayó al barro.

—¡No, no es posible! —Asqueada por su propia ingenuidad, se llevó una mano trémula a la cabeza, pero las cintas que le aseguraban las trenzas estaban demasiado bien cosidas para que sus dedos, rígidos y torpes, pudieran deshacerlas—. Ay, Placia —gimió. Su desolación quería hundirla en la poza que la lluvia iba cavando irremediablemente a su alrededor.

—Elvira.

Se levantó de un salto.

A su espalda, apoyado con cierta indolencia en un tronco musgoso, estaba el caballero Clodoveo.

—¡Vos! —exclamó Elvira.

Una amplia sonrisa le cortaba las barbas. Colgada del cinto, como de costumbre, llevaba la espada.

—¿Me buscabais?

20

Elvira negó con la cabeza.

—Busco a Placia.

El caballero se irguió, los brazos cruzados sobre el pecho. Desde donde estaba, a pocos pasos de él, Elvira no distinguía en su rostro más que la sonrisa.

—Ah. Aquí no está. —El caballero descruzó los brazos y los abrió en un amplio abrazo, con la afectación de los cómicos que actuaban en las plazas los días de mercado.

Elvira retrocedió, los pies cada vez más hundidos en el barro.

—¿Y dónde está? —preguntó. La voz se le quebró cuando hubo de alzarla para hacerse oír por encima de la lluvia.

En solo dos zancadas, él acortó las distancias entre ellos.

—Elvira —murmuró.

Alargó el brazo hasta que su guante sucio le apartó de los ojos un mechón de cabello, empapado, que se le había soltado del recogido. Con la respiración contenida, Elvira le sostuvo la mirada mientras él le acariciaba la mejilla, casi con delicadeza. Él dejó caer el brazo de nuevo.

—¿Qué esperabas encontrar, pues? ¿Por qué has salido de la ciudad? —Su carcajada rota y el repentino cambio en sus formas le arrancaron a Elvira un escalofrío—. Solo teníais que quedaros quietecita en la casa, al cuidado de las niñas. ¿Acaso no teníais todo lo que hubierais podido desear? Os lo puse bien sencillo. ¿Qué más queríais?

Elvira se apartó. Quería alejarse de él, buscar protección entre los árboles, correr de vuelta a la muralla; el caballero la agarró del brazo, atrayéndola de nuevo hacia sí, con una violencia que ella ni entendía ni quería entender.

Forcejeó, pero no pudo soltarse.

—Tenéis razón —dijo—. Es mejor que volvamos a la ciudad. Regresemos...

—¿Quieres saber dónde está Placia? —preguntó él, la cabeza ladeada, como tantas y tantas noches cuando, al calor del fuego, Elvira, al contarle qué habían almorzado aquel día y cuántos pasos había dado Matilda en el patio, lo incluía en la vida de la niña.

—Sí —gimió ella. Los dedos fuertes del caballero se le hundían en la carne.

Se dejó llevar a rastras entre los charcos, esquivando raíces y rocas y el horror que amenazaba con paralizarle los miembros a medida que alcanzaba a comprender que la conducía hacia lo más profundo del bosque.

Se revolvió; ancló los tobillos en el suelo y se negó a seguir avanzando. Pero él tiraba de ella con tanta fuerza que todos sus esfuerzos resultaron inútiles.

—Ya estamos llegando —la reprendió, con el mismo tono condescendiente y divertido que solía utilizar con Matilda cuando la niña se echaba a llorar porque ya se le había terminado la papilla de frutas.

Al menos Matilda estaba a salvo en casa.

¿O se la llevaría Walda también lejos, por órdenes del caballero? ¿Cómo de ciega había estado Elvira a la aparente amabilidad de la sirvienta? ¿También ella ocultaba intenciones secretas y oscuras?

Elvira apenas podía retener las náuseas que la sacudían. El caballero tiró de ella con más fuerza aún, obligándola a seguir caminando.

Por fin llegaron a un pequeño claro. De un pequeño montículo de tierra removida, desnudo de ramas y hojas caídas, sobresalían tres dedos pálidos, largos, de una mano humana.

El caballero chasqueó la lengua. Soltó de pronto a Elvira, quien del susto ni siquiera intentó echar a correr. ¿De qué le serviría tratar de escapar, en cualquier caso?

El caballero pateó la tierra, que de tan mojada se le abrazaba a las huesas que calzaba.

—¿Te puedes creer que la he enterrado ya por tres veces? Pero esta maldita lluvia me la sigue desenterrando. ¿No querías verla? ¡Pues ahí la tienes!

Elvira cayó de rodillas.

—¿Qué habéis hecho? Pero ¿qué habéis hecho? —Se cubrió la boca con las manos. No conseguía calmar los espasmos que le sacudían el pecho. Dio un respingo cuando el caballero, en un movimiento rápido, desenvainó la espada.

—¿No has estado nunca en Aquisgrán? —preguntó. Inspeccionó con atención la hoja de la espada, que con tanto mimo había afilado la tarde anterior—. En Aquisgrán, antes, en tiempos del emperador Carlos, siempre había mujeres... Banquetes y fiestas por doquier, ¡todo lo que uno pudiera desear! Y mujeres, damas y señoras, todas llenas de joyas. ¡Tiempos grandiosos que terminaron! Seguro que algo has oído: Ludovico mandó expulsar a todas las mujeres de palacio ¡con el cadáver de su padre aún caliente! Sus hermanas y sus sobrinas y todas las concubinas que retozaban por los rincones, ¡todas fuera! Para limpiar la Corte de pecado, o eso dijo. ¡El Pío, lo llaman algunos! Tiene gracia, ¿no crees? De convento en convento, uno puede ir coleccionando mujeres despechadas.

Elvira se frotó los ojos con la manga empapada.

—¿Y Placia? —preguntó.

El caballero resopló.

—¿Vas a obligarme a decirlo? Vamos, deja ya el cuento. No te sienta tan bien como crees el papel de monjita cándida e ingenua. ¿O es que quieres hacerme creer que no sabías nada cuando te llevaste a la niña?

—¿Nada de qué? —gimió Elvira.

—De Gytha, claro está.

Elvira sacudió la cabeza.

—¡Nada sabía entonces, y nada sé ahora!

—¡Basta! —El rugido del caballero se tragó su talante burlón. Elvira, todavía en el suelo, se encogió—. Después de todo lo que hemos pasado juntos… ¿y todavía no confías en mí, Elvira? Sabías perfectamente que Gytha era concubina del emperador Carlos, y por eso cogiste a Matilda y desapareciste con ella.

Elvira tragó saliva. Una concubina del emperador… Pero ¿desde cuándo sabía Clodoveo de Burgundia que la madre de Matilda era la dama Gytha?

—¡No es posible! —exclamó en un último intento desesperado de desviar las sospechas del caballero—. No, no puede ser. La niña es huérfana. ¡Es huérfana! Sus padres están muertos. ¡No hay nada más!

El caballero estalló en carcajadas.

—Si Matilda es hija del emperador, ¡claro que están muertos! Y bien enterrados, no cabe duda. Pero ya no podemos saberlo. A menos que Gytha te dijera algo antes de morirse.

Fue un poco inoportuna, ¿no te parece? Me costó tanto encontrarla... Y cuando llegué ¡ya estaba muerta! Y, para colmo, el convento en llamas. No te vino mal para escapar con la niña, ¿verdad que no?

—¿De quién es hija Matilda? —preguntó Elvira con un hilo de voz.

El caballero, pese al bramido de la tormenta, la oyó.

—¿Quién sabe? Habrá quien diga que no puede ser hija más que del emperador Carlos. Las princesitas, desde luego, estarán maquinando para hacer desaparecer a cualquier niñito que haya salido del vientre de una mujer de la Corte. ¡Tendrías que verlas! Están persiguiendo hasta a las sirvientas. Gytha no era joven, pero era muy hermosa. ¡Y sabía cómo hacerse valer en el lecho, vaya que sí!

Elvira arrugó los labios.

—Y vos debéis de saberlo de primera mano, ¿no es cierto? —dijo—. ¿Y ahora vais a decirme que Placia también era una espía de la Corte y que lo que le habéis hecho ha sido para proteger a Matilda?

El caballero se inclinó hasta que sus narices prácticamente se rozaban.

—Búrlate todo lo que gustes, pero la nodriza estaba empezando a hacer preguntas. ¿A quién crees que engañabas con ese cuento de que ibas a reunirte con tu familia? Las monjas corrientes no recogen a una niñita cualquiera y se la llevan a cuestas a explorar los confines del imperio. La nodriza empezaba a sospechar y a sacar sus propias conclusiones, y le habría vendido la información a cualquiera que le pagase por ella.

—¡No lo habría hecho! Era muy buena, vos no sabéis...

El caballero la calló de una bofetada.

—¿Cuándo vas a despertar? ¿No te he dicho que Ludovico echó a todas las princesitas de la Corte? ¿En qué crees que están ellas ocupando sus delicadas manos, todo el día sentaditas entre las paredes de un convento? ¡Puedes estar segura de que no están bordándose el ajuar! Harán lo que sea necesario para colocar a sus hijos de nuevo en el palacio de Aquisgrán, y la que no tenga uno ya se habrá encargado de inventarse un principito. —Elvira negaba con la cabeza—. ¿Cómo puedes ser tan necia? ¿Es que no sabes cómo funciona el mundo? Las princesas no escatimarán en riquezas para conseguir lo que quieren. ¿No ves hasta dónde ha llegado tu querida Placia al olor del dinero? Solo tuve que decirle que tenía un pequeño tesoro aquí enterrado, en este bosque, y que necesitaba ayuda para sacarlo. ¡Así, sin más!

—¡No! —Elvira se levantó. Cada palabra del caballero se le clavaba con saña en el pecho, donde solo sentía un gran agujero que, estaba segura, podría contener toda esta agua que les caía del cielo.

—Fue fácil retorcerle el cuello —prosiguió él. Se irguió de nuevo, contemplando con una mueca de desprecio los dedos de Placia, todavía aflorando en la tierra—. Crujió como el de una gallina. Vamos, tranquilízate. Tú lo has dicho: todo lo que he hecho ha sido por Matilda.

El escupitajo de Elvira le acertó en la mejilla. Él, furioso, la golpeó en la cabeza con la empuñadura de la espada.

Resbaló de nuevo en el barro. Quiso incorporarse para huir, alejarse de aquel maniaco, regresar junto a Matilda. Las fuertes manos del caballero le rodearon el cuello.

Placia, una mujer mucho más fuerte y grande que Elvira, no había podido con él. Tal vez a ella también la había tomado por sorpresa. Tal vez pensara enterrarlas juntas, dos incautas bajo tierra a las que la lluvia se empeñaba en devolver a la superficie.

—Es una lástima, con el cariño que te tiene la niña. Tendrías que haberte quedado en casa bien quieta, y todo habría ido bien…

Los dedos fuertes del caballero le cerraban la garganta; dentro quedaban cautivos los chillidos desesperados que, sin aire, no podían salir. Por mucho que se revolviese, por muchas patadas que diera al aire, no podía liberarse.

Mientras las uñas romas de Elvira apenas le arañaban los nudillos enguantados, él la miraba con una calma pavorosa; la mirada serena de quien no teme causar la muerte porque la saluda todos los días.

La lluvia le acariciaba los pómulos afilados y se le perdía en la barba; seguía el mismo camino que habrían tomado las lágrimas. Pero Clodoveo de Burgundia no lloraba.

¿Por qué habría de llorar por ella?

Elvira se moría y él la miraba, impasible. Tranquilo. Y le apretaba el cuello, más y más fuerte.

Su marido Bermudo estaría, tal vez, esperándola en el purgatorio. Quizá incluso volviera a encontrarse con sus pobres sobrinos, aquellas tres almas inocentes que tanto amor le habían dado en la casa de lo alto de la colina.

¿Qué la había hecho pensar que podía salvar a Matilda? Ni siquiera era hija suya.

Sus últimas plegarias, su último hálito, fueron para aquella pobre niña sin madre, a la que también ella dejaba sola.

Cuarta parte
LOS BOSQUES

Burgundia, 815
Año segundo del reinado del emperador Ludovico

21

Elvira tosió lluvia y barro.

Se retorció en el suelo.

Todavía respiraba. Seguía viva.

Con un grandísimo esfuerzo, se incorporó sobre manos y pies. Apenas veía nada. ¿Dónde estaba el caballero?

La sobresaltó un movimiento repentino a su derecha. Solo entonces distinguió a las dos figuras que forcejeaban entre los árboles, a pocos pasos del cadáver de Placia. La lluvia amortiguaba sus gritos.

Con la respiración agitada, reconoció al caballero Clodoveo por el bermellón de las ropas; otro hombre, encapuchado, lo había derribado de un puñetazo y se había encaramado sobre su cuerpo caído. Le golpeaba la mandíbula, una y otra vez.

Entre ellos y Elvira descollaba, abandonada en el barro, la espada desenvainada.

Ella se arrastró a cuatro patas, como un animal. Quiso aferrarse al tronco de un haya; el musgo repelía los arañazos de sus uñas. Logró incorporarse tras unos instantes de lucha.

Entre resoplidos, lograba tomar pequeñas bocanadas de aire que la herían por dentro cuando le atravesaban la garganta y el pecho.

Sin mirar atrás, echó a correr.

Desorientada, no recordaba por dónde quedaba la ciudad ni cómo de lejos estaba la casa de los postigos azules, con sus mantitas bien dobladas sobre el banco corrido de la cocina, para arrebujar a las niñas cuando tenían frío. Igual daba. Terminaría por encontrar el camino; tomaría a Matilda y se la llevaría tan lejos del caballero como la llevaran las piernas.

El llanto histérico se le arremolinaba en el pecho, embebido de toda la tierra mojada que había tragado, pero Elvira corría y corría entre el follaje. El miedo le daba fuerzas para seguir, la ayudaba a sortear las ramas caídas y a saltar los charcos cenagosos.

Tropezó con una raíz levantada, igual que había tropezado con las tan bien dispuestas mentiras del caballero.

Sus brazos, temblorosos, apenas sujetaban su propio peso. Le cedió la muñeca derecha; toda ella se hundió, otra vez, en el barro.

Escupió fango y lágrimas.

Con un aullido ahogado, apretó la mandíbula. Se apartó de los ojos un mechón de cabello enlodado y se incorporó.

Un fuerte golpe en la cabeza la derribó de nuevo.

—¡No! —Se arrastró a ciegas. ¿Sería el caballero? Costara lo que le costase, debía escapar de él. Tenía que volver con Matilda. Tenía que salir…

Se le congeló el aliento. El peso violento de otro cuerpo cayó sobre el suyo. Una mano fuerte le oprimía la cabeza, la empujaba hacia el suelo; la tierra enfangada se abría para acogerla y la besaba en los labios.

Tras la primera sorpresa, Elvira se revolvió. Pataleaba y se resistía con todas las fuerzas que le quedaban, se retorcía en un intento vano de liberarse. Pero se ahogaba. Cinco dedos fuertes la mantenían presa contra el barro; le aplastaban el cráneo, la sofocaban sin remedio.

Y, de repente, cuando ya empezaba a sentir que la abandonaba el alma, exhausta por el esfuerzo de tratar de mantenerse viva sin que le entrara aire en los pulmones, la mano la liberó.

Entre toses y estertores y náuseas, Elvira respiraba. Su agresor la tomó por los hombros y, con brusquedad, la tumbó de espaldas. Bajo la capucha chorreante, Elvira le adivinó unos rasgos afilados que no reconocía.

El hombre se aposentó sobre sus piernas, inmovilizándola.

—¿Y la niña? —preguntó. Su lengua de extranjero conocía los sonidos con los que hablaban los francos, pero tropezaba al imitarlos.

Elvira sacudió la cabeza.

El extranjero la tomó por el cuello. Le cerró los dedos sucios sobre la carne tierna, dolorida y lastimada allí donde el caballero había intentado estrangularla.

—Por favor —musitó Elvira, la voz ronca y débil—, por favor, señor, dejadme ir. Yo no sé nada... —La presión de los dedos aumentó en su garganta.

El extranjero abrió la boca en una sonrisa macabra. Le faltaba la mayoría de los dientes, y los que tenía le colgaban negros de las encías rojas. Muy lentamente, fue abriendo los dedos, uno a uno, hasta que el aire volvió a llenar el pecho de Elvira.

Detuvo los temblores de ella, atacada por las toses, al inclinarse hasta que su torso descansó sobre el de Elvira.

—La niña que os llevasteis del convento, ¿dónde está? —repitió, apenas un susurro bisbiseado al oído de Elvira.

Ella cerró los ojos con fuerza. Los cabellos tiesos del extranjero le arañaban la nariz; la emborrachaban con su olor dulzón.

¿Había matado este hombre al caballero antes de correr en su busca? ¿Eran pues dos los cadáveres, el suyo y el de Placia, los que se pudrían bajo la lluvia en el hayedo?

Gimió cuando el extranjero la abofeteó. Echó de menos el cuchillo de Fortún, lo único que le quedaba de su familia, que guardaba en el fondo de un arcón en la casa de los postigos azules.

—¡Despertad, sucia bruja! Sois la monja que le prendió fuego al convento. ¡A mí no podéis engañarme! Vamos, responded: ¿dónde os llevasteis a la niña?

Las gotas de lluvia se le clavaban a Elvira como pequeños puñales en el rostro. Agotada, ni siquiera pudo levantar la cabeza cuando el extranjero la incorporó a la fuerza; le colgaba, aún unida al cuello, impasible ante sus zarandeos.

El extranjero la conducía a rastras por el bosque; deshacían el poco camino que Elvira había podido recorrer. Se le enganchó un pie en un macizo de raíces, pero él no se detuvo. Tiró más fuerte del brazo de Elvira hasta que la huesa empapada de ella se le escurrió del pie.

¿Volvían junto a los cadáveres? Tal vez la enterrara a ella también, justo al lado de Placia; la tierra sedienta se tragaría sus gritos y sus fuerzas, le desharía la carne y los huesos hasta que no quedara de ella nada en aquel bosque.

Del extranjero, que la guiaba sin que ella opusiera resistencia alguna, se vertía un aroma dulzón y aterradoramente familiar para Elvira; un olor que los rodeaba y se mezclaba con los charcos.

La lluvia, por fin, remitía.

22

El extranjero arrojó el cuerpo desmadejado de Elvira contra la rueda mugrienta de un carro. Desorientada y dolorida, apenas tuvo fuerzas para levantar la cabeza cuando él se acuclilló junto a ella para atarle las manos.

—Yo no sé nada, señor, os lo ruego, no sé... —musitó, hasta que la calló de una nueva bofetada.

Elvira se llevó una mano a los labios, cortados allí donde se había mordido a sí misma. El sabor de su propia sangre la reanimó lo suficiente como para percatarse de que el extraño y ella no estaban solos.

En el carro, sentada entre sacos y mantas, una mujer los observaba en silencio.

Elvira tardó unos instantes en reconocer aquella barbilla hundida, la frente despejada, los ojos profundos. El viento se enredaba en unos cabellos canos y cortos, una nube deshilachada alrededor de la cabeza ligeramente ladeada de la mujer. La lengua roja le asomó por entre los labios finos; se los relamió.

—No es posible —murmuró Elvira. Trató de incorporarse apoyando la espalda en la rueda del carro; le fallaron las fuerzas—. No puede ser. ¡Vos!

El extranjero, a quien Elvira había casi olvidado, aplaudió, despacio, dos veces. El entrechocar de sus palmas, grandes y sucias, la hizo temblar.

—¿Veis lo bien que vamos a entendernos? ¿Verdad que vos también la reconocéis, hermana Berswinda? ¿Verdad que no nos hemos equivocado de monjita?

La hermana Berswinda, sin la toca cubriéndole la cabeza, parecía a un tiempo más joven y mucho más vieja. Apartó la mirada de Elvira para clavarla en una de las dos mulas que, atadas a un tronco, pacían tranquilamente.

A Elvira se le llenaron los ojos de lágrimas.

—¡Estáis viva! —exclamó—. Hermana, ¡qué alegría me da veros!

La hacía muerta y chamuscada en el incendio del convento.

El extranjero rio, sus ojos enrojecidos y extrañamente brillosos en la tarde oscura.

—¡Por fin! ¿Lo veis, Berswinda? ¿Veis como, al final, tantas leguas han merecido la pena? Ya lo veréis: no tardaremos en saber dónde tiene a la niña.

La garganta inflamada de Elvira protestó cuando tragó saliva.

—¡No sé nada de ninguna niña! —gimió Elvira.

El extranjero reía y se restregaba los ojos.

—¡Por fin los tres juntos! —exclamó.

—Aquella noche —la voz rasgada de la hermana Berswinda, que retrotraía a Elvira a recuerdos lejanos de rezos y vigilias y largas tardes arrodilladas las dos en la capilla, cortó la risa del extranjero— la oí cuando os la llevasteis. La niña lloraba cuando os la llevasteis.

—¿Que la niña...? —repitió Elvira—. ¡El convento ardía, hermana! Salí corriendo para ponerme a salvo. No sé nada de la niña. Había muchos niños entre los peregrinos; ¡todos lloraban entre las llamas! Yo no sé nada, os lo juro por lo más sagrado. ¡No sé nada!

El extranjero la tomó por los hombros y, casi en volandas, la hizo subir al carro. Con grandes dificultades y sin ayuda alguna por parte de la hermana Berswinda, Elvira se incorporó también entre los sacos.

Unos trapos empapados cubrían el carro, goteando aún pese a que hacía rato que había dejado de llover. El extranjero los amarró, encerrándolas en la humedad y la penumbra.

Al poco, las mulas, tirando del carro, echaron a andar.

El traqueteo accidentado maltrataba el cuerpo magullado de Elvira. Si cerraba los ojos, le parecía que el dolor aumentaba; si los abría, el miedo la consumía.

Las sacudidas no inmutaban a la hermana Berswinda. Había juntado las palmas de las manos desatadas y, en silencio, con la espalda muy erguida y moviendo solo los labios, rezaba.

—Hermana —la llamó Elvira, en un susurro. Esperaba que el traqueteo del carro ahogase sus palabras para el extranjero—. Hermana Berswinda, ¿cómo habéis llegado hasta aquí?

Los ojos apagados de la hermana se perdían más allá de Elvira, a través de las telas y de los árboles. Por un largo momento, no contestó.

Elvira recogió las piernas más cerca del cuerpo. Tiritaba.

—Haríais bien en responder a las preguntas de Osric —dijo entonces la hermana—. No sabéis por todo lo que ha pasado, el pobre desgraciado. Tantos y tantos meses en los caminos, siguiendo vuestro rastro…

Elvira tragó saliva. ¿Buscaba el extranjero a Matilda porque de verdad era hermana del emperador Ludovico, hija de su padre? Pero ¿cómo podía ser este extranjero un enviado de la Corte?

—¿Quién es él, hermana? —musitó.

La monja suspiró y se relamió los labios.

—Es un hombre desdichado, novicia Elvira. Un alma errante como todas las nuestras, que deberá responder ante Dios todopoderoso cuando llegue su hora.

—¿Sois su prisionera?

—Mi alma y mi cuerpo pertenecen a Dios —dijo.

Dejó caer las manos en el regazo. Los andrajos que vestía bien podían ser los restos de sus hábitos, rotos por el sol y los fríos de los caminos. Luego prosiguió:

—Los asuntos de los hombres poco pueden interferir con lo que Él espera de nosotros. ¿Cómo podría yo cuestionar sus decisiones?

Elvira se inclinó hacia ella.

—Hermana, contadme. ¿Qué os ha ocurrido? ¿Fuisteis herida en el incendio?

La mirada de la hermana Berswinda le revolvió el estómago vacío, justo cuando la luz blanca de un relámpago las alcanzó.

—El Señor nos castiga de acuerdo con nuestros pecados. Él ha castigado a Osric con el llanto de sus ojos, como a vos os castigará por haber robado a la niña.

Elvira sacudió la cabeza, pero no pudo deshacerse de las náuseas que la asaltaban.

—¿Sabéis adónde nos lleva? —insistió—. ¿Qué hará de nosotras?

El trueno de la tormenta retumbó en la penumbra.

—¿Dónde guardasteis a la niña extranjera, Elvira?

Tal vez el incendio del convento sí que la hubiera alcanzado. Tal vez las llamas le habían calcinado el entendimiento y el humo le había retorcido las ideas hasta que habían dejado de obedecerla.

—¿Qué decís? Su madre era una dama de la Corte de Aquisgrán.

La hermana Berswinda torció la boca.

—La dama Gytha era una extranjera que no se contentó con traicionar a su pueblo. ¡También se encamó con su enemigo! —exclamó—. Dios le envió el castigo que merecía, ¡por sajona y meretriz! ¿Queréis vos interponeros en el destino que ahora le espera a su bastarda?

Elvira alzó la barbilla sin prestar atención a los mareos que la recorrían entera.

—¿No es el hombre que conduce este carro también un extranjero?

La hermana Berswinda se sonrió. Por un brevísimo momento, Elvira vio en ella a la mujer que ella conocía, tan dulce y atenta, tan caritativa que la había ayudado a buscar leche para Matilda cuando la niña se quedó sin madre.

Entonces, otro relámpago rompió las sombras del rostro de la mujer.

—Rezad, novicia. Rezad para salvaros.

23

Las sombras se aposentaron primero en las oquedades bajo las cejas finas de la hermana Berswinda; le engulleron los surcos bajo los ojos y, una a una, las arrugas en derredor de la boca entreabierta.

Elvira, desfallecida, dejó que se le cerraran los párpados. Se abandonó al arrullo de la respiración pausada de la hermana Berswinda y los constantes zarandeos del carro.

Despertó al cabo de un tiempo, aguijoneada por el insistente recordatorio en su bajo vientre de que necesitaba vaciar la vejiga.

—Por favor, hermana —gimió, la boca reseca, los huesos retemblándole con cada bache que se tragaban las ruedas del carro. Aquella, con el cuerpo girado para no dirigirse a Elvira, era toda ella una mancha oscura y borrosa—. Hermana —insistió—, necesito bajar. Un momento solamente, por favor, necesito orinar, hace horas que...

—No soy yo quien guía a las bestias —la interrumpió la hermana Berswinda con voz serena.

La poca luz que les llegaba a través de las telas que cubrían el carro iba menguando, poco a poco, hasta que, por mucho que los forzaba, sus ojos dejaron de distinguir la figura envarada de la hermana entre los sacos.

Elvira abría y cerraba los dedos entumecidos. Tal vez una fiebre repentina la hubiera consumido y todos los delirios de aquel día no fueran sino el producto natural de su mente enferma. Tal vez esas fueran sus últimas horas entre los hombres, y este sueño febril, el castigo que Dios le enviaba como penitencia por todos sus pecados.

Su respiración desacompasada se aceleró cuando, por fin, el carro se detuvo.

El miedo le silbaba en los oídos, que no alcanzaban a comprender los extraños murmullos que les llegaban desde el exterior.

Con violencia, el extranjero destapó el carro.

La tenue luz de un pequeño fuego, unos pasos más allá, hirió los ojos exhaustos de Elvira.

Se refugiaban de la noche en el interior de una cueva, que entre meandros y recovecos se retorcía, desconocida, lejos del alcance de la tímida hoguera.

El extranjero le tendió la mano a la hermana Berswinda; ella la tomó sin titubeos y, con cierta torpeza, bajó del carro.

—Dios te bendiga, Osric —dijo y, renqueando, se acercó al calor de las llamas.

El extranjero trepó al carro y, a empellones, incorporó a Elvira. Ella encogió las piernas, todavía húmedas de orina.

—Señor, os lo ruego, no puedo seros de ninguna ayuda, por favor...

El extranjero le acercó los labios al oído. Su olor dulzón la hostigaba, la abrumaba, la emborrachaba.

—Ahora vais a sentaros quietecita junto a ese fuego y vais a responderme a todas mis preguntas, como una monjita obediente. Os portaréis bien, ¿verdad que sí?

Sin miramientos, la hizo descender del carro y la arrojó al suelo de la cueva.

Con dificultades para respirar, Elvira cerró los ojos por un instante. Recordó la mano blanca e inerte de Placia. ¿Cómo estaría Matilda, tan pequeña, abandonada en su cunita, llorosa cuando despertara y nadie acudiera?

Elvira apretó los dientes.

—La pobre niña se ha orinado encima —dijo entonces la hermana Berswinda—. Ni que fuera un animal... ¿Por qué no la desatas, Osric?

Elvira contuvo la respiración. El extranjero la tomó de la barbilla y la estudió largamente, clavándole muy dentro los ojos enrojecidos. El chasquido húmedo de su lengua le erizó el vello de la nuca.

—¿Por qué creéis, Berswinda? —murmuró, los dedos hundidos en la piel de Elvira.

—No seas grosero. Si no la tratas bien, ¿cómo quieres que te cuente nada?

Entonces, con una sonrisa mordaz rajándole el rostro, el extranjero se inclinó hacia Elvira. De un tirón, la desató.

Ella respiró hondo, aliviada.

—¿Estáis ya cómoda, señora? —rio el extranjero. Elvira no respondió—. Bien. Ahora que sabéis lo que os conviene —se acuclilló ante ella—, ya podéis ir contándome vuestra historia. Nada de mentiras, ¿entendéis? Bien. Decidme: ¿qué habéis hecho con la hija de Gytha?

—Yo no sé nada —repitió Elvira en voz baja. Vaciló unos instantes antes de proseguir—. Me fui del convento yo sola. ¡Huía del fuego! Hermana, la niña estaba con una mujer que le daba de mamar, ¿no lo recordáis? —Pero la hermana Berswinda, concentrada en avivar el fuego, hacía como que no estaban allí—. Hace muchas semanas de todo aquello.

No he vuelto a pensar en la niña. ¡Seguro que murió en el incendio del convento! Fue todo tan rápido…

—¡Rápido! —ladró el extranjero—. Pero vos sí que tuvisteis tiempo de escurriros montaña abajo. ¡Como las ratas! Venga, dejad de inventar. Ya el día que murió Gytha estaba muy apegada a la niña. ¿Qué hicisteis con ella? ¿Dónde la dejasteis?

Elvira, vehemente, negó con la cabeza.

—¡La niña acababa de nacer! ¿Cómo iba a estar apegada a ella? Si apenas tenía…

El extranjero le escupió en la cara.

—¡No, no! Así, no. ¿No habíamos quedado en que ibais a contarme la verdad? Venga, muchacha, haced un poquito de memoria. ¿No me recordáis? Yo estaba allí también. Acordaos. Le servisteis a Gytha caldo de gallina. ¡Le eché demasiados polvos, eso fue lo que pasó!

—¿Polvos? ¿Vos? —Elvira lo observaba con los ojos muy abiertos.

—¡La bruja no me dijo que serían tan rápidos! Gytha tendría que haberle dado la teta a su niñita bastarda antes de morirse. ¡Es lo natural, que la madre mate a la hija!

¿Era de este hombre desquiciado, que aquella noche en el convento había atacado a Elvira y había tratado de acabar con la vida de Matilda y después las había perseguido por medio imperio, de quien la prevenía la dama Gytha cuando la hizo jurar que protegería a la niña? Pero, entonces, ¿qué relación tenía con el caballero Clodoveo? ¿Era cierto, pues, que este solo quería salvar a Matilda?

El extranjero se lanzó repentinamente contra ella, interrumpiendo el devenir frenético de sus pensamientos.

La tumbó contra la dura piedra. Con una rodilla, le aplastó los dedos de la mano.

—¿Fue Gytha quien os enseñó esos ardides?

—No, ¡no! ¿Qué ardides, señor? No sé...

—Sí, seguro que fue ella. —La palma de la mano del extranjero se cerró sobre la boca de Elvira, silenciándola—. Me despistasteis aquella noche, es cierto, pero después no tuve más que seguirle el rastro a ese caballero vuestro. ¡El muy canalla! Meses y meses detrás de él, y cuando por fin lo encuentro está a punto de mataros. ¿Quién iba a decirme sino vos dónde está la niña? No me miréis así. ¿No os acordáis de mí? Os marchasteis aquella noche con tanta prisa que os perdisteis toda la diversión: todos esos peregrinos asados como cerdos, los cadáveres de las monjitas bien colocaditos uno al lado del otro, el caballero preguntando por la ramera de Gytha y la princesita niña desaparecida. ¡Os lo perdisteis! Pero podríais haberme esperado. ¡Me habríais evitado tantas molestias! Y a la hermana Berswinda también, claro está. ¿Es que no veis que es culpa vuestra que haya tenido que acompañarme todo este tiempo?

—Deberías comer algo, Osric —intervino la monja.

El extranjero se giró y, con un largo suspiro, aceptó el mendrugo de pan que la religiosa le ofrecía. Se apartó de Elvira y dejó que la hermana Berswinda la ayudara a incorporarse.

A Elvira le costaba tragar saliva. No podía apartar la mirada de los dientes amarillos del extranjero, que brillaban cuando este mordía el pan correoso.

Con manos temblorosas, aferró el odre de vino que le acercó la hermana. Enseguida, esta se lo retiró de los labios ansiosos.

—Está bien —dijo el extranjero—. Sigamos. La niña, vamos. ¿Dónde la dejasteis?

Elvira negó con la cabeza.

—Yo solo atendía a la dama Gytha, como me mandó la abadesa.

—Madre —el extranjero se volvió hacia la hermana Berswinda—, ¿veis como no servía de nada salvarle la vida? Tendríamos que haber dejado que se mataran entre ellos. La niña no puede estar muy lejos de aquí...

—La dama nunca me dijo nada —se apresuró a añadir Elvira—. ¡La dama no hablaba! Todas en el convento pensábamos que no entendía la lengua de los francos.

—¡Y tanto que la entendía! —gritó el extranjero. Elvira gimió—. Gytha era una traidora hija de perra. Los francos asesinaron a todo nuestro pueblo y destruyeron las sagradas imágenes y los templos de nuestros dioses, pero la muy puerca sedujo al bellaco de su rey ¡y con él se encamó! ¿Y qué hizo esa furcia de Gytha en lugar de clavarle un puñal en las entrañas para vengar a mi señor Viduquindo y a su bellísima esposa, mi señora Geva? En vez de desangrarlo y lanzar sus vísceras a los perros, ¡dejó que la preñara! Llevó en su vientre a la hija del hombre que asesinó a sus padres y sus hermanos, ¡y por eso merecía morir ella también!

—Osric —llamó la hermana Berswinda, que trajinaba con un caldero junto al fuego—. Es hora de tu medicina.

El pecho del extranjero luchaba por llenarse de aire, tal era su agitación.

—¿Ahora? —Se frotó los ojos con el puño sucio—. Sí, sí, tenéis razón. Dádmela, sí.

En la mano extendida del extranjero, la hermana dejó caer tres frutos pequeños y redondos de un saquito que llevaba al cinto. Después, vertió un poco de agua hirviendo en un tazón y se lo entregó. Osric dejó caer en él dos de los frutos antes de llevarse el tercero a la boca. El mismo olor dulce y empalagoso de antes se derramó por toda la cueva mientras el extranjero masticaba ruidosamente y soplaba, brusco, su tazón.

Elvira, aovillada en el suelo, recuperaba el aliento.

24

—Comed —dijo la hermana Berswinda. Le entregó a Elvira un pedazo de pan seco más pequeño que el que le había dado al extranjero, pero ella lo masticó con fruición. Apenas recordaba la última vez que se había llevado algo a la boca. Habría sido cuando aún era una pobre ignorante, en la casa de los postigos azules.

El hombre, de espaldas a Elvira, se lavaba los ojos con el agua infusionada, ya templada, y soltaba improperios en su lengua.

La mirada de censura de la hermana persuadió a Elvira de preguntar qué le ocurría. Cada cual, como había dicho la hermana Berswinda, recibía de Dios castigos acordes con sus propios pecados.

El vientre revuelto de Elvira no quería conformarse con tan poco sustento.

—¿No hay más? —preguntó.

La hermana Berswinda sacudió enérgicamente la cabeza; Elvira lamentó no haber comido su pan con más sosiego.

La monja recogió los cacharros que había usado para hervir la medicina y los envolvió cuidadosamente con unas telas que, después, guardó entre los sacos del carro. El extranjero, nuevamente, la ayudó a bajar tomándola de la mano.

—Es tarde —dijo ella.

Apoyó su brazo en el del extranjero, lo condujo con delicadeza de vuelta junto a la pequeña hoguera. Él pareció relajarse; dejó escapar un suspiro lastimero y, sin una sola mirada en dirección a Elvira, se tumbó junto al fuego.

—Acostémonos también —susurró la hermana, que aguardó hasta que Elvira se hubo echado para pegar su espalda a la de ella.

Elvira tiritaba. Cada vez que cerraba los ojos se le aparecía la mano inerte de Placia, los dedos extendidos hacia ella. Ya muerta, le suplicaba ayuda.

Elvira se mordió los nudillos para tragarse los gritos.

—Dormid. —La orden susurrada de la hermana Berswinda la sobresaltó, y se obligó a calmar los sollozos ahogados que se le acumulaban en la garganta.

Poco a poco, la respiración de la hermana, que a Elvira le retemblaba en su propia carne, se ralentizó. En la cueva, todos descansaban: las mulas, el extranjero, la monja y las brasas del fuego. Solo ella velaba, el cuerpo dolorido y la mente alerta.

Muy despacio, con cuidado de que un movimiento brusco no despertase a la hermana Berswinda, Elvira alargó la mano. El suelo polvoriento de la cueva le raspaba las palmas; la tierra le hería la carne abierta de las muñecas.

El fuego crepitó.

Se detuvo. Un poco más allá, el extranjero se revolvió; murmuró algo en su lengua, en voz baja. Elvira aguzó el oído; en la noche resonaban los latidos aterrorizados de su corazón.

Cerró los dedos en torno a la primera piedra con la que tropezaron, pero sus cantos eran suaves al tacto. Apretó los labios para evitar que se le llenaran los ojos de lágrimas.

Tras ella, la hermana Berswinda roncaba suavemente. Elvira apartó, con cuidado, su espalda de la de la hermana. Se aseguró de mantener constante el ritmo de su respiración.

Se arrastró cada vez más lejos de la entrada, hacia los rincones oscuros de la cueva. Al fin, se arañó las yemas de los dedos con un filo cortante.

Tomó la roca casi sin verla. Su peso, hondo cuando lo sostuvo en el regazo, la reconfortó.

Presa en aquella cueva, no podría hacer nada por la pequeña Matilda. Tenía que regresar cuanto antes junto a su niña para protegerla de todos los males que la acechaban. Tenía que salvarse para salvar a Matilda.

Gateó, como un bebé recién liberado de sus fajas, hasta que tuvo frente a sí el cuerpo postrado del extranjero.

Por un instante, aguardó; la roca alzada ya en sus manos.

El extranjero dormía plácidamente.

Las brasas, medio muertas, daban poca luz, pero Elvira no necesitaba más.

Debía escapar de aquella cueva. Debía regresar junto a su niña.

Con todas sus fuerzas, dejó caer la roca contra la cabeza del extranjero.

De inmediato, con un bramido, él abrió los ojos. Una y otra vez, enajenada, poseída por todos los demonios que la empujaban aquella noche, Elvira lo golpeó, con todo su empeño y su miedo y su rabia, hasta que un profundo y repentino dolor en el vientre la obligó a detenerse.

Miró hacia abajo, confundida. Muy a lo lejos, oía los alaridos de la hermana Berswinda. También las mulas, a las que habían despertado, chillaban.

Respiraba con dificultad; se llevó una mano a las tripas y se sorprendió de la humedad que le empapaba los dedos.

Se quedó mirando, largo rato, la sangre negra. ¿Era esa la maldición que le correspondía, el castigo por sus pecados? Tardó unos instantes más en reconocer por lo que era el cuchillo que le crecía del vientre.

Luchó por mantener la consciencia, que la abandonaba un poco más con cada nuevo parpadeo. No podía permitir que su debilidad la alejara aún más de Matilda. ¡Tenía que resistir! Debía sobreponerse a la herida y escapar, costara lo que costase.

La caricia algo áspera de los dedos de la hermana Berswinda, que le retiraba los cabellos sucios de la frente, la arrullaba cuando, al poco, se desmayó.

25

La hermana Berswinda le susurraba palabras de consuelo, le humedecía la frente con paños húmedos, la calmaba cuando Elvira despertaba asustada de sus pesadillas febriles.

—Hermana, hermana, la niña, debéis volver a por la niña. Está sola, hermana, la niña... —murmuraba, sin fuerzas para mover más que los ojos. Pero por más que mirara a uno y otro lado solamente veía a aquella mujer, cuyos labios siempre húmedos le musitaban palabras tranquilizadoras.

Los días se sucedían, porque a veces Elvira despertaba y la hermana le acercaba una papilla fría a los labios, y a veces las sombras que se dibujaban entre los recovecos del techo de la cueva desaparecían y Elvira debía cerrar los ojos de nuevo, heridos por la claridad. Cada poco tiempo, la hermana Berswinda le abría los vendajes del vientre y le aplicaba olorosas pomadas que la hacían gritar de dolor.

En su delirio, soñaba con monstruos que el Señor le enviaba para castigarla, con ríos que se desbordaban e inundaban todas las habitaciones de la casa de los postigos azules y con la mano enjuta y larga de la nodriza Placia que, de repente, empezaba a mover los dedos, los encorvaba y los estiraba y siempre terminaba apuntando con ellos a Elvira y culpándola de su desgracia. Y Elvira despertaba del sueño y allí estaba la hermana Berswinda, en la cueva junto al fuego, y entonces recordaba que la pesadilla se había hecho realidad.

A veces, en mitad de la noche, se espabilaba asaltada por un dolor extremo, que le subía desde la herida del vientre por los huesos y la hacía llorar como un bebé de teta, y entonces se acordaba de Matilda y se preguntaba si Walda la cuidaría y le procuraría alimento o si la sirvienta se habría marchado en cuanto ella desapareció. Sus manos débiles se aferraban entonces a las de la hermana Berswinda. Le suplicaba, tragándose los mocos y el dolor, que fuera en busca de la niña y la trajera con ella antes de que el caballero la encontrara, antes de que la mataran sin que Elvira pudiera acudir en su ayuda.

La hermana Berswinda le limpiaba el rostro con su paño y le cantaba nanas en voz baja hasta que Elvira retomaba el sueño. Le daba de beber pequeños sorbos de agua que no conseguían aplacar la insaciable sed que la asaltaba siempre que no estaba dormida.

—Ya se os va cerrando la herida, ¿veis? Pronto os bajarán esas calenturas. —La sonrisa de la hermana Berswinda era amplia, ancha entre aquellos labios secos que no dejaba de lamerse. Elvira tiritaba cada vez que sus dedos le rozaban la piel, tan blanda, del vientre. Cuando pudo incorporarse, reconoció la masa roja, palpitante como una herida de cuchillo, y el bulto envuelto en mantas que dormía unos pasos más allá como el extranjero sajón que la había apuñalado.

Se le entrecortó la respiración. La hermana Berswinda, el trasero acomodado en un saliente de la roca, trituraba arándanos en una escudilla pequeña. Toda la cueva se llenó de aquel olor dulzón y pegajoso que a Elvira la hacía querer arrancarse los cabellos de cuajo.

—Hermana —llamó con un hilo de voz.

—¿Estáis despierta? —La hermana Berswinda no levantó la cabeza de su tarea.

—Hermana, ese hombre...

—Su nombre es Osric.

—¿Le hice daño al extranjero?

—No es extranjero —replicó la monja—. Nació en Sajonia, pero el emperador Carlos conquistó Sajonia hace muchos años. Mis padres eran sajones también. ¿Nunca os lo había dicho?

Elvira observaba, muy quieta, al hombre que había debajo de las mantas.

—¿Por qué no lo matasteis, hermana? Después de lo que os hizo, de cómo os secuestró y os obligó a viajar con él... ¡Él mató a la dama Gytha! ¿Por qué lo cuidáis? Ahora sois libre, hermana. Sois libre...

La hermana Berswinda la miró por primera vez.

—Aún debéis descansar unos días más, Elvira. No os inquietéis. Es la fiebre la que os hace hablar así. Comprended que Osric es un súbdito de nuestro emperador, una criatura de Dios que ha sufrido penurias inimaginables para vos y para mí. Debemos ser bondadosas y comprensivas con las almas castigadas como la suya, Elvira. No olvidéis la palabra de Dios y los mandatos que nos encomendó cuando iluminó con su luz nuestros corazones.

Elvira tragó saliva. Le costaba sostener la mirada penetrante de la hermana.

—¿Para qué son los arándanos? —preguntó.

La hermana retomó su tarea.

—Para sus ojos —dijo al cabo de un rato—. He de lavárselos todos los días con agua de arándanos. Sus ojos están sucios de todas las maldades que ha visto, pobre desdichado. Pero tiene fácil remedio: sus heridas van sanando, como las vuestras, y pronto descansará también sin fiebres. Ya lo veréis.

Elvira temblaba.

—Hermana, ese hombre ha asesinado a una mujer.

La hermana Berswinda ladeó la cabeza.

—Y vos le prendisteis fuego a nuestro amado convento.

Su sonrisa condescendiente se le clavaba a Elvira en el pecho, un poco por encima de la herida del cuchillo.

—Hermana, entrad en razón. Marchémonos de aquí. Dejémoslo a su suerte y que sea Dios quien, en su infinita sabiduría, decida si vive o debe morir. Ya no puede amenazaros ni haceros daños. ¡Sois libre!

La monja dejó a un lado la papilla de arándanos y, con pasos ligeros, se acercó al lecho de mantas donde descansaba Elvira.

Se arrodilló junto a ella. Antes de que pudiera apartarse, le posó una mano en la rodilla.

—Esa niña que trajo la desgracia a nuestro convento es una bastarda hija de una esclava —dijo—. ¿Veis que no podréis hacer nada por ella hasta que recuperéis vuestras fuerzas? Es inútil que nubléis vuestro corazón con pensamientos oscuros. El Señor os repondrá los ánimos y la salud; solo debéis rezarle con humildad.

—No es hija de una esclava —musitó Elvira—. La dama Gytha la parió; yo estaba allí. Yo ayudé en el alumbramiento, os digo que...

—No os agotéis, niña. —La hermana Berswinda descansó su otra mano en la frente acalorada de Elvira—. ¿No veis que no sabéis nada? El Señor os ha regalado vuestra inocencia y os empeñáis en ir en contra de sus deseos. ¿De qué os servirá conocer la verdad? He tenido que remendaros las tripas y la carne, y solo Él decidirá cuándo podréis volver a levantaros.

—Os lo ruego. Decidme lo que sepáis —imploró—. Por favor, os lo suplico.

El sajón gimió en sueños, pero no despertó.

La hermana Berswinda ayudó a Elvira a recostarse de nuevo.

—Bastante os he dicho ya. ¿Para qué queréis saber de cosas que acontecieron antes de que nacierais, muy lejos de aquí? El tiempo de los sajones y del rey Viduquindo ya terminó, y también el emperador Carlos, padre sapientísimo de nuestro emperador Ludovico, descansa ya en brazos de Dios. Osric agita sus viejos recuerdos porque su pobre corazón es pequeño y no concibe nada más que la venganza. ¡Vos sois aún joven, niña! —exclamó, un repentino calor en su mirada—. Nada de esto os concierne. Las espadas de los francos se llevaron muchas vidas sajonas antes de que el señor Viduquindo se rindiera, pero no eran las vidas de vuestros abuelos ni de vuestro pueblo. Dormid ahora, Elvira, y dejad que sea Dios quien perdone los pecados de los demás.

—¡No! Necesito entender qué ha ocurrido, hermana. ¿Quién era la dama Gytha? ¿Y Osric, el sajón? ¿Quién es?

La monja sacudió la cabeza.

—Olvidaos de la niña, Elvira. Solo os traerá problemas.

Elvira tomó, con fervor, la mano de la hermana entre las suyas.

—No puedo. No puedo, hermana. Por favor.

—Esa niña es hija de una esclava, que es lo que era Gytha cuando nació, como su madre y la madre de su madre, como la madre de Osric y como tantas otras que murieron antes de que vos y yo llegáramos a este mundo. —Suspiró—. El emperador Carlos el Grande gustaba de coleccionar muchachas bonitas en su Corte, y poco le importaba que fueran sajonas o normandas o hijas de Satanás: las vestía y las calzaba y las desposaba y las preñaba. —La hermana bajó los ojos, como abrumada por el peso de los pecados ajenos—. Gytha era niña cuando el rey Viduquindo y su esposa, la reina Geva, rindieron a su pueblo y se bautizaron en la fe de Nuestro Señor Jesucristo. En la Corte del emperador Carlos vivió hasta que su hijo, el emperador Ludovico, expulsó a todas las mujeres del palacio con el cuerpo de su padre aún caliente. Osric no nació del mismo vientre que Gytha, pero su madre y la de ella servían ambas a la reina Geva.

—¡Y Osric la mató!

—Llevaba tantos años buscándola, ¡la mayor traidora a su gente! Comprended que, cuando la encontró en nuestro convento, tenía a la hija del hombre que había asesinado a su pueblo en brazos. Podéis entender qué sintió.

—¿Por qué lo defendéis, hermana, a sabiendas de lo que hizo?

—Dios es el único que puede juzgarnos, Elvira. Debéis descansar y recuperaros; cada uno de nosotros pagará por sus pecados cuando nos llegue nuestra hora.

Elvira dejó que la hermana la arropara.

—Hermana, ¿cómo me encontró Osric aquí, después de tanto tiempo?

Los dedos de la hermana Berswinda se detuvieron en un agujero en la manta.

—Osric llevaba tiempo siguiendo vuestro rastro, Elvira. Seguramente dio con quien os escondía. Sabía que no viajabais sola.

—¿Qué sabéis entonces del caballero? —preguntó Elvira, la prudencia olvidada por completo en su cansancio.

La hermana, la cabeza ladeada, se humedeció los labios.

—¿Qué caballero?

Elvira cerró los ojos. Estaba muy cansada.

—Tenéis razón. Dormiré un poco, hermana.

26

Pronto, en cuanto Elvira se sintió con fuerzas para ayudar a la hermana Berswinda a montar al sajón en el carro, abandonaron la cueva.

Los sacos de provisiones menguaban aceleradamente, pero, aun así, entre ellos y el cuerpo tendido del hombre que respiraba con dificultad a su lado, no había mucho más espacio para Elvira en la parte trasera del carro. Se sentó, la espalda recostada contra un saco, lo más lejos que pudo de él. Aun así, cuando estiraba las piernas, la única huesa que todavía conservaba chocaba con uno de los borceguíes del extranjero.

—¿Adónde vamos, hermana?

La hermana Berswinda se humedeció los labios antes de contestar.

—Hasta donde Dios nos lleve. Solo Él guía nuestros pasos...

Elvira no preguntó más. Tanto ella como la hermana Berswinda habían sufrido mucho desde el incendio del convento; podía comprender que aquella se hubiera refugiado en su fe.

Las copas de los árboles le parecían todas iguales, a través de las rendijas entre los trapos que protegían el carro. Elvira dormitaba durante horas, sin inmutarse ya por las sacudidas incesantes que querían despertarla ni por los dolores continuos que la aquejaban. Cerraba los ojos, dejaba que sus pensamientos corrieran con las ruedas del carro, comía las papillas que le preparaba la monja para que la carne de su vientre sanase cuanto antes.

Los pájaros cantaban en todos los bosques que cruzaban, las noches se sucedían una tras otra. Elvira obedecía a la hermana Berswinda y procuraba sumirse de nuevo en el sueño mientras la monja curaba las heridas del sajón, que solo despertaba para beber unos sorbos de agua y los caldos que le acercaba a la boca.

Avanzaban muy despacio, o eso le parecía a Elvira, pero a ella poco le importaba. A mayor camino recorrido, más tardaría en deshacerlo en cuanto pudiera andar de nuevo y quisiera regresar a por Matilda.

—¿Cuánto tiempo...? —preguntó una tarde, atolondrada al despertar de golpe de su duermevela. Se sorprendió porque hacía largas horas que se habían detenido por última vez y todavía sentía en el rostro los últimos rayos del sol.

Pero el extranjero dormía entre fiebres y la hermana Berswinda, ocupada dirigiendo las mulas, no la oyó.

Elvira se llevó una mano a la boca, como queriendo esconder el sollozo sordo que se le había enganchado al pecho.

No sabía qué había sido del caballero Clodoveo; si el extranjero lo había matado o si había conseguido escapar. Quería confiar en que, de ser así, y por lo que sus propios ojos habían visto, cuidaría y mimaría a Matilda. Pero ¿cómo podía confiar en su propio criterio después de lo engañada que la había tenido durante meses?

Elvira, inútil y necia como era, había creído que ella sola podría enfrentarse a todos los males que el Señor tuviera a bien enviarle y que, de alguna manera, conseguiría salir adelante con una niña indefensa que ni siquiera era hija suya.

¿Qué sabía ella de las maldades del mundo, de las venganzas de la Corte ni de los artificios y engaños que se cocían todos los días en los castillos y palacios del imperio? No era más que una campesina metida a novicia, incapaz siquiera de esconder un bebé. Tenía que recuperar sus fuerzas. Necesitaba tiempo para que se le curase la herida y, cuando de nuevo pudiese valerse por sí misma, se zafaría de alguna forma de la hermana Berswinda y podría echarse a los caminos en busca de Matilda.

Empezaría por averiguar qué había sido del caballero Clodoveo. Entonces, cuando lo encontrara, no le sería difícil dar con el paradero de la niña.

Cerró los ojos, agotada. Cuán sencillo sería abandonarse a los cuidados de la hermana Berswinda, que se preocupaba de que no le faltara un poco de vino cuando la asaltaba la sed y de que las vendas que le mantenían las tripas bien aseguradas estuvieran siempre secas.

Pero ¿cómo podría conformarse con aquello sin saber siquiera si Matilda seguía viva? ¿Y si ya no volvía a verla nunca más ni a contarle los dientecillos blancos que le iban naciendo en la boca?

El extranjero gemía en sueños.

Elvira también quería gritar.

Rumiando sus miedos, apretaba los ojos hasta que la vencía el sueño.

A veces, entre las pesadillas pobladas de muertos, soñaba con esos palacios dorados de Aquisgrán, que ella no había visto nunca, ardiendo entre las llamas incontrolables en que se convertían las lágrimas que le brotaban de los ojos. Siempre que soñaba con fuego despertaba algo más calmada.

En los caminos, cada vez más concurridos a medida que los meses se volvían más cálidos, se topaban en ocasiones con otros viajeros, comerciantes o juglares, o con campesinos que acudían a los mercados a vender sus animales. La hermana Berswinda contaba a todo el que estuviera dispuesto a escucharla que viajaba con un hermano enfermo y la pobre hija de otra hermana, tan débil que ni podía tenerse en pie.

—Rezad conmigo, hermano, por que Dios se apiade de nosotros y nos ayude en su curación. Ved, ¡acercaos! Mirad en qué estado me los han dejado unos maleantes que nos asaltaron. ¡Se llevaron todo lo que teníamos! No era mucho, pero nos daba para vivir. ¿Y ahora? Miradlos, hermano, ved que dependen de mí y de mis cuidados. ¿Y qué será de ellos cuando yo falte, Dios mío? —se lamentaba, y aceptaba entre sonrisas lacrimosas las galletas y los trozos de queso que aquellas almas compasivas y crédulas les regalaban.

—¿Lleváis la cuenta de todos los embustes que vais contando? —le preguntó Elvira una noche.

La hermana Berswinda enjugaba concienzuda la frente del extranjero con un trapo húmedo. Ni siquiera levantó la vista para mirarla. Humedeció los labios del sajón y le hizo tragar unos buches del mismo caldo que Elvira comía. Ella casi dejó asomar una sonrisa.

Apenas unas jornadas más tarde, se unieron a una gran caravana de peregrinos que se dirigía a Turena, a rezarle a la tumba del santo Martín.

—Descuidad, hermana, no desesperéis. San Martín, que ya disfruta de la gloria de Dios, escuchará vuestras plegarias e intercederá por la sanación de nuestros enfermos. ¿No habéis oído lo que dicen? Los que encienden sus lámparas con el aceite sagrado que arde junto a la tumba, tanto de día como de noche, son bendecidos por el mismísimo santo. ¡Ya lo veréis! Dios nos escuchará.

La hermana Berswinda agradecía profusamente la amabilidad de aquellas gentes, que compartían con ella sus parcas viandas y sus historias de milagros, y les besaba entre lágrimas las manos que la alimentaban.

Durante el día, Elvira, que ya podía caminar durante cortos periodos de tiempo, cedía su sitio en el carro, casi vacío ya de provisiones, a dos ancianas peregrinas que apenas podían seguir el ritmo de la marcha. Por las noches, la caravana se detenía y había cánticos y bailes alrededor de las hogueras.

—Elvira, niña, ¡venid y sentaos con nosotros!

Pero ella declinaba las invitaciones de aquellas gentes, de almas simples y puras, que procedían de aldeas y ciudades cuyos nombres a ella le eran ajenos y que no se había tomado la molestia de aprender.

Con las manos entrelazadas sobre el vientre, donde la herida aún le palpitaba, se acomodaba bajo las telas que cubrían el carro y se dormía pensando en Matilda.

Aquella noche, la despertaron los gemidos del extranjero.

Abrió los ojos, sobresaltada; aún tardó unos instantes en reconocer dónde se encontraba. Casi esperaba verse rodeada de las llamas sofocantes de su sueño, que todavía la envolvían con sus cortinas de humo. Sin embargo, cuando se incorporó, todo estaba tranquilo en el carro.

Junto a ella, el sajón deliraba y se retorcía en sueños.

Con cierta torpeza, Elvira tomó el odre de agua y bebió de él un largo trago. Más calmada, se acercó al enfermo.

Nadie acudía a sus gritos ahogados: ni los peregrinos que todavía cantaban un poco más allá ni la hermana Berswinda, que se había sentado a beber vino con ellos.

Elvira aproximó el agua a los labios del extranjero. Fascinada, estudió los movimientos rítmicos de su garganta mientras bebía; sin abrir los ojos, sin despertar.

¿Estaba condenado a pasar lo mucho o poco que le quedara de vida en aquella burda imitación de la muerte, en la que le crecían las barbas, pero no podía ver ni hablar? ¿Era este suficiente castigo para lo que había hecho, cuando dejó huérfana y a cargo de Elvira a la pequeña Matilda?

El sajón y ella estaban solos en el carro.

Elvira era más fuerte. Era ella quien lo había dejado postrado como estaba, vencido por las fiebres y los dolores, a merced de los cuidados de la hermana Berswinda.

A la hermana le hacía feliz cuidar de él; se sonreía cuando le lavaba los ojos legañosos con agua de arándanos y cuando lo arropaba bien las mañanas de lluvia para que no le subiesen las fiebres.

Elvira le retiró el odre de los labios.

Tan fácilmente como le había dado de beber, también podría ahogarlo.

Podría asfixiarlo. Podría envenenarlo, como había hecho él con la madre de Matilda.

Podría acabar con sus sufrimientos y dejar que fuera Dios quien decidiera si su alma merecía la salvación o tendría que cumplir su condena en los fuegos del infierno.

Sin mirarlo a la cara, ignorando sus dolores, Elvira le desanudó los cordones que le ajustaban los borceguíes. Sus pies eran algo más grandes que los de ella, pero estos agradecerían el verse calzados y protegidos cuando se echara a los caminos.

Despacio, salió a la noche. Bajó del carro con cuidado, con una mano bien firme sobre el estómago. El viento aullaba, aunque no acallaba las canciones que los peregrinos seguían desgranando algo más allá, alrededor de un fuego. Elvira distinguió a una de las mujeres, que amamantaba a un bebé.

Nadie la detuvo, nadie se fijó siquiera en ella. Silenciosa, como en un sueño, rodeó el carro y se acercó a las mulas. Uno de los animales dormía; el otro, el más joven, pacía perezosamente amarrado a un tronco.

Había llegado el momento de que Elvira regresara junto a Matilda. Debía asegurarse de que estaba bien y sana; de que la cuidaban y la vestían y la atendían cuando lloraba.

La mula conocía a Elvira y le husmeó, cariñosa, la mano.

De repente, un hombre surgió de entre las sombras, anudándose las cuerdas de los calzones.

—Buenas noches —dijo Elvira sin perder la calma. Nada ni nadie le impediría llevar a cabo sus planes.

El hombre rio, afable. La ayudó a montar.

—¡Buenas noches! ¿Adónde vais tan temprano, muchacha? ¡Os vais a despeñar! —Divertido, le tendió las riendas a Elvira.

—Debo regresar. Debo buscar a mi hija —dijo ella en voz baja.

Quizá la hermana Berswinda ni siquiera lamentara su ausencia. Se quedaría con su sajón inválido y lo cuidaría hasta que muriera, o hasta que la tumba milagrosa de san Martín de Turena lo curara.

A Elvira él ya poco le importaba. No era más que uno de los muchos pecados que dejaba tras de sí, que regresarían para acosarla cuando le llegara la hora.

Era lo justo, y Elvira aceptaba y comprendía que así debía ser.

Partió, de regreso hacia Matilda, con la luz de la luna por toda compañía.

QUINTA PARTE
LOS CAMINOS

Austrasia, 816
Año tercero del reinado del emperador Ludovico

27

Las pisadas cansadas de Elvira la llevaban por los valles y montes y riachuelos y mesetas del imperio. Se había envuelto los pies, roídos de llagas, en jirones de tela a modo de vendas para protegerlos del roce de los borceguíes robados que no terminaban de ajustarle. Avanzaba muy despacio, sin sustento ni dineros, acompañada tan solo por el pesado calor del verano.

Pronto, en cuanto hubo dejado atrás la caravana de peregrinos, había cambiado la mula por una noche en una posada y un manto grueso. En él se envolvía cuando, de madrugada, si debía dormir al raso, los vientos hacían retemblar las raíces de los árboles más macizos, anunciando tormenta.

A menudo le faltaba el aliento y, a la sombra de algún árbol, debía detenerse a descansar. Dormía entonces un poco, despreocupada de asaltantes y ladrones; no llevaba encima más que el pan que, a veces, los campesinos caritativos que le ofrecían un rincón en sus pajares para pasar la noche le entregaban cuando la despedían en la mañana. Semanas le duró el ardor en la garganta tras una borrasca repentina que le había empapado los cabellos y el manto, que después habían tardado dos días en secarse por completo. Poco importaba, porque pasaba jornadas enteras sin hablar con nadie más que para preguntar, de vez en cuando, direcciones hacia la ciudad donde había dejado a Matilda.

En Mogontiacum, el puente de madera sobre el Rhenus había ardido.

—Disculpad, buena mujer, ¿no hay medio de cruzar al otro lado?

La campesina a la que Elvira se había dirigido le indicó que siguiera el cauce del río en la dirección de la corriente hasta llegar a un punto donde se habían atado barcas las unas a las otras para facilitar el paso de una a otra orilla.

En ocasiones, también encontraba gentes bondadosas que la invitaban a arrimarse a sus candelas en las noches en las que soplaba el viento y que creían sus cuentos cuando Elvira les contaba en voz baja que su aldea había sufrido inundaciones o hambrunas durante el invierno.

—Yo vengo de Reims —decía entonces algún mercader, en cuanto quedaba claro que Elvira no compartiría más detalles de su historia—, donde ya el Santísimo Padre León se encontró con el rey Pipino, y donde el papa León recibió al emperador Carlos. Allá Dios ha querido que otro gran rey de los francos sea recibido por el papa de Roma, pues nuestro amadísimo emperador Ludovico se arrodilló en Reims ante el padre Esteban, tercero de su nombre. Intercambiaron regalos y también fueron honrados con presentes la serenísima reina Ermengarda y todos los dignatarios y ministros del emperador. Ese mismo domingo, en la iglesia durante la misa solemne, el papa Esteban coronó al señor Ludovico como emperador de todos los francos ante los ojos de Dios, y sobre sus cabellos colocó una riquísima corona de oro.

Elvira se encogía sobre sí misma cuando las gentes hablaban del emperador y de su Corte, y guardaba silencio, la vista clavada en el fuego.

En dos ocasiones, cansada de alimentarse solo de bayas silvestres y agua de lluvia, había robado huevos frescos de una granja. Habrían sido más si, la tercera vez que lo intentó, una noche clara sin nubes, el aullido de un lobo no la hubiera sobresaltado con los huevos en la mano. Del susto, los dejó caer.

No pudo evitar echarse a llorar; aquella masa blancuzca, desparramada y desperdiciada junto a sus pies, parecía burlarse de ella.

Sorbiéndose la nariz, se dejó caer de rodillas. Sus dedos torpes rebañaron lo poco que pudo rescatar y se lo llevó a la boca; tragó lágrimas, tierra y clara cruda, y se alejó trastabillando de allí.

No tenía en qué ocupar la mente, pues ya no rezaba. Sus ojos, quemados por el reflejo del sol en las colinas y el agua calma de los lagos, olvidaban con cada parpadeo los paisajes que la rodeaban, los ríos que vadeaba, los rostros que le sonreían con lástima y le daban mendrugos de pan duro y los que le escupían y la alejaban a empellones de los apetitosos manjares que se exhibían en los puestos de los mercados.

Las fiebres la asaltaban con tanta virulencia como, tan pronto, desaparecían. Elvira, sucia y cansada y sin otro objetivo que conservar la vida hasta que pudiera ver de nuevo a Matilda, seguía caminando, un pie tras el otro, una semana tras otra.

Al fin, llegó ante las puertas de la muralla. De aquella ciudad había salido, meses atrás, con el corazón engañado y los cabellos trenzados de bellas cintas. Se detuvo a la sombra de las grandes piedras, cual mendiga pobre cuando había vivido allí como señora.

Elvira tomó aire, lo dejó escapar. No sintió nada.

Incluso se llevó una mano al pecho, tal vez esperando notar allí un ligero aletear del corazón; quizá un murmullo animado en las entrañas. Pero ¿quedaba algo más dentro de ella, aparte del estómago vacío y el vientre remendado?

Los guardias le dieron el alto. Elvira les sostuvo la mirada, casi sin pestañear. El sudor pegajoso se le mezclaba con el polvo de la frente.

—¿A qué venís a nuestra ciudad, mujer? ¿Acaso no sabéis que nos acecha una maldición?

Elvira ladeó ligeramente la cabeza. Era imposible que la ciudad estuviera maldita. Ella venía desde muy lejos; no la había detenido ninguna maldición.

—¿No tenéis las puertas abiertas? —dijo, la voz rasposa por falta de uso—. ¿Es para que puedan salir las maldiciones o también para dejar que los pobres pecadores entremos a expiar nuestras culpas?

Uno de los guardias le enseñó los dientes, como un perro vagabundo a punto de morderla, pero la dejaron pasar.

Elvira apenas reparó en las calles desiertas, ni en que por los callejones no bajaban ríos de orines para lamerle los pies. Por primera vez en mucho tiempo, reconocía lo que la rodeaba. Sabía exactamente dónde estaba y adónde tenía que ir.

La casa tenía atrancados los postigos azules de las ventanas. La puerta, tapiada, no cedió cuando Elvira la empujó ni cuando se recostó contra ella con las pocas energías que le quedaban. La casa contigua también estaba cerrada. Y la de más arriba.

El sol de mediodía no desperdiciaba sus fuerzas en dibujarle a Elvira su sombra en el suelo; caía sobre ella implacable y poderoso. Elvira, sin embargo, tiritó como con frío.

Dio un paso atrás.

—¿Walda? —llamó—. ¡Walda!

Se arañaba la garganta con cada gemido, pero nadie salía a recibirla ni a mandarla callar. Llamó a la puerta de al lado, donde vivían cinco hermanas solteras, todas muy rubias, que cuando hacía bueno se sentaban a hilar bajo la ventana.

—¡Por favor, abridme! ¡Por caridad!

Los golpes de Elvira resonaban en la casa vacía; hacía tiempo que nadie barría el polvo del umbral.

—¿Hay alguien? ¡Feremundo, Adalberto, soy yo, Elvira! —Aporreaba, con los puños bien apretados, las ventanas claveteadas de las casas de enfrente. Nadie acudía a abrir, ni a preguntarle por el tumulto que estaba causando, ni a recibirla después de haber pasado tantos meses fuera.

Sin aliento, dejó caer su peso en la pared. Se llevó una mano a la frente ardiente.

Solo entonces la calle, desierta, la saludó enviándole una débil ráfaga de aire caliente.

Recordó la advertencia de los guardias.

—La ciudad está maldita... —susurró, sacudiendo la cabeza, sin comprender.

Desorientada y cegada por el sol, se tambaleó calle abajo hasta que dio con la fuente. La ausencia de aguadores y filas de muchachas con sus cántaros vacíos la hizo temer que se hubiera secado el agua. ¿La maldición también había alcanzado ese rincón? ¿Se habían transformado los caños en montañas de tierra árida, los manantiales en heridas ensangrentadas?

El agua, no obstante, corría alegre por el pretil de piedra. Elvira hundió las manos en el líquido fresco y dejó que le hurgara en las heridas entre los nudillos. No le importó que le agravara el escozor de los labios rotos y los pómulos quemados cuando se lavó la cara.

Se tomó un instante para descansar y bebió largo rato. Junto a ella, una pareja de golondrinas también saciaba su sed.

Una ráfaga de aire caliente le acercó a los oídos el repicar de las campanas de la iglesia. Elvira corrió hacia allá en busca de alguien que pudiera darle señas de los fantasmas que se asomaban tras las ventanas tapiadas y bajo los umbrales de las puertas.

La iglesia estaba abierta. En los escalones de la entrada, Elvira vaciló, bien consciente del tiempo que hacía desde que había hablado por última vez con Dios, pero un débil rumor de pasos en el interior la empujó a adentrarse en la penumbra fresca del templo.

Pisó suelo sagrado sin que su cuerpo de pecadora se deshiciera en cenizas. No se le pudrieron los dientes ni le salieron pústulas en las orejas. ¿Tal vez la maldición solo afectaba a las almas puras de la ciudad?

Un monje, la primera persona de carne y hueso que encontraba desde que había cruzado las puertas de la muralla, encendía los largos cirios que daban algo de luz al altar.

—¡Hermano! —exclamó Elvira saliéndole al paso—. Alabado sea el Señor. ¡No sois una aparición!

Alargó la mano, como para comprobar que el brazo del monje era sólido y no de incienso. Él la apartó de un manotazo.

—¿Qué crees que haces, mujer? ¿No ves que estás en la casa de Dios? ¡Lávate esas manos impuras antes de venir a manchar este lugar sagrado!

Elvira no se dejó amedrentar por el mohín de disgusto del monje. En un primer momento, la tonsura y su oronda figura la habían hecho pensar que era mucho mayor que ella, pero ahora, al contemplarlo de cerca a la luz incisiva de las velas, se percataba de que no era más que un muchacho.

—Hermano —le dijo con suavidad—, acabo de regresar a la ciudad tras un largo viaje. Disculpad mi apariencia.

—Modesta, Elvira bajó los ojos—. Vengo de muy lejos y los senderos me han llenado de su polvo. Dios os ha puesto en mi camino para que me respondáis a una simple pregunta, hermano.

—¿Qué quieres?

—He vuelto a mi casa después de largas semanas y la he encontrado vacía y cerrada. ¿Por qué nadie bebe de la fuente ni hay almas en las calles?

—¡La fuente está maldita! —rugió el monje, sobresaltando a Elvira.

—¡La fuente! —repitió ella. Se abrazó la garganta con los dedos, que se habían hundido en aquella agua y se la habían acercado a los labios.

—¡Esa agua es veneno y todo lo que riega se convierte en ponzoña demoniaca! ¡Es lava enviada por Satanás! Si tu casa estaba cerrada es porque todos los que había en ella eran pecadores. ¡La ciudad está ahora limpia de herejes! Ni mugre ni ratas quedan ya. Dios escucha nuestros corazones y sabe bien quién merece su amor y quién debe arder en los infiernos. ¿No lo entiendes, mujer? Todos los que bebieron el agua corrompida fueron castigados por el Señor.

Elvira sacudió la cabeza. Ella ya estaba condenada a pasar el resto de la eternidad en los infiernos, mucho antes de haber bebido de esa agua.

—Busco a una niña. Vivía en la calle que sube de la fuente, en una casa con los postigos azules. ¿La conocéis? ¿Sabéis quién podría decirme qué ha sido de ella?

El monje se santiguó.

—¡La casa del milagro! —exclamó.

—¿Un milagro?

El monje tomó a Elvira por los hombros; en su excitación, se le marcaban las venas de la frente. Las mejillas se le tiñeron de rojo.

—Dios misericordioso te salvó embarcándote en ese viaje, mujer. El diablo escogió nuestra humilde ciudad para plantar sus infames semillas y de entre todas las calles y las casas fue la tuya la que maldijo. ¡Una terrible maldición!

—¡No!

—Pero también nuestro Señor todopoderoso puso sus ojos en tu casa, y Él supo que en ella había un alma inocente y pura a la que decidió salvar. —Un amplio suspiro hizo retemblar el pecho del monje, y con él a Elvira, a quien aún sujetaba—. Durante años y, tal vez, siglos, hablarán en nuestra iglesia de este milagro divino. Esa niña a la que buscáis ¡está bendecida por los cielos! —Elvira, conmovida, asintió—. La maldición no la rozó siquiera, incluso después de haber pasado tres días con sus tres noches encerrada dentro con las enfermas impías, antes de que aquel caballero de bravo corazón se atreviera a adentrarse en ella. ¡Ilesa estaba cuando la sacó en brazos!

Elvira se desasió.

—¿Un caballero sacó a la niña de la casa? Pero había dos niñas. ¿A cuál de ellas? ¿A la más pequeña?

—¡Le debemos tanto a ese caballero! —prosiguió el monje, extasiado—. Fue él quien nos alertó también sobre la maldición ¡y sobre el agua! Los cielos nos amparan. ¡Tantas almas pudieron salvarse gracias a su bondad y su valentía!

A Elvira no le interesaban ya las alabanzas al caballero.

—Pero ¿qué fue de la niña? ¿La niña del milagro? —insistió, segura de que era su Matilda y no la hija de Placia, la pequeña Teresa, quien se había salvado de aquella ciudad maldita.

El monje ladeó la cabeza, poco dispuesto a desviarse en su relato de lo prodigioso que había sido el tal milagro.

—Ah, la niña... Sí, claro. El caballero tuvo a bien llevársela. ¿Cómo iba a permitir que estuviese aún más expuesta a la maldición? Se la llevó para curarla. Eso tengo entendido, sí. ¡La alejó del agua maldita traída por el diablo!

—Se la llevó, decís... —musitó Elvira, la mirada vuelta a la puerta de la iglesia, a los caminos y penurias que se habían tragado los borceguíes que había robado.

—¿No habíais oído hablar de tan sonado milagro en vuestros viajes?

Elvira arrugó la frente. El hambre hacía que le costara seguir las palabras del monje.

—Había dos niñas y una mujer en la casa —dijo—. ¿Qué fue de las otras?

—Oh, no, señora. Os equivocáis. Eran dos las mujeres que se llevó la maldición. ¡Fueron las primeras, y después vinieron muchas más!

—¿Dos? ¿Cómo dos? Estaban la criada y las dos niñas, y nadie más.

—¡Os digo que el caballero encontró tres cadáveres! Y a la niña sana. ¿No os digo que fue un verdadero milagro de Dios? Tres cuerpos se quemaron entonces. ¡Os lo aseguro!

Elvira frunció los labios desgajados. ¿Qué sabía aquel monje, que no había estado allí? ¿Por qué daba tanto crédito a sus palabras? Murmuró una frase de agradecimiento y, sin santiguarse siquiera, salió de la iglesia.

El monje no sabía dónde estaba Matilda, y de nada servía continuar escuchando sus historias de milagros y aguas malditas. Elvira estaba segura de que era su niña a la que el caballero había salvado; tal vez, incluso, hubiera sido la propia mano traicionera del caballero, y no una maldición desconocida, la que hubiera acabado con las vidas de Walda, Teresa y aquella otra mujer desconocida.

Por un momento, cegada por el sol a las puertas de la iglesia, Elvira casi creyó que era su propio cadáver al que habían prendido fuego para acabar con la maldición. ¿No era eso lo que, aquella mañana funesta, había dicho su hermano Gundisalvo? ¿Que estaba muerta y que no era más que un espíritu maligno salido de los infiernos? Tal vez fuese cierto y su deambular por los caminos del imperio fuera simplemente la condena que debía cumplir para limpiar sus pecados. En su eterno vagar, no encontraría descanso hasta haber purgado todas y cada una de sus muchas faltas, creyendo entretanto estar viviendo un sueño desde que encontró la mano muerta de Placia en aquel montículo de tierra.

28

Renqueando, muy despacio, salió de la ciudad.

No lejos de allí estaba el castillo de la dama Sigalsis, la hermana del caballero Clodoveo. Tal vez, si él había tomado a Matilda, hubiera acudido a su hermana. Era el único lugar donde Elvira podía presentarse a que le dieran razón de él: no sabía dónde tenía amigos ni qué tierras consideraba su casa. ¿Qué sabía de él, después de todo el tiempo que habían pasado juntos?

Nada.

Nunca había sabido nada; ni del caballero, ni de la vida, ni de la niña que había cuidado como si fuera suya.

Sujetándose el estómago, sensible donde aún le latía la herida cicatrizada, dejó el camino al llegar a los primeros árboles del bosquecillo. Justo allí era donde había visto por última vez al caballero.

¿Sabría encontrar el pedazo de tierra bajo el que estaba Placia? Habían pasado tantos meses que, imaginaba, los gusanos ya habrían devorado su cuerpo. Con suerte, podría hallar los huesos, si es que las bestias no los habían desenterrado, de aquella pobre mujer a la que Elvira sacó de su casa para conducirla hasta la muerte.

¿Eran estas las mismas ramas donde se le habían enganchado los cabellos, trenzados con las cintas que el caballero le había regalado, cuando sus piernas poco ágiles corrían para salvar la vida? ¿Era aquella la misma senda que, retorcida y apenas abierta entre el follaje, conducía a la cueva donde Osric el sajón las había retenido a ella y a la hermana Berswinda?

Se adentraba más y más en el bosque; acariciaba los troncos de las hayas, queriendo recordar a través del tacto las que ceñían la tumba de Placia. Por más que se frotaba los ojos no distinguía unos árboles de otros. Todas las sombras y todos los arbustos le parecían iguales. Los bosques olían todos de la misma manera. Los cielos no la condujeron mediante presagios y augurios al lugar que buscaba.

Agotada y hambrienta, se dejó caer en un claro que bien podría ser el mismo donde las manos fuertes del caballero se habían cerrado sobre su cuello y le habían extirpado lo poco de candor y esperanza que le quedaba ya dentro. ¿Cambiaba algo el saber dónde estaba enterrada Placia?

La tierra seca y fina se abrió cuando Elvira hundió en ella la mano, mucho más frágil de lo que recordaba. Pero, al fin y al cabo, habían transcurrido varios meses. Los bosques cambiaban con las estaciones y las lluvias. Ni siquiera estaba segura de haber llegado al lugar correcto, pero decidió dejar de buscar.

No rezó por el alma de Placia ni derramó lágrima alguna por ella ni por su hija Teresa. Tampoco lloró por la sirvienta Walda, otra víctima inocente de una maldición o vil envenenamiento o asesinato a manos del caballero.

El dolor palpitante y siempre presente en el vientre la acunó hasta que se rindió al sueño, sorda y ciega en su agonía.

Ni bestias ni maleantes interrumpieron su descanso. Los animales, tal vez, olían en ella el alma pútrida, podrida quizá desde que salió del vientre de su madre; los hombres, todos ellos, la miraban y descubrían en ella una criatura repulsiva, el monstruo corrupto que su cuerpo de mujer no llegaba a ocultar. Después de todo, ni siquiera su propio marido, que se había unido a ella mediante juramento ante lo más sagrado, había consentido en yacer con ella.

No soñaba, como antes, con el fuego que tan fácilmente prendía en las mantitas que protegían a los niños del frío; despertaba igual de exhausta que antes de cerrar los ojos, con dolores por todo el cuerpo que ya nunca desaparecían, y, tras llevarse a la boca un puñado de bayas o raíces o algo de agua fresca si, con suerte, daba con un arroyuelo, reemprendía su camino con pasos vacilantes pero inevitables.

Avanzaba muy despacio. Tardó varios días en alcanzar la colina en cuya cima se alzaba el castillo de la dama Sigalsis.

Debería haber esperado a la mañana siguiente para iniciar el ascenso. Cuando era más joven y tenía la cabeza y el alma más sanas, tal vez así lo habría hecho. Habría buscado un lugar apropiado para descansar con el declinar de la tarde y habría reanudado la marcha con las primeras luces del día, con fuerzas renovadas. Como era natural.

Pero ¿cómo aguardar tantas horas hasta que el sol se decidiera, perezoso, a alumbrar de nuevo los cielos? ¿Cómo esperar cuando era posible que la pequeña Matilda estuviese esperándola tras los muros del castillo? Cada día que Elvira pasaba lejos de ella era más y más factible que, para cuando por fin la encontrara, la niña hubiera olvidado por completo quién había cuidado de ella cuando era un bebé.

La noche oscura y una delgada lasca de luna que a ratos asomaba entre las nubes la acompañaban en su fatigosa subida. Sus pies torpes tropezaban con piedras y ramas y con su propio afán por querer avanzar más rápido, pero Elvira estaba acostumbrada a levantarse cuando se caía y a ignorar el escozor de las heridas abiertas.

Por fin, sudorosa y exhausta, llegó ante las puertas cerradas del castillo.

Se acercó, tambaleante, a uno de los dos soldados que montaban guardia. Llevaban las mismas armaduras que Elvira recordaba de su anterior visita, igual de imponentes a la luz del sol que en la penumbra de la noche.

El hombre, antes de que Elvira pudiera siquiera decirle su nombre, la apartó de un empujón.

Elvira cayó al suelo. Trató de levantarse de nuevo, de suplicarle al soldado que le permitiese explicar quién era y por qué había venido, pero él la golpeó en la espalda con la parte trasera de su lanza.

—¡Fuera de aquí, sucia perra! —le espetó.

Elvira jadeó, sin aliento. No llegó a pronunciar palabra antes de que un nuevo golpe le hundiera el rostro en la tierra. Durante largo rato, no se movió.

Unas ráfagas de viento, igual de cálidas e impetuosas que las primeras llamas de una hoguera, la azotaban casi con la misma violencia que el soldado. Por más que apretaba los dientes, no conseguía reunir fuerzas para levantarse y, aunque fuera a rastras, arrodillarse ante aquel hombre y rogarle que la escuchara.

¿Qué esperaba, ilusa y necia? ¿Qué iban a abrirle las puertas del castillo a una menesterosa como ella, ahora que no viajaba bajo la protección del caballero Clodoveo?

Con el asomo de una sonrisa rasgándole el rostro sucio, Elvira se rindió. El peso de su cuerpo magullado se hundía en la tierra, que empezaba a humedecerse con las primeras gotas de una llovizna pasajera. Dejó de resistirse al sueño, que tiraba de ella hacia la oscuridad y el olvido, y se durmió.

29

Un carro, tirado por dos mulas viejas, traqueteaba colina arriba. Elvira se retorció.

La mañana se colaba por entre las nubes.

Las cadenas que sujetaban la pesada puerta gimieron en su trasiego de poleas y palancas.

Con dificultad, Elvira se incorporó en el barro. El campesino que guiaba las mulas franqueó la puerta, que se abría para él, y entró en el patio del castillo.

Los ojos cansados de Elvira no conseguían distinguir si los soldados de guardia eran los mismos que los de la noche anterior, todos ellos hombres corpulentos y armados. ¿Quizá, a la luz del día, con el castillo despierto y las puertas abiertas, le permitirían preguntar por Matilda?

El pecho le dolía cada vez que tomaba aire. Resbaló en su primer intento por incorporarse. Apretó los puños y, poco a poco, se levantó de nuevo.

De pronto, vio ante sí las huesas embarradas de uno de los soldados.

Alzó la mirada, despacio, para descubrir la punta de una lanza apuntándole entre los ojos.

—¿Adónde te crees que vas? —ladró el soldado.

Elvira se encogió.

—No, no... Estoy buscando a alguien —logró musitar—. Una niña... Ya estuve aquí, con ella...

Intentó sacudir la cabeza; un intenso dolor en las sienes la obligó a cerrar los ojos. Sintió arcadas, pese a que no recordaba la última vez que había ingerido alimento sólido.

El recuerdo de las escudillas rebosantes que le habían servido en este mismo castillo le arrancó rugidos en el estómago.

El soldado dio un paso hacia ella, sin permitir que Elvira se arrastrara lejos de su arma. No sin delicadeza, la golpeó en el brazo con la larga asta de la lanza.

—Más te vale marcharte mientras aún puedas, vieja chiflada.

Elvira negó con la cabeza, sin importarles ya las llamaradas de dolor que la asaltaban con cada movimiento.

—Vine con el caballero Clodoveo, en otoño... Hace dos otoños. La señora Sigalsis me recibió. Traía a la niña, es a esa misma niña a quien busco. ¿Sabéis qué fue de ella? El caballero tuvo que traerla aquí, ¡seguro que sí!

Sin mesura alguna, Elvira quiso aferrarse al brazo del soldado; los dedos entumecidos se le resbalaban, no conseguían agarrarse a la cota de malla. Este la abofeteó.

—¡Vieja chiflada! —El chasquido de su lengua le resonó a Elvira en las entrañas—. ¿No me oyes? Márchate o te cortaré la lengua antes de echarte a rodar colina abajo.

La tumbó de una patada. Antes de que Elvira pudiera hacer un último intento desesperado de asirle también el pie, ya había vuelto a su puesto junto a la puerta. Esta se cerraba lentamente con el carro, las mulas y el campesino en el interior de las murallas.

Elvira no se movió. Miraba fijamente las piedras musgosas que, las unas sobre las otras, conformaban los altos muros del castillo. Las piedras y los soldados protegían la calma y la seguridad de los señores de aquellas tierras de fieros atacantes y madres ultrajadas.

¿Qué podía hacer Elvira?

Esperar a que aquel campesino saliera con su carro vacío de víveres para interrogarlo y preguntarle si había oído hablar de la niña que el caballero había llevado al castillo. Podría llorarle y rogarle que la ayudara a averiguar qué había sido de ella y si seguía viva y a salvo en manos del caballero.

¿Sería capaz de darse media vuelta y marcharse lejos de allí, donde nadie la buscara y nadie supiera su nombre ni dónde había nacido? No, claro que no. Sola, sin noticias de Matilda, no.

Las puertas se abrieron de nuevo.

No salió el carro, sino otro soldado de brillante armadura, con su espada anudada al cinto y gran ímpetu en la firmeza de sus pisadas, que enseguida lo aproximaron al soldado que había golpeado a Elvira. Los yelmos y la distancia no le permitían saber de qué hablaban; sin embargo, pudo ver cómo el recién llegado ladeaba la cabeza en su dirección, muy brevemente, antes de adentrarse de nuevo en el castillo.

Para reducir a Elvira no hacían falta grandes aspavientos, pero un repentino miedo a que el soldado hubiese ido en busca de refuerzos la empujó a levantarse como pudo del guiñapo en el que se había convertido en el suelo. Con pasos vacilantes, emprendió el camino colina abajo.

No tenía adónde ir, pero prefería morir de inanición y frío antes que dejarse matar por la espada de los soldados.

—¡Esperad, mujer! —oyó que la llamaban.

Sin volverse, echó a correr.

El miedo le azuzaba las piernas agotadas. Hasta olvidó las heridas de sus pies.

Había poca vegetación en lo alto de la colina, pero si conseguía descender un poco, hasta que los arbustos a ambos lados del camino comenzasen a ganar frondosidad, creía poder esconderse tras el follaje. Allí aguardaría a que se cansasen de buscarla.

¿Qué sería de ella si la alcanzaban los soldados? ¿Qué harían con ella mientras le quedara algo de vida en el cuerpo?

Una mano le apresó el brazo.

Elvira gritó. Se revolvió y pataleó, mordió la mano que la apresaba. El hombre que la atacaba, que no llevaba la pesada armadura de los soldados, apenas tuvo dificultades para inmovilizarla.

—¡Matadme si queréis, ved si me importa! —gritó ella.

—Pero ¿es que habéis perdido la razón? —gruñó el hombre. La mano que la sujetaba se le cerró con más fuerza alrededor del brazo—. ¿No me conocéis, mujer?

—¡No! —chilló Elvira.

—¡Miradme bien, señora!

Elvira detuvo sus forcejeos. El cuerpo entero le ardía.

Tardó unos instantes más en fijar los ojos, algo llorosos, en aquel rostro ligeramente familiar.

—Sí… —murmuró entonces—. Sí, claro. ¡Os conozco! Sois aquel sirviente, sí…

—Mi nombre es Ragno, señora —le recordó él. Soltó a Elvira y le mostró una de las manos, a la que le faltaban dos dedos.

Elvira rompió a reír.

—¡Señora, decís! —gimió, la voz rota—. ¿No es evidente, Ragno? ¡Nunca fui señora de nada!

El sirviente, tomándola del codo con la mano sana, la ayudó a ponerse en pie.

—Señora —insistió—. Habéis tardado en venir.

Elvira se tambaleó con una nueva carcajada en cuanto él la soltó. Rechazó su ayuda, incómoda con la idea de que quien la había visto cruzar las puertas de las murallas a lomos del caballo del caballero Clodoveo tuviera ahora que asistirla para mantenerse en pie.

—¿Es que me esperabais, buen Ragno? ¿Queréis una recompensa por vuestros cuidados pasados cuando nos alojamos en este castillo?

Después de todo, Elvira se alegraba de volver a verlo.

—Imaginaba que vendríais en busca de la niña, señora.

—¿La niña? —La urgencia se tragó la sonrisa del rostro de Elvira—. ¿La niña que venía conmigo? ¿Matilda está aquí?

—Hace algunos meses, el hermano de la señora Sigalsis trajo a la pequeña Matilda, sí.

—¿Y ahora dónde está? ¿Sigue aquí?

Sin miramiento alguno, Elvira tomó entre las suyas la mano mutilada del sirviente y se la llevó al pecho. ¿Tan cerca estaba Matilda? ¿Tan solo aquellos muros la separaban de su pequeña?

Ragno bajó la mirada, visiblemente incomodado, pero no trató de apartar la mano.

—El señor Clodoveo se llevó a la niña a Aquisgrán cuando se instaló allí, señora.

Elvira parpadeó lentamente.

—¿Aquisgrán? —murmuró con un hilo de voz. Desvió la vista del rostro amable de Ragno al camino que había tomado para subir la colina, que le había llevado tantas horas y tantas fuerzas—. Aquisgrán está muy lejos de aquí. Sí, eso dijo la dama Gytha. Lejos…

—Señora —dijo Ragno.

Elvira recordó que debía soltarlo, que no era apropiado que se hubiera mostrado tan efusiva con aquel hombre al que no conocía de nada. Recordó también, aunque con mucha menos claridad, que igual le daba morirse allí, en la colina, que camino a la ciudad capital del imperio.

Escondió los puños cerrados entre los pliegues de la falda de su brial. En tiempos, la lana de sus ropas se veía teñida de un azul brillante, tan nueva y finamente hilada, antes de que el tejido hubiese de absorber barro y lluvia y sangre y traiciones.

La sonrisa casi cariñosa de Ragno hizo que le entraran ganas de llorar.

—Señora —repitió él—. Me alegra saber que ya no viajáis con el señor Clodoveo.

Elvira apenas consiguió ocultar su sorpresa cuando el sirviente la tomó a ella de la mano. Dejó que le abriera los dedos, uno a uno. En su palma temblorosa, Ragno depositó una bolsa cerrada de tela gruesa.

—¿Qué es? —preguntó con un hilo de voz.

—Tomadlo, por favor. Puede que no sea suficiente para llevaros a Aquisgrán, pero es lo único que he podido reunir.

—¿A Aquisgrán? —repitió Elvira, aún algo desorientada. Llevaba tanto tiempo pensando que al llegar a este castillo terminaría su pesado viaje que la sola idea de tener que proseguirlo antes de poder ver a Matilda la hacía estremecerse.

—¿La niña estaba bien? —preguntó—. La última vez que la visteis, ¿estaba sana?

El sirviente apretó la mandíbula, pero asintió.

—La señorita Matilda sí.

—¿Qué queréis decir?

—La señora Sigalsis se alegra mucho cada vez que el señor Clodoveo acude a visitarla —dijo Ragno—, pero no me atrevería a decir lo mismo del resto del castillo.

Elvira, con la bolsa bien aferrada entre los dedos, dio un paso atrás.

—¡No lo diréis por las doncellas jóvenes! ¿No se pirran todas ellas por que las llame el señor a sus aposentos?

—Tres doncellas desaparecieron durante la última visita del señor Clodoveo —respondió Ragno con gravedad.

A Elvira apenas le extrañaba ya el cúmulo de desgracias y males que escoltaba al caballero Clodoveo allá donde fuese.

—De donde vengo —dijo, no obstante—, se dice que el caballero Clodoveo salvó a Matilda de una maldición.

Ragno torció el gesto.

—¿Eso dicen?

—¿Y la dama Sigalsis? ¿No busca a sus doncellas? ¿No sabe la señora qué les ha ocurrido?

—La señora tiene un alma bondadosa. —El sirviente le mostró a Elvira, de nuevo, la mano mutilada—. Yo era aprendiz de herrero cuando perdí los dedos, pero la señora Sigalsis, que acababa de casarse con el señor Hildebertus, en lugar de expulsarme del castillo y condenarme a una vida de mendicidad, tuvo a bien acogerme entre los criados a su servicio. Su salud es frágil, pero su corazón es generoso.

Elvira asintió. Bien sabía ella que los pecados no se comparten entre hermanos y que el nacer del vientre de la misma mujer no condena a los que tienen la misma sangre a repartirse las maldades y la deshonra.

Tampoco a la propia Elvira sus hermanos, aun conociendo de lo que ella era capaz, le habían negado asilo en su casa cuando había acudido en un momento de necesidad.

—Gracias, Ragno —dijo Elvira inclinando la cabeza.

—Que el Señor os acompañe, señora —se despidió el sirviente.

Elvira, sola y sin cobijo de los vientos gélidos en cuanto Ragno se hubo marchado de vuelta al castillo, se encogió sobre sí misma.

Abrió la bolsa. No pesaba demasiado, pero aun así contenía muchas más monedas de las que merecía un regalo de una persona desconocida. Un alma honrada sería incapaz de aceptar tales cortesías: un alma buena habría corrido tras el sirviente para devolverle la bolsa, se habría negado a aprovecharse de la compasión de un pobre tullido.

Pero ella debía viajar a la lejana y rica Aquisgrán.

No sabía cuánto tardaría en llegar o si conseguiría siquiera acercarse a las puertas de la ciudad. Los caminos eran duros, y ella, cansada y malherida, solo contaba con sus propias fuerzas y el contenido de aquella bolsa. En la primera posada con la que se topara, podría pagarse por primera vez en muchos meses una escudilla de caldo caliente y un jergón en el que reposar los huesos cansados. Descansaría una noche antes de continuar, pero no podía entretenerse mucho. Los calores se transformarían en nieves antes de que volviera a ver a Matilda. Los soldados del castillo tenían razón: se sentía vieja. Tal vez, en el camino, se le volverían blancos todos los cabellos y su pequeña Matilda no la reconocería cuando, por fin, se reencontraran.

Elvira todavía guardaba esperanzas, aunque muy pequeñas, de que la niña no la hubiera olvidado.

30

Pronto se le agotaron las monedas de la bolsa.

—Por caridad, señora, ¿podríais darme cobijo solo por una noche?

Elvira suplicaba en cada granja que encontraba en su camino. Los campesinos que la invitaban a una escudilla de caldo ya no hacían que se sentara en la silla más cercana al hogar, como cuando viajaba con sus hábitos de novicia y un bebé en brazos. Los más generosos, almas buenas, le daban hogazas de pan de nueces para el camino y le permitían dormir en el pajar o en los graneros; la respiración cálida y rítmica de los animales la ayudaba a conciliar el sueño.

Las lluvias, a veces, la obligaban a detenerse cuando anegaban los caminos y desbordaban los arroyos. En su furiosa descarga de rayos y truenos, las tormentas la hacían sentirse acompañada por Dios, aunque hacía tiempo que sabía que Él la había abandonado por completo.

Los cielos, Elvira advertía, eran diferentes en cada región del imperio. Ciertamente, el sol aún la saludaba por las mañanas y las estrellas seguían descolgándose en la noche, por mucho que se acercara a las tierras del norte, donde se decía que los bárbaros surcaban las olas a lomos de serpientes y dragones. Y, sin embargo, legua tras legua, Elvira veía que Dios cortaba con diferentes cuchillos cada racimo de montañas y pintaba con distintas mezclas el azul entre las nubes.

Cuanto más se acercaba a la capital del emperador, y siempre que daba con alguien que todavía en aquellos parajes hablaba la lengua de los francos, más dispuestas estaban las gentes a contarle historias sobre el magnífico palacio que Carlos el Grande había construido en aquel lugar milagroso, en el que el agua brotaba caliente de fuentes y manantiales. Contaban que la iglesia del palacio, dedicada a la Santa Madre de Dios, era el único lugar en el mundo en el que podían juntarse la tierra y los cielos. Solo los más ricos y lujosos materiales habían sido empleados en aquellas santas paredes, bendecidas por el Santísimo Padre de Roma, y ni el mismísimo diablo se atrevía a mancillarlas.

—¡Por Santa Corona! ¡Claro que es cierto! ¿Osáis dudar de lo que os digo? Lo oí de la boca misma de un posadero de la ciudad, que vivía allí cuando todo sucedió. Veréis: hace muchos años, cuando el emperador guerreaba contra los bárbaros, el consejo de nobles que vigilaba las obras del palacio de Aquisgrán, de repente, ¡las detuvo! ¿Qué creéis que ocurrió? ¡Se les había acabado el dinero!

La esposa del granjero lo interrumpió con un bufido.

—¿Cuántas veces te habré dicho que eso no son más que cuentos? Al emperador Carlos nunca le faltaron denarios. ¡Para algo era el emperador! Además, ¿recuerdas tú que en algún momento se pararan esas obras? El hijo de Frotberga, la de Bismodus, se fue a la ciudad a trabajar allí, ¿te acuerdas? ¿No te parece que lo habrían mandado a casa si se hubieran parado los trabajos?

—No le hagáis caso a esta —le dijo a Elvira el granjero en cuanto su mujer se dio la vuelta para espolvorear ajos machacados en el caldero que bullía en la lumbre. La granjera dejó escapar un sonoro suspiro, aunque no protestó cuando su marido, tras aclararse la garganta, prosiguió con su historia—. Como os decía, los nobles del consejo estaban desesperados por encontrar una solución. ¡El emperador no consentiría que la construcción de su palacio sufriera retrasos! Fue entonces cuando el demonio, que sabe aprovechar todas y cada una de las debilidades de los mortales, los visitó.

—¡El demonio! —exclamó la esposa—. Si el demonio hubiera estado por aquí es a ti a quien se habría llevado, que con tal tranquilidad osas hablar de él.

—¡Y a ti se te llevará también por no dejarme hablar! ¡Te digo que todo esto pasó de verdad! ¿Qué más te dará a ti que el demonio fuera o no a la ciudad?

—No escuchéis los disparates que cuenta este —dijo a Elvira la mujer—. Tomad más vino, y que Dios nos dé paciencia.

—¡Calla, mujer, y déjame terminar! En fin. El diablo propuso un trato al consejo: él pagaría las obras del palacio y de la iglesia, pero a cambio se llevaría la primera alma que entrara en el edificio terminado. —El granjero hizo una pausa, como esperando una nueva interrupción de su mujer, pero esta estaba ocupada sirviendo cazos de sopa para los tres—. Aceptaron las condiciones y las obras se retomaron. Cuando el emperador regresó, tuvieron que contarle lo que había sucedido. Solo quedaba una cosa por resolver: ¿a qué pobre infeliz se llevaría el demonio como pago?

—Come y deja de decir sandeces.

La mujer depositó las tres escudillas en la mesa. Elvira, que llevaba dos días sin comer más que unas galletas que le habían dado unas monjas, fue la primera en llevarse la cuchara a la boca.

—Afortunadamente —continuó el granjero—, se halló una solución. ¡Un lobo! En estos bosques que rodean la ciudad los más fieros cazadores atraparon un lobo salvaje y lo condujeron hasta la iglesia, donde lo hicieron entrar. Una tormenta se desató entonces en el interior del templo cuando el demonio comprendió que había sido engañado. Vomitando fuego, el diablo se arrojó sobre la bestia y la estranguló, cobrándose su alma. La multitud gritaba de alegría. El demonio, furioso, desapareció. ¡Ya nunca más podrá volver a entrar en la iglesia del emperador!

El granjero alzó su copa. La esposa, aunque con el gesto torcido, lo imitó.

—No estáis ya lejos. Habréis llegado a Aquisgrán antes de la natividad del Señor —le dijo ella a Elvira, que había propiciado la historia cuando preguntó a cuánto quedaba la ciudad.

Elvira asintió, agradecida.

Aceptó la oferta del amable matrimonio y se echó a dormir en los establos, aunque apenas pudo acallar el agitado latir de su corazón en toda la noche. Unos días más y, después de tanto tiempo, vería de nuevo a su pequeña Matilda. Se forzó a cerrar los ojos; debía descansar para proseguir su marcha en cuanto amaneciera y no desfallecer cuando estaba tan cerca de la capital del emperador.

Unos días más tarde, por fin, llegó a Aquisgrán. Aunque era mañana de mercado, Elvira no se detuvo a admirar la suntuosidad de las casas de la Corte ni el bullicioso trasiego de la plaza. Se adentró entre la multitud que se congregaba ante los puestos de carne y apenas reparó en los ricos bordados de las mangas de las mujeres, que escogían con alegría las jugosas viandas que se llevarían en sus cestas.

—Disculpad, señora. ¿Sabríais decirme, por favor, dónde vive el caballero Clodoveo de Burgundia?

Elvira no hablaba la lengua de los teutones ni tenía modo de acicalarse y cambiar su raído brial por uno limpio y nuevo, pero el caballero era tan célebre allá adonde iba que, tras dos o tres intentos en los que la mujer a la que había preguntado se había apartado de ella con una mueca asqueada, consiguió que le dieran sus señas.

La casa del caballero no distaba mucho del palacio. Desde alguna iglesia cercana, quizá esa misma donde habían enterrado al padre del emperador, las campanas llamaban a nona.*

Golpeó la puerta de madera.

Una criada la entreabrió, lo justo para que Elvira adivinara lo joven y bonita que era.

—Busco al caballero Clodoveo de Burgundia —anunció.

—¿Quién sois? —preguntó la muchacha, también en la lengua de los francos.

A la sonrisa de Elvira le faltaba el diente que se le había caído al morder unas nueces unas semanas atrás.

—Decidle que soy la madre de Matilda —dijo, asintiendo como para reafirmarse—. Le hará gracia, ya veréis.

La mujer se la quedó mirando. Tal vez memorizaba sus rasgos para describírselos al caballero, como si todos los días se presentaran en su casa mujeres andrajosas preguntando por el señor.

Al fin, la criada frunció los labios y cerró la puerta. No tardó mucho en regresar; con una levísima inclinación de cabeza, invitó a Elvira a pasar. La condujo entonces por un pequeño corredor donde ya se intuía el calor de la lumbre que ardía en la sala del fondo.

---

* Según las horas canónicas, tres horas después de la mitad del día.

La sirvienta avivó el fuego antes de desaparecer por una puertecilla que cerró tras de sí. Elvira se entretuvo mirando las llamas. Las paredes de la casa debían de ser gruesas, pues no se intuían ni otras voces ni el aullido del viento invernal.

Al poco, unos pasos rápidos en el corredor le anunciaron la llegada del caballero.

Tras meses imaginando cómo sería ese momento, Elvira contuvo la respiración.

Allí estaba Clodoveo de Burgundia, quien la había socorrido y acompañado cuando tan necesitada estaba de protección y cobijo. Quien la había envuelto y enredado en una gran nube de mentiras y embustes. La había engañado y había tratado de matarla, y, sin embargo, Elvira había llamado a su puerta por propia voluntad.

Él no parecía sorprendido de verla.

Elvira, ya sin nada que perder, le sostuvo la mirada. ¿Debía estarle agradecida por haberle mostrado lo oscuro que podía ser el mundo, por haberla despertado del sueño de inocencia y candidez en el que ella había estado sumida toda su vida?

—Imaginaba que serías tú. —Su aspecto lozano y saludable no había cambiado en absoluto en todo aquel tiempo.

—¿Quién, si no? —inquirió ella dando un paso al frente. Decidió abandonar toda deferencia y cortesía—. ¿Esperabas a la dama Gytha?

El caballero rio, tal vez sorprendido por aquella insolencia insólita en Elvira. A esta, el aire pesado de la sala se le pegaba a los pulmones.

—No, tal vez no. A decir verdad, tampoco te esperaba a ti. Te hacía muerta. —Con una ligera reverencia, invitó a Elvira a tomar asiento frente al fuego, en una de las dos sillas de madera oscura.

Se sentaron. Elvira no tuvo demasiados reparos en dejar que la mugre que traía en el manto manchara los suaves cojines, bordados con motivos de flores y frutas.

—La que está muerta es Placia —dijo—. Y también la pobre Walda, o eso me dijeron. ¿A Teresica también la mataste?

—Elvira...

—¿Acaso importa que nos oiga? —La pregunta de Elvira interceptó la rápida mirada que el caballero lanzaba hacia la puerta, tras la cual probablemente escucharía agazapada la criada—. Siempre puedes matarla cuando deje de serte útil. Tengo entendido que no es la primera vez.

El caballero mantenía su sempiterna sonrisa, pero Elvira le apreció un nuevo brillo en los ojos. ¿Empezaba a respetarla ahora, cuando ella había perdido todo el respeto por sí misma? En otros tiempos le habría importado y mucho la opinión que tuviera de ella; habría incluso derramado lágrimas de felicidad por haberlo impresionado.

¿Quedaba algo en ella de aquella jovenzuela necia e ingenua?

—Hablas de la muerte como si la hubieras visto —observó el caballero.

Elvira flexionó los dedos de la mano, despacio. Los relajó de nuevo y los dejó caer en su regazo.

—Sabes a qué he venido —dijo con voz serena.

—¿A tomar las aguas?

Elvira no pudo evitar acusar la familiar punzada exasperada que le asaltó el pecho. ¿Cuántas veces había bromeado con ella de aquella manera, como dos viejos amigos sin disputas pendientes? Hacía mucho tiempo que no trataba con una cara conocida, que la llamara por su nombre y supiera qué la enfadaba y qué la hacía reír.

Lástima que Elvira no tuviera ya fuerzas ni para risas ni para enfados.

—¿Dónde está Matilda? —preguntó.

El caballero se recostó en su asiento. Solo entonces se percató Elvira de que no vestía cota, sino únicamente camisa y gonela, como aquella otra vez en el castillo de su hermana, cuando la dama Sigalsis la había recibido para preguntarle por la niña.

En la calle era invierno, pero en aquella sala las llamas crepitaban alegremente en el hogar.

—No eres nada para ella —dijo el caballero—. Ni siquiera se acuerda de ti, Elvira.

Elvira no permitió que sus palabras la hirieran. Apretó los brazos contra el torso, como queriendo contener el sudor que le corría desde las axilas.

—Quiero verla —dijo. Con calma, cruzó una mano sobre la otra. No se molestó en tratar de ocultar la suciedad que traía bajo las uñas.

El caballero volvió a reír.

—¡Sí que ha cambiado nuestra monjita! Está bien; ¿por qué no? No me vengas luego llorando con que no te he advertido, ¿eh? ¡Dagena! —llamó. Al momento, el rostro encantador de la criada se asomó a la puerta—. Trae a Matilda.

Elvira escondió su exclamación ahogada bajo unas breves toses.

Mientras aguardaban, el caballero se levantó. Con las manos unidas tras la espalda, se acercó hasta la ventana cerrada; como si pudiera ver a través de los postigos cerrados, cabeceó varias veces. Se diría que observaba el paisaje.

Elvira, con una paciencia que la madre abadesa del convento habría celebrado, simplemente esperó. El caballero no le ofreció nada de comer, ni siquiera un vaso de vino; ella tampoco lo pidió.

Junto a la pared descansaba una pareja de robustos arcones con esmaltes incrustados y cerraduras de oro. Sin lugar a dudas, se abrirían con llavines también dorados. Matilda, que se había criado con una cabrita porque no tenía madre ni nodriza, ahora vivía en esta casa, rodeada por estos lujos y por este calor que se le pegaba a Elvira a los huesos por primera vez en meses.

Tragó saliva cuando llamaron, suavemente, a la puerta.

De la mano de la criada venía una niña que apenas se parecía a la pequeña que Elvira había dejado, dormidita, en aquella ciudad lejana. Tímida, parecía querer esconderse bajo las faldas de la sirvienta; hizo ademán de correr hacia el caballero, pero esta la retuvo. La niña se lo quedó mirando, sin reparar en Elvira; unos dientecillos blancos le asomaban por entre los labios entreabiertos.

—Matilda —la llamó Elvira.

La pequeña la miró entonces, por primera vez. Unas graciosas cintas le recogían los cabellos y le despejaban el rostro menudo, desconocido, de mejillas rellenas y naricilla sonrosada.

—Matilda —dijo el caballero. La niña olvidó a Elvira al instante—. Mira: ha venido a verte esta señora. —Ni en sus más humildes ropas de campesina, cuando era niña y sus padres vivían, había tenido Elvira menos aspecto de señora—. ¿Te acuerdas de ella, pequeña?

Los ojos de Matilda, profundos y fríos como los de la dama Gytha, la estudiaron largamente.

Elvira apenas podía contener el impulso de correr hacia ella, de arrodillarse a su lado y estrecharla entre sus brazos, por fin, después de tanto tiempo. Su cuerpo entero se inclinaba hacia delante, más cerca de la niña.

Matilda negó con la cabeza. Su manita, que tantas veces se había cerrado alrededor del dedo de Elvira mientras la arrullaba para que se durmiera, aferraba con fuerza la de la criada.

—Dagena me ha cosido una muñeca —dijo entonces la niña con una vocecilla fina y clara.

Elvira, cautivada, le sonrió.

—Ah, ¿sí?

—Es muy bonita —añadió Matilda—. Si queréis, puede coseros otra a vos. ¿A que sí, Dagena?

—Sube a jugar con tu muñeca, Matilda —interrumpió el caballero.

Elvira lo odió por hacer callar a la niña; habría pasado días enteros escuchándola, maravillada por el milagro que suponía que de aquel pecho que, no hacía tanto, ella golpeaba para evitar que se le atragantara la leche, surgieran ahora palabras y frases enteras.

—Si te portas bien, luego iré a rezar contigo.

La criada se llevó a la niña. Sus zapatitos de piel, nuevos y limpios, no dejaron rastro alguno sobre la alfombra.

31

El caballero condujo a Elvira a las cocinas por un largo corredor estrecho y más frío que el resto de la casa.

Con una orden en la lengua de los teutones ahuyentó a las dos criadas que, de inmediato, desaparecieron. Dejaron la harina a medio amasar en un rincón de una larga mesa y el estofado cociéndose en el fuego.

Al rico olor del guiso, las tripas de Elvira gruñeron. El caballero le sonrió, burlón. La invitó a tomar asiento en el banco corrido.

No llamó ni a las criadas a las que acababa de despachar ni a la sirvienta Dagena, que debía de seguir con Matilda en el piso superior. El propio caballero eligió uno de los cucharones que colgaban de ganchos en la pared y, tranquilo, empezó a remover el cocido.

—¿Tienes hambre? —preguntó sin volverse.

Elvira se levantó.

—Háblame de Matilda —exigió.

El caballero aún sonreía. Tomó una escudilla y, con tanto cuidado como si tuviera entre sus manos el más delicado de los tesoros, vertió en ella dos cucharones de caldo. Depositó el guiso en la mesa, frente al sitio que acababa de desocupar Elvira. Tras una breve búsqueda en los estantes, le entregó una cuchara de madera.

—¿No comes? —dijo, divertido ante la vacilación de ella.

Elvira tomó la cuchara con su mano sucia. En la sopa apetitosa nadaba un jirón de carne.

Elvira se mordió el labio inferior.

—¿Es veneno? —preguntó.

El caballero soltó una risotada. Levantó el paño que cubría el cesto que más a mano le caía y pareció contento con lo que halló, pues también colocó el cesto en la mesa.

—¿Me crees capaz de envenenarte? —Cogió de la cesta un puñado de castañas, tomó asiento junto a Elvira y se las llevó, una a una, a la boca.

—¿No es eso lo que hiciste con Walda? —dijo ella, mordaz—. Algo vertiste en el agua de la fuente, estoy segura. Fuiste tú. Envenenaste a toda la ciudad. ¿No es cierto? Intentaste asesinarme y después regresaste a la ciudad para seguir matando.

El caballero no respondió de inmediato. Mordió una castaña, más oscura allá donde el fuego la había lamido y pálida en el interior, donde la herían los dientes del caballero.

Elvira midió con los ojos la anchura del asiento que seguía libre junto a él, suficiente para que cupiera su trasero, y decidió que el guiso humeante era lo bastante tentador como para arriesgarse a compartir banco con el caballero.

Entonces, aunque al principio cabían suspiros entre sus piernas, el caballero se acomodó; estaba tan cerca de ella como la última vez, cuando con su aliento cálido en la cara había tratado de quitarle la vida.

Elvira comió.

—Estás equivocada —murmuró él. De pronto, la miraba con fiereza, como si le importara de verdad que ella creyera sus palabras. ¿No se percataba de que Elvira ya había perdido la habilidad de confiar en otras personas?—. Mi veneno no mató a nadie. Solo ensucié un poco el agua para engañar a aquellos pobres crédulos. Tenía que llevarme a Matilda, pero no me convenía que se echara en falta a las mujeres. ¿No ves lo arriesgado que habría sido haberlas envenenado de verdad? ¿No te das cuenta de que Matilda podría haber enfermado también?

Elvira engullía, desacostumbrada a que la comida caliente le acariciase la lengua, a que el caldo sabroso la templase desde dentro. Dejó el pedazo de carne para el final.

—Es conmovedor —dijo, su escudilla ya vacía— lo bien que aparentas que te importa Matilda. ¿No dijiste que buscabas a la dama Gytha para matarla? ¿Querías también matar a su hija? Dime, ¿cómo nos encontraste aquel día, cuando nos conocimos? ¿Buscabas niñas pequeñas en las montañas y la casualidad te llevó a nosotras?

El caballero torció la boca.

—No seas necia. —Le ofreció castañas de la palma de su mano; Elvira negó con la cabeza. Se sentía saciada y hambrienta a un tiempo, sentada con el caballero en aquellas cocinas repletas de alimentos—. Claro que no fue casualidad. Eres bien escurridiza, ¿lo sabías? Llegué demasiado tarde a ese convento tuyo. ¿Cómo pretendías que imaginara que una simple novicia se había llevado a la niña? Pasé semanas preguntando en las aldeas y en las granjas, de aquí para allá, hasta que al fin di con una vieja que vivía en medio del bosque que se acordaba de vosotras.

—¿Y esa vieja te dijo dónde vivían mis hermanos y qué día me echarían de su casa?

Los cabellos del caballero se agitaron cuando sacudió la cabeza.

—Ah, es cierto. Ya ni me acordaba. También tuve que encargarme de aquello. ¿Cómo no me harté antes de ti? Me causaste tantísimos problemas…

Elvira alargó la mano para introducirla en la cesta. Sus dedos rozaron las tres o cuatro castañas que quedaban en el fondo, frías al tacto. Le gustaban más cuando, recién sacadas del fuego, palpitaban aún con el recuerdo de las llamas. Se llevó una a la boca. No le quemó la lengua, pero se la endulzó.

—¿También tú encendiste las llamas? —preguntó. Con una nueva castaña, se tragó el recuerdo de Gundisalvo llamándola bruja y el de Fortún amenazándola con su cuchillo—. En casa de mis hermanos ¿fuiste tú?

—Habría sido tan fácil si hubierais estado todos dentro… La niña habría desaparecido junto con los demás. ¡Lo habría resuelto todo de una sola vez!

—¿Y Matilda? —preguntó Elvira, la voz débil.

La mano del caballero le aferró súbitamente la muñeca.

—¿Todavía no lo entiendes? ¿Qué sabía yo entonces de Matilda?

—¡Explícame entonces qué tengo que entender! —Elvira se retorció; casi enseguida, el caballero la soltó—. Incendiaste la casa de mis hermanos. ¡Mataste a mis sobrinos! ¡Eran niños, igual que Matilda!

—Ah, ¿murieron, por fin? Bueno, era de esperar. Vamos, no te pongas así. Me dio la idea el incendio de tu convento. Es ciertamente una buena manera de deshacerte de los problemas. En fin, una pena lo de los niños. ¿Se te parecían?

Elvira no respondió. La rodilla del caballero, impaciente, titilaba contra la suya. Ella alargó la mano y la posó en la pierna de él, reteniéndosela.

—¿Por qué salvaste a Matilda, entonces? —preguntó. El caballero miraba absorto la mano roja de Elvira, que ensuciaba el rojo de sus calzas—. Dime la verdad. Si es hermana del emperador, ¿por qué la has traído aquí, hasta la Corte? ¿No es el lugar donde corre más peligro?

Elvira quería abrirle la piel y exprimirle la sangre que le corría justo por debajo de la mano y le calentaba la pierna. Quería rajarlo y arañarlo, aunque poco daño podrían hacerle sus uñas rotas.

—Sigues siendo tan inocente como entonces —susurró él. Su mano arropó la de Elvira—. No sabes nada. Confías en que te respondan con la verdad solo porque preguntes por ella.

Un estallido de risa cascada y rancia nació del pecho de Elvira. ¡Inocente, ella! Había sido muy ingenua e incauta y poco avispada, pero hacía tiempo que había perdido por completo la inocencia.

Giró la muñeca hasta que la palma de su mano abrazó la del caballero. Se la estrechó.

—¿De qué te sirve ya mentirme? —preguntó.

El caballero le sonrió. Entrelazó sus dedos con los suyos. Nunca antes nadie, ni siquiera su difunto marido, había acomodado su mano de aquella manera con la de Elvira. El corazón le latía cada vez con más fuerza.

—El emperador Carlos —comenzó el caballero, en voz baja, con la misma dulzura con la que le hablaba siempre a Matilda— no era el único en compartir el lecho de Gytha. No era joven, pero era... Era una gran mujer. —Elvira asintió, aunque en sus recuerdos conservaba imágenes más vívidas del cadáver de la dama que de lo que había sido en vida—. Dime: ¿verdad que Matilda se parece a mí? En cuanto la vi la primera vez, me pareció... Tendría que habérmela llevado entonces. Tú también lo habrás notado. ¿A que no ves nada del emperador en ella?

Elvira respiró hondo.

—¿Es hija tuya? —preguntó con un hilo de voz—. ¿Y por qué, entonces, no te la llevaste? ¿Por qué insististe en acompañarme?

—¿No te dije que las princesas buscaban a los hijos perdidos del emperador? Un caballero que escolta a una monja, quien además recoge niñas huérfanas, llama mucho menos la atención que uno que viaja solo con un bebé.

Elvira sacudió la cabeza.

—Pero ¿cómo es posible?

El caballero se inclinó un poco más hacia ella.

—Aquí mismo, en Aquisgrán, antes de que el emperador Carlos muriera, la propia Gytha me dijo que estaba encinta. ¡Solo a mí me lo dijo! —susurró—. Antes de que ella y las demás mujeres fueran expulsadas de la Corte... Oh, vamos, no me mires así. ¿Todavía no te has enterado de cómo funciona el mundo? ¿Es que las monjitas de tu convento no se encontraban a escondidas con los mancebos del pueblo?

Elvira le sostuvo la mirada, sus dedos todavía enredados con los de él.

—Estuve casada, hace años. Antes de entrar en el convento —dijo.

El caballero elevó las cejas. Elvira, para sí, se alegró de poder sorprenderlo.

—¿Y qué fue de tu marido? ¿Lo mataste de melindres?

Elvira paseó los ojos por los estantes llenos de cestas y vasijas, aparentando una tranquilidad que estaba lejos de sentir.

—¿No tienes sed? —dijo—. ¿Por qué no me sirves un poco de vino?

El caballero, tras darles un último apretón a los dedos de ella, se levantó de nuevo. Tomó una copa muy repujada, con coloridos esmaltes en la base, y la llenó para Elvira. Se la tendió, pero no dejó que ella la sujetara; se la acercó y la inclinó para que el líquido le mojase los labios rotos y le bajase por la garganta.

Elvira, todavía sentada, no apartó de él los ojos mientras bebía.

—Lo maté tres noches después de nuestra boda —dijo ella entonces. Nunca le había contado aquella historia a nadie; ni siquiera con Dios, cuando creía que su alma aún podía ser salvada, se había atrevido a hablar de su marido—. Se llamaba Bermudo.

El caballero tomó aire, pero durante un largo instante no llegó a emitir ningún sonido. Elvira aprovechó para hacerse por fin con el control de la copa.

Dio un largo trago.

—¿Cómo lo hiciste? —preguntó el caballero.

—Su madre dormía en el piso de abajo, pero estaba tan sorda que no se enteró de nada.

El caballero se dejó caer junto a Elvira, de alguna forma mucho más cerca de ella que antes.

—Embustera —le reprochó—. No serías capaz. Dime la verdad: el mentecato de tu marido se murió del susto de verte sin ropa.

Una sonrisa se asomó lentamente al rostro de Elvira.

—Ni siquiera me miraba. —Al contrario que el caballero, que ahora no apartaba los ojos de ella—. Tres noches esperé antes de buscarlo yo. Hice todo lo que se me ocurrió, me senté en sus rodillas…

El caballero la calló tomándola de la mano, con mucha más delicadeza que antes. Despacio, tiró de ella y la invitó a su espacio como la había invitado a sopa y vino. La condujo hasta que, casi sin percatarse de ello, Elvira acabó sentada en su regazo. Se llevó a los labios la mano de Elvira y le besó los nudillos, allí donde los vientos gélidos le habían limado la piel.

Ella retiró la mano, aunque no hizo amago alguno de regresar al banco.

—¿Pretendes que olvide que intentaste matarme?

—¿Él te rechazó? ¿Y por eso lo hiciste? ¿Cómo fue? Veneno, ¿verdad?

Elvira rio. ¿Tendría que haberle hablado de Bermudo desde el principio para captar su atención?

—Durante mucho tiempo —dijo, siguiéndole la corriente y sin negar sus acusaciones. De poco le serviría ya ocultar lo que había ocurrido—, me lo pregunté: ¿para qué se casó conmigo si no buscaba una mujer?

Las manos del caballero, firmes y afectuosas, le rodearon la cintura, como tantas veces ella se había aferrado a él mientras cabalgaban por los caminos del imperio.

Elvira bebió un poco más de su copa en un intento de que se le calmara la respiración.

—¿Cómo lo mataste? —insistió el caballero.

Ella, que tanto frío había pasado, se dejó envolver por aquel calor que prendía en todos los lugares en los que se tocaban sus cuerpos ansiosos.

—Lo sofoqué con las mantas de nuestro lecho aquella misma noche, hasta que no llegó más aire a sus pulmones.

El caballero estrechó su abrazo; tan solo unas pocas prendas de abrigo separaban los corazones que latían, febriles, en sus pechos.

—¿Y nadie lo supo?

—Mis hermanos lo sabían —musitó ella—. Fui corriendo a buscarlos de madrugada. Me ayudaron. Hicimos creer a todos que el corazón de Bermudo se había detenido de repente, en la noche, mientras dormía. —Elvira empezó a sacudir la cabeza, pero la mano del caballero la detuvo, arropándole la mejilla. Los dedos flojos de Elvira soltaron la copa casi vacía, que rodó por la alfombra—. Después de aquello, no podían soportar tenerme cerca. Decían que era una bruja, que el demonio se me había metido dentro. Por eso me mandaron al convento.

El pulgar dulce del caballero jugueteaba con el vello de la nuca de Elvira. Ella cerró los ojos. Suavemente, la mano de él le guio la cabeza hasta que sus bocas se encontraron.

—¿Qué pasó con Walda y Teresa? —jadeó Elvira tras el beso. La recorrían los escalofríos al tiempo que los labios del caballero le exploraban la mandíbula.

La risa del caballero le hizo cosquillas en el lóbulo de la oreja.

—Tendrías que haberlo visto —dijo, entre besos—. Solo tuve que ensuciar un poco el agua. ¡Así de sencillo! En cuanto enfermaron dos o tres de la calle dije que la sirvienta y la niña habían muerto por una plaga. ¡Fue tan fácil!

Elvira cerró los párpados.

—Pero encontraron los cadáveres de dos mujeres en la casa.

El caballero se apartó de ella. A desgana, Elvira abrió los ojos. Él le acariciaba la mejilla, pero había dejado de besarla.

—Era el de la nodriza. La llevé de vuelta a la casa; solo tuve que decir a los que me vieron que estaba muy enferma y no podía caminar.

Elvira asintió. Insistente, giró la cabeza del caballero hasta que sus labios, de nuevo, encontraron los de él.

—Pero ellas no murieron por beber el agua envenenada —jadeó—. ¿Nadie se percató?

El caballero chasqueó la lengua. Enredó los dedos en los cabellos sucios de Elvira y tironeó de ellos hasta hacerle daño.

—¿Cómo iban a percatarse? Quemaron los cuerpos. Para evitar que se propagara la maldición.

Elvira ya sabía suficiente. Para callarlo, mordió el labio inferior del caballero.

Los dos, a la par, ardían.

32

El lecho se levantaba, orgulloso, en el aposento amplio y suntuoso del caballero. Con cuatro patas retorcidas y un imponente cabecero de madera labrada, era el más grande en el que Elvira había dormido nunca.

Despertó aún en la noche, en el silencio de la casa. A su lado, con los ojos todavía cerrados, escuchaba la sonora respiración del caballero.

Se frotó el rostro con la mano.

Las pinturas de ramas y flores que se enredaban en las vigas del techo no eran más que un gran borrón oscuro. Con un suspiro silencioso, se volvió hacia él. En los cojines blancos, a la poca luz de los rescoldos del fuego, se le intuían los cabellos desparramados. Dormía profundamente.

Elvira dejó que una pequeña sonrisa le rajara la piel del rostro, apergaminada aún por el sueño. Aunque apenas había dormido unas pocas horas, descubrió, tras un largo bostezo, que se sentía descansada.

Hacía mucho tiempo, de hecho, que no disfrutaba de tal calma: nadie la perseguía, nadie la buscaba. Osric el sajón no era más que un recuerdo difuminado, un inválido al cuidado de una religiosa que no vendría ya a acosarla en la oscuridad de la madrugada.

No le quedaban más secretos que ocultarle al caballero Clodoveo, ni él los tenía para Elvira.

Embriagada por esa extraña y ajena paz que le inspiraba la penumbra del cuarto, se incorporó despacio hasta sentarse entre las gruesas mantas.

Estudió con atención el leve temblor de las pestañas del caballero. Le siguió con los ojos la curva de la larga nariz; se recreó en el recuerdo de sus besos fogosos en sus propios labios. El caballero dormía confiado, seguro de que toda Elvira se había entregado a él. ¿Acaso no sabía que hasta de la más ínfima chispa podía nacer un incendio?

No era Elvira quien había bordado aquellas sábanas donde descansaban; poco se parecían a los lienzos de su ajuar, los que abrigaban el lecho que con tantas ilusiones había vestido para su noche de bodas, de lino mucho más basto y puntadas mucho menos delicadas. Y qué lejos quedaba ya todo aquello: antes de Matilda, antes del convento, antes de que Elvira hubiera aprendido lo crueles que llegan a ser los hombres.

¿Importaba algo, después de todo, que aquel cuerpo que la había conocido no fuera el de su marido? ¿De qué habría servido que Dios bendijera su enlace cuando estaban condenados a terminar de la forma más terrible, cuando Matilda los había unido para siempre?

Rauda, cubrió el rostro del caballero con un puñado de aquellas sábanas que otra mujer había cosido.

Aún en sueños, él se revolvió.

Elvira montó a horcajadas sobre su torso, que pugnaba por tomar aire, que luchaba contra el peso de Elvira, contra su rabia y su odio y los años de penas y desgracias.

Resistió sus manotazos, las patadas desesperadas al aire, las uñas afiladas que se le clavaban en la carne para hacerla desistir. ¿También así habían luchado por su vida la nodriza Placia y la criada Walda en sus últimos momentos? ¿Y aquellas sirvientas que habían desaparecido, sin que de ellas quedara rastro, en el castillo de la dama Sigalsis?

Elvira aguardó, paciente, a que el hombre que agonizaba bajo sus muslos se rindiera. Sus recuerdos de aquella otra noche, cuando había asfixiado a Bermudo, se habían ido emborronando con el paso del tiempo, pero le pareció que el caballero tardaba algo más que su marido en perder la conciencia. Esperó un poco más; hasta que estuvo segura de que no quedaba ni un solo suspiro de aire en aquellos pulmones, hasta que al retirar la tumba de sábanas se encontró con la mirada horrorizada del caballero. Mustia ya, sin luz, falta de pasión y de hambre y de todo aquello que Elvira y él habían vivido juntos.

No se engañaba. Solo había sido especial para él porque había sido la última. La definitiva.

Cerró con delicadeza los párpados del caballero.

Con la yema del dedo le recorrió los labios, abiertos en sus intentos de tomar aire, todavía cálidos al tacto.

—¿Por qué creías que no era capaz? —le susurró, aunque aquellas orejas ya no podían oírla—. ¿Tendría que haberme apiadado de ti? ¿Crees que me arrepiento? —Se dejó caer sobre el cuerpo inerte del caballero, que ya no podía abrazarla ni rechazarla ni burlarse de ella ni calentarle la piel—. Eres un monstruo, Clodoveo de Burgundia. Un depredador. Una pesadilla. —Elvira cerró los ojos y esperó hasta que se le calmaron los latidos del corazón, hasta que el frío de la estancia le penetró en los huesos y el cansancio acumulado de meses y años se derramó de nuevo sobre ella—. ¿Cómo pretendías que dejara que ocuparas lugar alguno en la vida de Matilda?

Se levantó. Se vistió con su propia camisa vieja, que descansaba despreocupada sobre la alfombra. El lino frío le raspaba la piel; no le calmó los temblores. Sobre uno de los arcones descubrió un manto, del que el caballero se habría despojado indolentemente y que nadie se había molestado en doblar y guardar. Con él se cubrió, empapándose de su olor a pino mojado, dedicando una brevísima mirada a las brasas que terminaban de consumirse en el hogar.

—Lo sabías, ¿verdad? —dijo a modo de despedida—. De todos los fuegos, por muy altas que lleguen las llamas, por mucho que los alimentemos, al final solo quedan las cenizas.

Salió del aposento. El corredor estaba oscuro, aunque un leve murmullo de cacerolas se adivinaba en el piso inferior. Las criadas ya estarían despiertas; tenían que encender los fuegos, salir a por agua, vaciar las bacinillas y hornear el pan.

Con pasos firmes, Elvira bajó la escalerilla.

—El señor Clodoveo ha muerto —anunció en el umbral de las cocinas.

La muchacha que fregaba los suelos dejó escapar un grito ahogado y se llevó una mano al pecho. ¿La había asustado la repentina aparición de Elvira? ¿Intuía la criada las nuevas que ella traía, aunque no comprendiera sus palabras? Otra de las sirvientas se le acercó y le preguntó algo en aquella lengua extraña en la que los sonidos parecían salir directamente desde el fondo de la garganta, como el más profundo de los sollozos.

La primera muchacha se levantó y se secó las manos ajadas en el delantal. Le hicieron más preguntas que ella no comprendía.

—¿Necesitáis algo, señora? —La criada Dagena bajaba la escalerilla con el cabello aún descubierto. Elvira se volvió hacia ella. Con gravedad, inclinó la cabeza.

—Nuestro Señor todopoderoso —dijo santiguándose— ha reclamado la vida del señor Clodoveo esta noche.

Dagena, los ojos muy abiertos, se llevó una mano a la boca.

—¿El señor ha...? ¿El señor Clodoveo ha muerto? —musitó la sirvienta.

Elvira asintió. En cuanto Dagena tradujo sus palabras, se desató un coro de lamentos entre las demás.

Elvira, sin dar más detalles, dejó que el rebaño de criadas, todas jóvenes y de rostro agraciado, subiera a comprobar que el corazón del caballero ya no latía. Escuchó sin reaccionar sus chillidos angustiados, desmesurados, afligidos no solo porque su señor había muerto, sino porque, también, todas ellas se quedaban sin lecho y sin mesa en la que comer.

Imitando el gesto del caballero la noche anterior, se acercó a una de las vasijas de los estantes y levantó el paño que la cubría. Con el dedo, tomó un poco de la papilla que protegía y se la llevó a los labios. El dulzor de la manzana asada le llenó la boca. Por un momento, se figuró que sería la comida de Matilda, hasta que recordó que a la niña ya le habrían salido todos los dientes y comería lo que los demás.

Se limpió el dedo con el paño.

La sirvienta Dagena bajaba de nuevo a su encuentro, los rastros del llanto mal disimulados en las mejillas.

—¿Os encontráis bien, señora? ¿Querríais tomar algo?

Elvira asintió.

—Despierta primero a la niña —dijo—. Debe despedirse del señor.

33

Matilda, los rizos peinados y la carita lavada, entró en el aposento de su difunto padre.

Tímida, aguardó junto a la puerta hasta que Elvira, con un cabeceo, le indicó que podía acercarse.

La niña dio tan solo dos cortos pasos antes de detenerse.

—Ven, Matilda, no temas —dijo Elvira. Alisó con la mano la cota color ocre con la que las criadas habían vestido el cuerpo del caballero.

—¿Todavía duerme el señor? —preguntó la niña con aquella vocecita aguda que todavía sorprendía a Elvira—. Ya es de día.

—Ven aquí, Matilda —repitió Elvira. La pequeña, al fin, obedeció—. Mira: este hombre, el señor Clodoveo, era tu padre. ¿Lo sabías?

Matilda arrugó la nariz. Desvió la mirada del cuerpo inerte, al que habían cruzado las manos sobre el pecho, para clavarla en Elvira.

—No es hora de dormir —insistió.

Elvira asintió.

—Tu padre ya no duerme, Matilda. Ya no puede dormir ni rezar más. Ahora está con Dios —explicó.

—¿Con Dios? ¿De verdad? —La niña abrió mucho los ojos. Olvidando su timidez, corrió hasta la orilla del lecho del caballero, desde donde se asomó subida en las puntas de los pies. Estudió por un momento el rostro inmóvil de su padre antes de volverse hacia Elvira con mohín resuelto—. ¿Podemos ir con él? Dagena siempre dice que me porto muy bien. ¿Podemos ir?

Elvira negó con la cabeza.

—Dentro de muchos muchos años.

La niña, desanimada, miró de nuevo al caballero.

—Descuida, Matilda, tu padre no estará solo. Lo enterrarán en suelo sagrado y cantarán por él cien misas y cien salmos.

Matilda cabeceó, quizá algo más convencida. Alargó la mano como para tocar el cadáver, pero se detuvo antes de que su manita regordeta alcanzara la piel avinagrada de su padre.

—Cien salmos... —repitió, en voz baja, como si en su pequeña cabeza cupiera un número tan grande.

—Eso es. Dile adiós, Matilda. Hemos de marcharnos —dijo Elvira.

Matilda se aferró con fuerza a las sábanas que habían asfixiado a su padre.

—¿Y el señor? —preguntó.

Elvira le tendió la mano.

—No tengas miedo. El señor se queda con Dios, pero nosotras tenemos que irnos.

Tras unos momentos de vacilación, Matilda soltó las sábanas y, despacio, tomó la mano de Elvira. Esta se la estrechó.

—Vamos —le dijo tirando de ella hacia la puerta—. Le diremos a Dagena que recoja tus cosas. ¿Qué quieres llevarte? Tienes una muñeca, ¿verdad que sí?

—Sí… —Distraída, Matilda caminaba, pero torcía el cuello para no perder de vista a su padre.

Elvira se detuvo. Se acuclilló junto a la niña y, con dulzura, le acarició los cabellos oscuros. Los ojos grandes de Matilda, claros y serenos como un lago helado en invierno, la miraban ahora a ella.

—Ha pasado un tiempo y por eso no te acuerdas, Matilda —dijo Elvira en voz baja—, pero yo soy tu madre. —Elvira la atrajo hacia sí. Con fuerza, abrazó su cuerpecito hasta que el calor de Matilda la envolvió también a ella—. Yo te cuidé cuando naciste, te di leche y cobijo, yo te abrigué y te arrullé y estaré contigo para siempre… ¿Verdad que lo entiendes, Matilda?

Matilda asintió. Elvira sabía que era demasiado pequeña como para comprender nada de lo que le estaba ocurriendo, pero ella estaría a su lado para, cuando fuera un poco mayor, explicárselo las veces que hiciera falta.

—No te preocupes. No podemos volver a casa de mis hermanos, pero quedan todavía almas buenas en este mundo y hay a quien podemos pedir ayuda —susurró—. No temas, mi niña.

Con delicadeza, le guio la cabeza hasta que Matilda descansó en su clavícula. Al cogerla en brazos, le asombró lo mucho que pesaba. Murmurándole palabras de consuelo, entre caricias tiernas en la espalda, la alejó de su padre.

34

—¡Mirad, madre! ¡Un castillo! —El dedito sucio de Matilda apuntaba hacia la imponente fortaleza que coronaba la colina, iluminada, allá a lo alto, por un débil rayo de sol que se colaba entre la bruma.

Elvira, impaciente, frotó la mano de la niña con una esquina de la manta que cubría el lomo de la yegua.

—¿Y así es como piensas presentarte ante los guardias del castillo? ¿Toda llena de mugre y con hormiguitas saliéndote por las orejas?

La risilla de Matilda se interrumpió de repente.

—¿Los guardias del castillo, madre? ¿Es que vamos nosotras allí? ¿Es cierto, madre? —El cuerpecito inquieto de Matilda no quería quedarse encerrado entre los brazos de Elvira, que a un tiempo la sujetaba a ella y las riendas de su montura. La yegua baya, acostumbrada desde que habían partido de Aquisgrán a los zarandeos y puntapiés de la niña, no protestó.

—Sí. Llegaremos enseguida, ya verás. Pero tienes que portarte como una señorita bien educada, ¿estamos?

—Sí, madre —prometió Matilda, obediente—. Madre, ¿verdad que los castillos están siempre tan altos para que los alcancen mejor los ángeles del cielo? ¿A que sí?

Elvira resopló por la nariz.

—¡Por supuesto que no! ¿Para qué iban a querer bajar a los castillos los ángeles de Dios? Déjate de cuentos: ahí quien vive es una dama muy distinguida a la que vamos a visitar. Por eso te digo que tienes que portarte bien, ¿me oyes?

—Una dama muy distinguida… —repitió Matilda en un susurro—. ¿Es la Virgen, madre?

—¡La Santísima Virgen! Calla, niña, que se te van a escapar las culebras de dentro como sigas blasfemando de esta manera. Estate quieta y compórtate, que ya llegamos.

No tardaron en alcanzar las grandiosas puertas del castillo, ante las que, como de costumbre, montaban guardia dos soldados de brillantes yelmos.

Elvira no se apeó de la yegua para dirigirse a los centinelas. El animal procedía de la herencia que Elvira se había cobrado del difunto caballero Clodoveo, en nombre de Matilda, cuando el día que lo enterraron aprovechó el desorden de la casa para hacerse con todo cuanto pudo cargar. También la bolsa repleta de monedas que llevaba cosida por dentro del brial y que había sufragado todas las posadas en las que debían refugiarse de las tormentas y las nieves de los meses más fríos del año, hasta que estas les daban tregua y podían lanzarse de nuevo a los caminos.

Elvira se irguió en la montura.

—Necesito ver al sirviente Ragno —anunció, la voz serena.

Uno de los soldados le sostuvo la mirada mientras le estudiaba el rostro, quemado por las nieves y el sol, con atención. Elvira había olvidado las facciones de los últimos guardias que la habían insultado y golpeado ante las puertas de aquel mismo castillo, tantos meses atrás, pero tal vez ellos tuvieran mejor memoria. ¿Era posible que fuesen estos mismos soldados?

Estrechó contra sí a Matilda con más fuerza.

—Decidle a Ragno que he traído a la niña. A Matilda —aclaró.

Uno de los guardias, finalmente, se adentró en el castillo.

La pequeña Matilda, tal vez sintiendo la inquietud creciente de Elvira, gimió suavemente y ocultó la carita en su pecho. Elvira, sin soltar las riendas, le posó una mano en la espalda.

—No pasa nada —musitó—. ¿No te dije que veníamos al castillo?

Al poco llegaron órdenes de dejarlas pasar.

Matilda, distraída por los formidables anclajes y cadenas de los mecanismos de las puertas, se tranquilizó en cuanto se hallaron en el patio bañado por el sol, como si las murallas lo protegieran no solo de los enemigos, sino también de las brumas y las nieblas del exterior.

El sirviente Ragno ayudó a Elvira a desmontar.

—Señora —la saludó con una amplia sonrisa—. Pensaba que no volveríamos a vernos.

Elvira acarició los cabellos de la niña.

—Matilda, ¿te acuerdas de Ragno?

Ella, repentinamente tímida, negó con la cabeza. Parecía resultarle más interesante la fila de mujeres que, sin prestar atención a las recién llegadas, atravesó el patio con grandes cestas apoyadas en las caderas, repletas de lienzos y camisas para lavar. Elvira retuvo la mano de Matilda, que ya parecía querer explorar los tesoros que podrían esconder las cestas de las lavanderas.

—Las nuevas han llegado hasta aquí —dijo entonces Ragno.

Elvira inclinó la cabeza.

—¿Sobre el caballero? —Se santiguó—. Sí, una terrible desgracia.

—La señora Sigalsis está muy apenada —convino Ragno. Ambos permanecieron en silencio unos instantes, observando el balanceo juguetón de Matilda sobre sus propios pies—. Os anunciaré.

Para entretener a la niña mientras esperaba, y al tiempo distraerse de los pensamientos ominosos que la asaltaban con todo lo que podía salir mal de aquel encuentro, Elvira, sentada con la pequeña junto a un montón de rastrojos y cantando en voz baja una vieja canción de faena de su tierra, le enseñaba a tejer trenzas con hebras de paja.

La dama Sigalsis no las hizo esperar mucho. Tras una brevísima parada en las cocinas, donde Matilda comió con fruición la manzana asada que le ofrecieron, fueron conducidas hasta las dependencias donde vivía la señora, en lo más hondo de la fortaleza.

—Ah, pasad, pasad. —La dama Sigalsis, con grandes esfuerzos, se levantó para recibirlas. Despacio, casi arrastrando unas pisadas mucho más lentas de lo que cabría esperar de la ligereza de sus huesos, se acercó a Elvira—. Ven, deja que te vea —dijo alargando una mano para acariciar a Matilda.

Las gruesas pieles que vestía dotaban a sus movimientos de una pausada elegancia que fascinaba a la niña. Esta no se movió, ni siquiera cuando la mano de la señora se le posó en la cabeza. Entre sus rizos oscuros descollaban los dedos quebradizos de la dama.

—Señora —intervino Elvira—, ¿os dijo vuestro hermano quién es esta niña?

La dama levantó súbitamente la mirada. Un leve mohín de reticente asentimiento deformó, por un instante, aquel rostro redondo que en tanto se asemejaba al de la pequeña Matilda.

Enseguida, sin embargo, concentró de nuevo todas sus atenciones en la niña, a la que sonreía dulcemente.

—Pero ¡mírate! ¡Cuánto has crecido!

Matilda se sonreía también; sus dientecillos blancos de niña asomaban por entre los labios finos mientras los ojos inquietos, heredados de su madre, seguían con atención el brillo de las perlas cosidas al peinado de la dama.

La señora suspiró hondamente.

—Está bien. Aparta ya, Matilda, no vayas a enfermar. —El suavísimo empujón que propinó a la niña para que volviera junto a Elvira pareció dragarla de todas las fuerzas que la sostenían—. ¡Ragno! —llamó, no más alto que un murmullo, pero de alguna forma el sirviente consiguió escucharla desde fuera de la sala—. Que les den de comer —ordenó.

Elvira avanzó un paso.

—Señora, aguardad. He de hablaros...

La dama, con un nuevo suspiro igual de profundo y desgarrador que el anterior, se desplomó en su asiento junto al fuego, al tiempo que apremiaba a Ragno con un gesto.

—¡No, madre! —protestó Matilda cuando el sirviente hizo amago de llevársela consigo.

Elvira le chistó.

—¿Qué te dije, niña? Vamos, pórtate bien. ¡No me avergüences!

Matilda apretó los labios, pero terminó aceptando la mano sana de Ragno, que la condujo fuera de la sala.

—¿Y bien? —preguntó la dama una vez que se quedaron solas las dos. Se reajustó las pieles que le protegían el cuello—. ¿Qué deseáis?

Elvira llevaba días sopesando cómo abordar la cuestión que la había traído hasta allí, los riesgos que conllevaba y las posibilidades que tenía de que la dama le concediera lo que iba a pedirle. No podía permitirse fallar.

—Señora, Matilda es hija de vuestro difunto hermano —anunció, sin más. La dama la miraba casi sin pestañear, los enormes ojos oscuros hundidos en el rostro demacrado—. Una vez, señora, me dijisteis que os hiciera saber si precisaba de vuestra ayuda. ¡Señora! —exclamó juntando las palmas de las manos, llagadas por el roce impasible de las riendas de la yegua en los fríos de los montes—. Os lo suplico. No puedo acudir a nadie más. No tengo familia ni lugar alguno adonde ir. —Tragó saliva. La dama no se movía, no reaccionaba—. Yo sola no puedo encargarme de la niña —admitió.

La dama, lánguida, alzó una mano.

—Decidme —musitó—: ¿cómo murió mi hermano, Elvira? ¡Vos estabais allí!

Ella se sobresaltó al oír su propio nombre de labios de la dama. ¿Lo recordaba? ¿O tal vez Ragno se lo había mencionado cuando le anunció su presencia?

Apretó los puños. Cuando respondió, la voz le salió impregnada de todo el sentimiento necesario en aquellos momentos.

—El corazón del caballero Clodoveo era inconsistente, cruel y disoluto. Había perdido el temor de Dios. —Brevísimamente, Elvira desvió la mirada hacia las llamas que ardían, poderosas, en el hogar. El calor de la sala tendría que haberla sofocado, aún cubierta por su manto de viaje, pero ella apenas lo notaba—. No aspiro a querer entender los designios que Nuestro Señor tenía para él, pero me atrevería a decir que fue eso lo que mató a vuestro hermano, señora —sentenció, los ojos clavados de nuevo en los de la dama Sigalsis.

Esta, por un largo instante, guardó silencio. Entonces, despacio, se irguió en su asiento.

—De modo que os proponéis criar a Matilda —comentó, con el mismo aparente desapego con el que se discuten los precios de las verduras en el mercado.

—Así es, señora.

La dama asintió. Tosió con cierta brusquedad, la mano aferrada al pecho. Elvira se apresuró a servirle vino de una jarra en una de las copas alineadas en una mesita.

—¿Tanto os habéis encariñado con la niña? —inquirió la dama cuando recuperó el resuello. No invitó a Elvira a beber también ella de su vino ni Elvira lo pidió—. ¿No es cierto que la recogisteis de los brazos de su madre muerta, sin que lazo alguno de sangre os atase ni os obligara?

—No os...

—Permitidme que os hable claro, Elvira —interrumpió la dama—. Sé por qué acudís a mí. La niña, después de todo, es mi sobrina. Pero ¿qué ganáis vos?

Elvira negó con la cabeza.

—Nada, señora. No busco recompensa ni reconocimientos. Solo medios para darle a Matilda un techo que la abrigue y un humilde caldo que llevarse a la boca.

La sonrisa de la dama, tan mellada y mustia como la de la propia Elvira, no rebajó la amenaza de sus palabras.

—Dejadla aquí, pues. En el castillo no le faltarán comida y vestido. El señor y yo no tenemos hijos; nos hará bien la presencia de una niñita que nos alegre los días...

—Señora, os lo ruego. —Elvira se arrodilló ante la silla de la dama. Demasiado cerca de la lumbre, solo entonces acusó el excesivo calor, que le abrasaba la espalda—. Si no deseáis ayudarnos, me marcharé. No volveré a molestaros nunca más. ¡Lo juro por lo más sagrado! Pero permitidme llevarme a Matilda conmigo, por favor, os lo suplico…

La dama suspiró por tercera vez.

—Yacisteis con mi hermano, ¿no es cierto? —El silencio agrio de Elvira propició una carcajada seca por parte de la dama—. ¡Está bien! Será Dios quien deberá juzgaros en consecuencia cuando llegue vuestro momento. Dejadlo en mis manos.

Elvira inclinó la cabeza.

—No imagináis cuánto os lo agradezco, señora.

La dama se enjugó la frente brillante con la esquina bordada de un rico pañuelo.

—El caballero Clodoveo —dijo entonces Elvira, movida tal vez por una extraña afinidad con aquella señora cuya vida, corta como había sido, había transcurrido siempre entre blandos cojines y brillantes joyas, tan lejos de la cabaña con goteras, al otro lado de las montañas, donde ella había crecido— parecía una persona diferente cuando hablaba de vos.

La dama ladeó la cabeza.

—¿Qué insinuáis? ¿Que yo era lo que él más quería? —Rio de nuevo—. A quien más protegía, tal vez. No dudéis de que, también, a su manera, amaba a Matilda.

—Lo sé bien, señora —concedió Elvira.

—Poco más podemos hacer ya que honrar sus deseos. Matilda crecerá fuerte y sana y se convertirá en la dama que siempre estuvo destinada a ser. ¿No es también eso lo que anheláis vos, Elvira, como su madre?

Elvira, con una leve reverencia a la dama Sigalsis, se apartó por fin del fuego. Con los ojos clavados en los de ella, asintió.

Epílogo
AQUISGRÁN

Austrasia, 834
Año vigésimo del reinado del emperador Ludovico

Elvira dejó la aguja clavada en el lienzo en cuanto le anunciaron que Matilda estaba en la puerta.

—¡Hazlos pasar!

Esperaba desde hacía días la visita de Matilda y su joven marido, el caballero Teutgardo de Austrasia. Un rápido vistazo al hogar le bastó para comprobar que el fuego ardía generoso; en su estado, no convenía que Matilda cogiera frío.

Elvira sabía que venían tan solo a despedirse. Por más que les había insistido y suplicado que no se aventuraran de aquella manera en los caminos, cada vez más peligrosos desde que el emperador Ludovico había abdicado en favor de su hijo mayor, estaban empeñados en partir aquella misma semana. Aun así, Elvira albergaba una pequeña chispa de esperanza y todavía esperaba que Matilda entrara en razón. ¿No se daba cuenta de que una mujer encinta no debía arriesgarse de aquella manera, que los caminos y los bosques estaban colmados de bárbaros y maleantes sin otra ocupación que asaltar a las jovencitas incautas que osaban adentrarse por sus veredas?

No eran tiempos para andarse con peregrinaciones, y mucho menos a la Corte de Aquisgrán.

—¡Madre, qué alegría veros! —Matilda estaba radiante, como de costumbre, con un rico cinturón de joyas sobre el brial azul y un haz de horquillas de oro sujetándole los cabellos.

—¿De verdad tienes que marcharte, hija? —Elvira le tomó una mano, demasiado fría, entre las suyas.

En Aquisgrán se celebraban las bodas entre la dama Ermengarda, prima lejana de la dama Sigalsis a quien ellas nunca habían visto, y el honorable caballero Electeo de Suabia. Elvira sospechaba que Matilda insistía tanto en acudir tan solo porque quería entrar en aquella famosa capilla, la que mandó construir Carlos el Grande y después llenó de dorados brillantes como estrellas. Cuántas veces le habría contado Elvira, cuando niña, que en aquella capilla las imágenes de los techos susurraban la palabra de Dios al oído de los fieles. Ahora Matilda quería ver aquellos milagros por sí misma.

—Madre —Matilda se inclinó para besarle la mejilla antes de tomar asiento—, sabéis que aún estáis a tiempo de acompañarnos. Tía Sigalsis ya os dijo que estaría encantada de alojaros también en su casa. A nosotros nos alegraría mucho que vinierais con nosotros, ¿no es verdad, querido esposo?

Teutgardo, que aún se ruborizaba ligeramente cuando Matilda mencionaba ante otras personas que eran ya, ante Dios y los hombres, marido y mujer, se aclaró la garganta antes de responder.

—Por supuesto, señora Elvira —dijo, aún desanudándose las cintas del manto—. Nada le haría mayor bien a Matilda en su estado que el que vos viajarais con nosotros.

—¡No me habléis de vuestra tía! —masculló Elvira. Se levantó para servirles ella misma el vino, pues había despachado a la sirvienta—. Ella no sabe que estás preñada. —La propia dama Sigalsis había insistido fervientemente en que sería la más abyecta de las crueldades que Matilda y Teutgardo la dejaran sola mientras su marido, el señor Hildebertus, se iba de caza a las Ardenas—. Pero vosotros dos sí que lo sabíais cuando aceptasteis la invitación, ¡y aun así os lanzáis a esos caminos de Dios, en los que cualquier cosa podría pasaros!

—Madre, aún es pronto, y yo estaré de vuelta mucho antes de que nazca el bebé —prometió Matilda—. Nada me haría más desgraciada que ser madre lejos de vos.

Con cierto esfuerzo, Elvira alargó el brazo para tomar tres vasos limpios del anaquel alto. Sus viejos huesos cada vez protestaban más con tareas tan sencillas como aquella.

—¿Por qué no escuchas a tu madre cuando te dice que no te conviene andar viajando de acá para allá? Bien podrías aprender de las penurias que yo viví en mis años de juventud y esperarte aquí tranquila a que sea tiempo de que venga tu hijo.

Teutgardo se levantó impulsivamente.

—¡Os juro que cuidaré de ella y de nuestro hijo hasta el último de mis alientos! —dijo, la mano en el pecho por encima de la cota.

Elvira suspiró, pero calló ante la sonrisa indulgente de Matilda.

—Además, madre, le prometimos a tía Sigalsis que...

—La señora Sigalsis —interrumpió Elvira entregándole a Matilda uno de los vasos— es bien capaz de cuidarse a sí misma. Que no te engañe su carita de niña buena; ahí donde la ves, lleva manejando los asuntos de su castillo desde antes de que tú supieras andar. No va a pasarle nada por ir a la Corte solita con su señor marido. Tened aquí, Teutgardo.

—No seáis así, madre. Ella misma nos pidió que la acompañáramos. ¿Sabéis que estuvo en el casamiento entre la reina Judith y el emperador Ludovico? Y también en el del caballero Bernardo de Septimania con la dama Dhuoda. Nos lo contó, ¿verdad, querido? —Teutgardo asintió, grave, antes de aposentar su trasero en el borde de la silla—. Tenéis que comprenderlo, madre. ¡Siento tantos deseos de ver Aquisgrán!

Elvira resopló. Se arrellanó en su asiento, el mismo desde el que había vigilado los primeros bordados de Matilda, donde la había enseñado a trenzarse los cabellos y donde, juntas, habían pelado siempre las castañas.

—¡Ni que nunca hubieras estado en Aquisgrán!

—¡Pero yo era demasiado pequeña, madre! —replicó Matilda con una breve risa—. Además, el emperador Ludovico y la reina Judith también acudirán al casamiento.

Elvira frunció los labios.

También a la pequeña ciudad donde se levantaba su casita, a tan solo media jornada de camino de la residencia que Teutgardo había construido para Matilda, habían llegado las nuevas de que la reina Judith se había encamado con el caballero Bernardo de Septimania, ahijado del emperador. Este, enfurecido por la traición, había recluido a la reina en un convento en Aquitania. Después de hacer penitencia pública, había abdicado en favor de su hijo primogénito y había jurado ante Dios pasar el resto de su vida expiando sus pecados.

—Antes de marcharse —dijo Teutgardo— el señor Hildebertus nos anunció que el emperador Ludovico ha regresado a Aquisgrán. Las lenguas infames que querían hacer peligrar la estabilidad y la paz del imperio deben ahora tragarse todas sus injurias.

Elvira sujetaba con fuerza su vaso de vino.

—Matilda, ¿es que no ves lo peligroso que es que vayas a la Corte? Si la mismísima reina solo salvó su vida metiéndose a monja, ¿qué no os pasará a vosotros como continúen las revueltas? ¿Por qué no aguardáis un poco a que se calmen todas estas riñas entre los príncipes y los reyes? Mira que si te viene el niño en la Corte estarás allí sola entre aquellas gentes desconocidas.

Matilda se inclinó hacia Elvira y, con cuidado, tomó una de sus manos.

—Madre, todo va a estar bien. —Su voz dulce, pausada y paciente, apenas calmaba los miedos de Elvira—. No nos vamos a la guerra, sino a unas bodas. Los reinos ahora están en paz; los príncipes que se rebelaron contra el emperador se han rendido y es tiempo de Pascua. Estaos tranquila. ¿Qué podría pasarme en Aquisgrán?

—¡No seas necia, Matilda! —insistió Elvira, la voz ronca, sus dedos largos y huesudos aferrando los de Matilda—. En Aquisgrán también ocurren desgracias. ¿No has oído que el propio emperador Ludovico casi murió allí, aplastado por sus pecados?

—¡No es posible! —exclamó Teutgardo.

Matilda retiró la mano del abrazo de la de Elvira.

—Madre, ¿no estaréis intentando asustarnos?

—¡Valiente esfuerzo! —exclamó Elvira—. A ti ya no te asusta nada, ¡y es culpa mía, por haberte cuidado y mimado tanto! No me creas si no quieres, pero hasta las piedras tiemblan en Aquisgrán cuando Dios así lo manda.

—Pero ¿qué ocurrió? —Matilda la miraba con los ojos muy abiertos, el vaso de vino olvidado hacía tiempo en la mesita. Aún como una niña que creería cualquier cuento de su madre.

—Yo solo sé lo que me contó la señora Sigalsis —farfulló Elvira—. Además, fue hace muchos años, cuando el emperador era un hombre joven y aún vivía la reina Ermengarda. Un Jueves Santo, el emperador Ludovico y todo su séquito rezaban en la capilla de su palacio de Aquisgrán. Entonces, de pronto, se derrumbó una de las arcadas de madera del techo.

—¡Qué horror! —Teutgardo se santiguó.

—El emperador no salió herido —prosiguió Elvira—, pero hubo muchos que no lo contaron. ¿Ves ahora lo que te digo, Matilda, hija? A Aquisgrán también llegan las desdichas.

Pero Matilda sonreía.

—¿No lo veis, madre? Es la capilla sagrada, tan bella que Dios no quiso que allí encontrara el emperador la muerte y por eso lo salvó. ¡Fue un milagro y no una maldición! Ay, Teutgardo, querido, no puedo esperar para verla.

Elvira miró largamente a Matilda. Llevaba media vida dedicada por entero a mantenerla alejada de Aquisgrán y de su Corte, de las intrigas de los príncipes y las princesas que solo ansiaban riquezas y poder, pero ni sus más cariñosas palabras bastaban para convencerla.

—Está claro que contra el emperador no puede luchar el amor de una madre —dijo, despacio—. ¿Qué podría ofrecerte yo a cambio de las riquezas de la Corte y del gentío de la capital? Solo tengo el vino que os sirvo ¡y ya veo que os aburre mi conversación! Está bien; no insistiré. Confío en que mi yerno Teutgardo y la señora Sigalsis cuidarán de ti.

—¡No debéis dudarlo, señora Elvira!

—¿Nos dais entonces vuestra bendición, madre? —preguntó Matilda, los ojos brillantes.

Elvira se levantó y, con la solemnidad que la edad otorgaba a sus gestos, dibujó una cruz en la frente tersa y cálida de la joven.

—Volved sanos y salvos, hijos míos —dijo. Depositó un levísimo beso en la mejilla de Matilda, sonrosada por la preñez y el calor del fuego—. Que Dios todopoderoso os proteja.

Antes de que pudiera repetir el gesto con Teutgardo, Matilda le rodeó el cuello con los brazos, como había hecho tantas otras veces cuando era niña y, en la mañana, Elvira acudía a su lecho a despertarla.

—Solo le pido al Señor —susurró Matilda junto a su oreja— que mi hijo me vea algún día del mismo modo en que yo os veo a vos.

A Elvira se le escapó un sollozo sordo.

—Mira que eres zalamera —musitó, la voz ligeramente temblorosa. Tardó aún unos instantes en decidirse a romper el abrazo.

Matilda reía, conmovida también, feliz.

Nota de la autora

Muchos consideran a Carlomagno como el padre de Europa, pues durante su reinado transformó el sistema de gobierno que los soberanos ejercían sobre sus territorios. Estableció una primitiva forma de feudalismo que, aunque con algunos cambios, durante siglos estaría vigente en muchos países europeos. Entre otros avances, aunque él mismo no sabía escribir, favoreció el innovador uso de la letra minúscula en los *scriptoriums* —la llamada minúscula carolingia— y, también, el uso paralelo del latín y de las lenguas vernáculas de las diversas regiones sobre las que reinaba.

Uno de los pueblos a los que doblegó fue el de los sajones, al noreste de sus dominios. En el año 777, tras haberles ganado varias batallas y haber destruido el Irminsul, uno de sus lugares más sagrados, Carlomagno convocó a todos los nobles sajones en la ciudad de Paderborn y los obligó a prestarle juramento de vasallaje. Sin embargo, ignorando la amenaza de perder la vida y sus propiedades, algunos de esos nobles no acudieron a la llamada de Carlomagno. Uno de ellos, Viduquindo, dirigió en 782 una sangrienta revuelta contra los francos que, finalmente, perdió. Cuatro mil quinientos sajones fueron condenados por la práctica del paganismo y fueron decapitados en un solo día. En aquella ocasión, Viduquindo consiguió escapar al norte con su esposa, Geva, y algunos familiares, pero tan solo tres años más tarde, en el día de Navidad, fue obligado a convertirse al cristianismo. Carlomagno fue su padrino de bautizo.

Con un amplísimo territorio ya bajo su mandato —desde el mar del Norte hasta el corazón de Italia y desde los bosques eslavos hasta la Marca Hispánica, en la península ibérica—, Carlomagno se embarcó en su siguiente tarea: la de construir un palacio a la altura de los que habitaban los grandes emperadores de Oriente. En 794 comenzó la transformación de su modesta residencia en Aquisgrán en un rico palacio, donde la obra más destacable y que aún se conserva hoy en día en la posterior catedral construida en estilo gótico es la famosa capilla palatina.

En 813, un anciano emperador Carlos, pues como tal se había hecho coronar por el papa León III en 800, llamó a su hijo Ludovico —o Luis— a su corte en Aquisgrán. Tal vez intuyendo que le quedaba poco tiempo de vida, Carlos I el Grande coronó a su hijo como coemperador.

Meses más tarde, el 28 de enero de 814, Carlomagno murió en su palacio de Aquisgrán.

Su hijo Ludovico viajó desde Aquitania, donde reinaba desde 781, en cuanto supo la noticia y fue de inmediato reconocido como emperador único de los reinos que habían pertenecido a su padre.

La muerte de sus tres hermanos mayores hizo que Ludovico, cuarto hijo legítimo de Carlomagno, llegara al poder. Criado para ser eclesiástico, se ganó en vida el sobrenombre de Pío o Piadoso, por su rígida y profunda fe. Una de las primeras tareas que acometió fue la expulsión de la Corte de todas las concubinas y los hijos ilegítimos que tenía su padre, que vivían protegidos por este en Aquisgrán. No solo eso: también envió a sus hermanas a diversos conventos y abadías, alejándolas de las intrigas de la Corte para que ningún advenedizo pudiera arrebatarle el trono.

En 817, tras un accidente que casi le costó la vida, Ludovico elaboró un documento, la *Ordenatio imperii*, en el cual repartía sus tierras entre sus herederos. La división del reino que hizo favorecía claramente a Lotario, su hijo primogénito, mientras que los dos hijos menores quedaron descontentos con el reparto.

En 818, falleció la primera esposa de Ludovico, Ermengarda de Hesbaye. Tan solo un año después, Ludovico se casó con Judith de Welf, con quien tuvo dos hijos: Gisela y Carlos.

La aparición de nuevos herederos no contemplados en la *Ordenatio imperii* llevó al primogénito de Ludovico, Lotario, a liderar una revuelta contra su padre cuando, en el año 830, este concedió territorios a su hijo más joven, Carlos. A esta rebelión se unieron los otros dos hijos de Ermengarda de Hesbaye, Pipino de Aquitania y Ludovico el Germánico. Juntos lograron que su padre abdicara en favor de ellos y que la reina Judith fuera expulsada de la Corte y encarcelada. Sin embargo, en 834 los hermanos perdieron apoyos y Ludovico regresó a la Corte de Aquisgrán, restituidos él como emperador y su esposa Judith como reina.

La paz subsiguiente sería poco duradera: en 840, tras la muerte de Ludovico, sus hijos se enzarzaron nuevamente en una guerra por el poder. Esta solo culminaría en 848, con la firma del Tratado de Verdún, que dividía el antiguo imperio de Carlomagno en tres partes. Cada una de ellas pasaría a ser gobernada por uno de los hijos que sobrevivieron a Ludovico.

Esos tres reinos, con el devenir de los años, se convirtieron en las modernas Francia, Italia y Alemania.

Agradecimientos

Cuando en 2021 planeaba un viaje a Alemania y, entre otras ciudades, decidimos acercarnos a Aquisgrán, no imaginaba que me obsesionaría de tal modo con la capilla palatina de su catedral y la época en la que se construyó que terminaría escribiendo una novela sobre ella. Pocas veces siente una esa magia al entrar por primera vez en un lugar; allí es fácil imaginar a los miles y miles de personas que deben de haberse arrodillado a rezar durante tantísimos siglos, sobrecogidas por su cúpula majestuosa y los mosaicos dorados de sus techos.

El camino, sin embargo, no ha sido fácil desde aquella primera chispa de inspiración. En más de una ocasión me ha costado domar las llamas salvajes de esta novela, que desde el primer momento se mostraron bien desobedientes y querían empujarme a callejones sin salida, de los que solamente pude escapar gracias a la ayuda impagable de estas personas maravillosas con las que tengo la suerte de contar.

En primer lugar, debo dar las gracias a Ana Vidal, mi agente, sin cuyas palabras de ánimo y apoyo seguramente no habría sabido encontrar el camino correcto. Gracias por creer en la historia de Elvira antes siquiera de que hubiera puesto por escrito el primer párrafo.

Muchísimas gracias también a mi editor, Alberto Marcos, y a todo el equipazo de Plaza & Janés, por emprender con la misma ilusión que yo la tarea de dejar esta novela mucho más perfecta de lo que pensé que sería posible y por acogernos a mí y a mis personajes con tanto cariño en vuestra casa.

Mi queridísima Celia Martín merece siempre una mención especial, por su apoyo incansable. Muchas gracias por estar siempre ahí, por ser mi primera lectora y por haberte dejado conquistar por Elvira.

No me olvido de Eva Nevado, fantástica comunicadora y amiga muy admirada, que siempre se presta a ponerse delante de un micrófono para defender las locuras que escribo.

Gracias, por supuesto, a mi familia, que me apoya de manera incansable. Gracias por acompañarme de pueblo en pueblo y de evento en evento, siempre con el móvil a punto para sacar unas fotos.

Muchas gracias también a todos los libreros, bibliotecarios, profesores y gestores culturales que en los últimos años han contactado conmigo para proponerme participar en alguna charla, algún encuentro o alguna presentación. Nos ayudáis a llevar la cultura y la literatura hasta los rincones más recónditos.

Soy además tan afortunada que tengo unos lectores maravillosos y muy fieles, que me hacen saber lo mucho que han disfrutado con alguna historietilla mía que han leído, que estaban deseando saber cuándo podrían leer mi siguiente novela. A todos vosotros, siempre, gracias: por las reseñas, por los ánimos, por la paciencia, por la pasión.

«Para viajar lejos no hay mejor nave que un libro».
EMILY DICKINSON

Gracias por tu lectura de este libro.

En **penguinlibros.club** encontrarás las mejores recomendaciones de lectura.

Únete a nuestra comunidad y viaja con nosotros.

penguinlibros.club

penguinlibros